MIRA®

Der Preis dieses Bandes versteht sich einschließlich
der gesetzlichen Mehrwertsteuer.

Umwelthinweis:
Dieses Buch wurde auf chlor- und säurefreiem Papier gedruckt.

Marcela DeWinter

Spiel um Liebe und Glück

Roman

MIRA®

MIRA® TASCHENBUCH
Band 75006
1. Auflage: Januar 2006

MIRA® TASCHENBÜCHER
erscheinen in der Cora Verlag GmbH & Co. KG,
Axel-Springer-Platz 1, 20350 Hamburg

Das Buch wurde auf der Grundlage der ZDF-Telenovela
„Julia – Wege zum Glück“ (basierend auf den Originaldrehbüchern
von Petra Bodenbach & Team) verfasst.
Mit freundlicher Genehmigung des ZDF.

Konzeption/Reihengestaltung: fredeboldpartner.network, Köln
Umschlaggestaltung: pecher und soiron, Köln
Titelabbildung: Leif Schmodde

Satz: Buch-Werkstatt GmbH, Bad Aibling
Druck und Bindearbeiten: Ebner & Spiegel, Ulm
Printed in Germany
ISBN 3-89941-256-7

www.mira-taschenbuch.de

1. KAPITEL

Julia stand am Fenster des Gartenhäuschens und schaute hinaus. Ein leichter Wind strich durch die Bäume, und in der Ferne spiegelte sich die Sonne in einem kleinen See wider.

Julia liebte das Gartenhaus, das umgeben von viel Grün am Stadtrand lag, über alles. Seit einem halben Jahr lebte sie mit ihrer Mutter hier. Auch Christa schien sich in dem „Hexenhäuschen“, wie sie es bei ihrem Einzug im Winter genannt hatte, als es vollkommen mit glitzerndem Schnee bedeckt gewesen war, sehr wohl zu fühlen. Und Julia hoffte, dass sie an diesem Ort endlich einmal länger bleiben und nicht wieder umziehen würden – wie schon so oft.

Sie wandte sich vom Fenster ab und ging in die Küche, um das Frühstück zu machen. Doch als sie den kleinen gemütlichen Raum betrat, sah sie, dass ihre Mutter schon den Tisch gedeckt hatte.

„Guten Morgen, mein Schatz“, rief Christa gut gelaunt und gab Julia einen Kuss auf die Wange. „Setz dich, das Frühstück ist gleich fertig.“ Sie rührte Kakaopulver in einen Topf mit heißer Milch, der auf dem Herd stand.

„Eigentlich wollte ich dich ja heute mal mit dem Frühstück überraschen“, sagte Julia, als sie sich an den Tisch setzte.

Christa wandte sich vom Herd ab und lächelte ihre Tochter an. „Kommt gar nicht in Frage. Du hast genug mit der Schule zu tun. Und solange ich noch Zeit habe, kümmere ich mich um alles." Sie lachte. „Wenn ich die neue Stelle kriegen sollte, lass ich allerdings noch mal mit mir reden."

Seit sie hierher gezogen waren, hatte Christa sich immer wieder um einen Job bemüht, aber bisher hatte sie kein Glück gehabt. „Die mögen mich in dieser Stadt anscheinend nicht", hatte sie irgendwann entschieden und die Suche zunächst aufgegeben. Als dann jedoch das Geld ausging, versuchte sie es auf Julias Bitte doch noch einmal.

„Mama!" rief Julia in diesem Augenblick und deutete auf den Herd.

Christa drehte sich um und sah, dass die Milch übergekocht war. Hastig zog sie den Topf von der Platte, schaltete den Herd aus und stellte den Topf ins Spülbecken. „Dann trinkst du heute eben Orangensaft." Sie zuckte mit den Schultern. „Ist bestimmt auch viel gesünder."

Julia lachte. „Dir fällt immer was ein, Mama." Julia mochte es, dass ihre Mutter sich von kleinen Missgeschicken nicht die Laune verderben ließ. „Wie war denn dein Vorstellungsgespräch gestern?" fragte sie, nachdem ihre Mutter Orangensaft in zwei Gläser geschüttet und sich ebenfalls an den Frühstückstisch gesetzt hatte.

Christa hatte sich am vorigen Tag bei einer Rechtsanwaltskanzlei vorgestellt, die eine Sekretärin für halbe Tage suchte. „Ich glaube, ich hab den Job", sagte sie. „Übermorgen Nachmittag geben sie mir endgültig Bescheid." Sie nahm einen Schluck von ihrem Orangensaft.

„Ich hab's gewusst, Mama", jubelte Julia und umarmte ihre Mutter überschwänglich. „Du bist die Beste."

Christa nahm sich eine Scheibe Toast aus dem Brotkorb. „Danke", erwiderte sie lächelnd. „Aber es war nicht ganz einfach mit diesem alten Bürodrachen auszukommen", fügte sie hinzu und lachte auf.

„Bürodrachen?" fragte Julia erstaunt.

„Na, so eine alte klapperdürre Jungfer mit mausgrauem Kleid. Die schmeißt den ganzen Papierkram dort", erwiderte Christa – flugs setzte sie eine strenge Miene auf, formte mit Daumen und Zeigefinger zwei Kreise und hielt sie wie eine Brille vor die Augen. „So hat der Drachen mich durch seine dicke Brille angesehen, als ich hereingekommen bin", erzählte sie und rümpfte missbilligend die Nase. „‚Und *Sie* wollen hier arbeiten, junge Frau?' hat sie mich gefragt und von oben bis unten gemustert. ‚Ich bezweifle allerdings, dass Sie unseren Ansprüchen genügen.'"

Julia lachte, als ihre Mutter eine Grimasse zog. „Die war bestimmt nur eifersüchtig, weil du so toll aussiehst", entgegnete sie. Ihre Mutter hatte am Tag zuvor ihr hellblaues Kostüm mit dem kurzen Rock angezogen, dazu passend klassische Pumps, die sie sich extra für das Vorstellungsgespräch gekauft hatte. Das blonde Haar hatte sie zu einer schlichten Frisur hochgesteckt, die ihr apartes Gesicht umso besser zur Geltung kommen ließ.

Überhaupt fand Julia, dass ihre Mutter mit Abstand die Schönste war.

„Da könntest du Recht haben", erwiderte Christa bescheiden. „Zumindest bei dieser Frau war ich eindeutig im Vorteil. War ja auch kein großes Kunststück." Sie schwieg einen Augenblick, und ein Schatten huschte über ihr Gesicht. „Gott sei Dank kam in dem Moment einer der Rechtsanwälte aus seinem Zimmer", fuhr sie schließlich lächelnd fort. „Als er mitbekam, dass ich mich um die Stelle als Sekretärin bewerben will, hat er sich gleich meine Unterlagen angesehen."

Julia biss von ihrem Brot ab. „Und wollte dich bestimmt vom Fleck weg heiraten", rief sie mit vollem Mund.

Lachend schüttelte Christa den Kopf. „Ich will Arbeit und keinen Mann", erwiderte sie und sah ihre Tochter mit einem Mal nachdenklich an. „Wir beide kommen auch allein zurecht, oder nicht? Bis jetzt haben wir doch alles allein geschafft."

Schnell legte Julia den Rest ihres Brotes auf den Teller und gab ihrer Mutter einen Kuss auf die Wange. „Klar, Mama", beruhigte sie ihre Mutter. „Ich will überhaupt nichts anderes haben. Nur dich."

Jetzt strahlte Christa wieder. „Wir zwei sind das perfekte Team." Sie warf einen Blick auf die Uhr. „Aber jetzt ab zur Schule, sonst kommst du noch zu spät."

Julia freute sich auf den Tag. Vielleicht würde sie Florian nach der Schule wiedertreffen. Er hatte sie vor ein paar Tagen zum Eis eingeladen, und sie hatte es genossen, sich mit ihm zu unterhalten und zu lachen. Julia hatte sich darüber gefreut, dass der Junge aus der Parallelklasse sich ausgerechnet mit ihr verabredet hatte, obwohl er von so vielen Mädchen angehimmelt wurde. Mit seinen kurzen braunen Locken und den tiefbraunen Augen sah er aber auch einfach zu nett aus.

Nach dem Sportunterricht stand Julia mit ihrer Freundin Anne, die in die gleiche Klasse ging wie sie, in der Umkleidekabine. Julia strahlte. Sie hatte beim Hundertmeterlauf den ersten Platz belegt.

„Nächstes Mal bin ich aber wieder die Erste“, sagte Anne mit einem schiefen Lächeln.

Julia merkte, dass die Freundin ein wenig neidisch auf sie war. „Ist doch nicht so wichtig“, versuchte sie sie zu trösten.

Anne zuckte mit den Schultern und sah Julia von der Seite an. „Triffst du dich heute eigentlich wieder mit Florian?“ fragte sie mit einem seltsamen Unterton in der Stimme und schlüpfte in ihren blauen Minirock.

Julia wurde rot. „Ich weiß noch nicht“, erwiderte sie knapp und wandte sich schnell ab, um ihre Verlegenheit vor Anne zu verbergen.

Aber die Freundin ließ nicht locker. „Komm schon, mir kannst du’s ruhig sagen. Ist doch nichts dabei, wenn du in Florian verknallt bist.“

„Ich bin nicht in ihn verknallt“, protestierte Julia heftig. „Ich finde ihn nett, und er hat mich ein Mal zum Eis essen eingeladen.“ Dass zu Hause auf ihrem Nachttischchen ein bunter Ring lag, den Florian ihr geschenkt hatte, nachdem er ihn aus dem Kaugummiautomaten gezogen hatte, verschwieg sie. Das sollte ihr Geheimnis bleiben.

Vertraulich legte Anne den Arm um Julias Schultern. „Erzähl schon. Ich bin schließlich deine Freundin.“

Julia schwieg einen Augenblick und dachte nach. Vielleicht hatte Anne ja Recht. Außerdem, was war schon dabei, wenn sie es ihr erzählte. Anne gehörte schließlich nicht zu den Menschen, die gleich alles ausplauderten, wie einige andere Mädchen in ihrer Klasse.

Sie lächelte ein wenig verschämt und sagte: „Vielleicht treffen wir uns morgen zum Schwimmen. Aber ganz sicher ist es noch nicht.“ Sie verstaute die Sportsachen in ihrem Rucksack. „Florian wollte mir nach der Schule Bescheid sagen, ob er Zeit hat.“

Anne griff schnell in ihren Spind, holte ein ärmelloses Top heraus und streifte es über den Kopf. „Dann sollten wir nicht länger hier herumtrödeln“, erwiderte sie und lächelte viel sagend. „Sonst ist er möglicherweise weg.“ Sie ging zum Spiegel und drehte sich hin und her. „Und, wie sehe ich aus?“

Julia warf einen Blick auf ihre Freundin, die mit dem blauen Minirock, dem schwarzen Top und den zierlichen Sandalen aussah, als wäre sie einem Modemagazin entsprungen. „Toll“, entgegnete sie ohne eine Spur von

Neid, auch wenn sie selbst mit ihrer hellen Jeans und dem einfachen rosa T-Shirt dagegen verblasste.

Anne griff nach ihrer Umhängetasche. „Dann lass uns endlich gehen."

Umständlich zog Julia ihre flachen Sandalen an und deutete auf ihre langen blonden Haare, die nass waren vom Duschen. „Geh du ruhig voraus. Ich will mir erst die Haare trocknen." Tatsächlich wollte sie lieber allein sein, wenn sie Florian traf, denn sie war immer ein bisschen verlegen, wenn sie mit ihm sprach. Aber verknallt? Nein, verknallt war sie nicht, da war sie sich ziemlich sicher.

Anne wirkte mit einem Mal verstimmt. „Na dann viel Spaß noch mit deinem Florian", sagte sie spitz, nahm ihre Umhängetasche und verließ ohne ein weiteres Wort die Umkleidekabine.

Verwundert starrte Julia einen Augenblick auf die Tür, die mit lautem Knall hinter Anne ins Schloss gefallen war. Sie überlegte einen Moment, warum Anne plötzlich so schnippisch gewesen war. Fühlte sie sich vielleicht zurückgesetzt und befürchtete, Julia als Freundin zu verlieren, weil die sich mit Florian traf? So ein Unsinn! Schließlich war Anne ihre Freundin. Julia schüttelte den Kopf. Anne würde sich schon wieder beruhigen.

Schnell rubbelte sie sich mit ihrem Handtuch die Haare trocken und band sie zu einem lockeren Pferdeschwanz zusammen. Sie nahm ihren Rucksack und verließ eilig die Umkleidekabine.

Grelles Sonnenlicht schlug Julia entgegen, als sie aus

der Schule trat. Sie blinzelte ein paar Mal und ließ ihren Blick suchend über den Schulhof schweifen. Endlich entdeckte sie Florian. Er stand mit seinem Fahrrad neben dem kleinen Kiosk und unterhielt sich mit ein paar anderen Jungen aus seiner Klasse.

Langsam ging Julia auf die Gruppe zu. Es wäre ihr lieber gewesen, wenn Florian allein auf sie gewartet hätte. Wenn die anderen dabei waren, wusste sie nie so recht, was sie sagen sollte, weil sie nicht wollte, dass die Jungen dachten, sie sei in Florian verknallt.

Jetzt hatte auch Florian sie entdeckt und winkte ihr lachend zu. „Julia", rief er, ließ die Jungen stehen und kam mit seinem Fahrrad auf sie zu. Als er vor ihr stand, strahlte er sie an. „Ich dachte schon, du kommst nicht mehr", sagte er.

Julia fuhr kaum merklich zusammen. Irgendwie machte es sie verlegen, dass Florian sie so offen vor den anderen ansprach. „Unsere Sportlehrerin hat mal wieder ein bisschen länger gemacht", brachte sie schließlich heraus und wunderte sich über ihre Stimme, die höher klang als sonst.

Florian zuckte mit den Schultern. „Kein Problem", erwiderte er und sah sie forschend an. „Wollen wir morgen zusammen schwimmen gehen?" fragte er. „Am See. Um vier?"

Julia nickte. „Ja, gerne", antwortete sie und spürte, wie sie errötete.

„Super." Florian schwang sich auf sein Fahrrad und

fuhr davon, nicht ohne ihr noch einmal ausgelassen über die Schulter zuzuwinken.

Als Julia das Gartenhäuschen betrat, kam ihre Mutter ihr mit einem großen roten Hut entgegen, an dem seitlich ein kleiner bunter Strauß aus Stoffblumen befestigt war. Sie drehte sich ein Mal um sich selbst und rief lachend: „Na, was sagst du? Ist der nicht toll?“

Erstaunt sah Julia ihre Mutter an. „Wofür brauchst du denn so einen ausgefallenen Hut?“

Geheimnisvoll zwinkerte Christa ihrer Tochter zu. „Lass dich überraschen.“

Aber Julia blieb skeptisch. Die Überraschungen ihrer Mutter endeten manchmal mit einem bösen Erwachen, wenn Christa ihrer Tochter beispielsweise mitten in der Nacht mitteilte, dass sie in eine andere Stadt ziehen würden – und das nur, weil sie dort von einem Yogalehrer gehört hatte, der eine besondere Form der Meditation lehrte. Dass sie nach ihrem ersten Besuch nicht mehr hingegangen war, da der Mann sie ihrer Meinung nach seltsam angeschaut hätte, stand auf einem anderen Blatt.

„Ich hab auch eine Überraschung für dich“, sagte Julia schnell, um ihre Bedenken zu verscheuchen. Sie erzählte von ihrem Erfolg im Sportunterricht und dem Lob der Lehrerin.

Christa umarmte ihre Tochter stürmisch. „Toll gemacht, mein Schatz“, erwiderte sie mit aufrichtiger Freude. „Ich wusste doch immer, dass ich die beste Tochter habe, die es auf der Welt gibt." Sie hielt Julia auf Armeslänge von sich entfernt und sah sie mit eindringlichem Blick an. „Ich bin sehr stolz auf dich, Julia. Du wirst es noch mal weit bringen im Leben. Jedenfalls musst du dich ganz sicher nicht mit solchen Aushilfsjobs herumplagen wie ich."

Ein Schatten huschte über Christas Gesicht.

„Aber Mama, sag doch nicht so was ..."

Christa hob abwehrend die Hand. „Genug gejammert", bemerkte sie aufgeräumt und lächelte wieder. „Mach jetzt deine Hausaufgaben. Und wenn du fertig bist, zieh dir was Nettes an."

Am späteren Nachmittag stiegen Julia und ihre Mutter in den Bus. Julia hatte ihr hellblaues Kleid angezogen, während Christa zu ihrem ausladenden Hut ein cremefarbenes, elegantes Kleid gewählt hatte, mit einem passenden kurzen Jäckchen dazu.

Als sie eine halbe Stunde später in der Nähe der Pferderennbahn ausstiegen, sah Julia ihre Mutter erstaunt an. „Willst du etwa mit mir ...?"

Begeistert klatschte Christa in die Hände. „Heute versuchen wir mal unser Glück. Und ich wette, dass wir gewinnen." Sie drückte Julia einen Augenblick an sich. „Wobei ich mit dir sowieso schon das große Los gezogen habe."

Julia lächelte. Sie wusste, dass ihre Mutter für den Pferderennsport schwärmte, aber bis jetzt waren sie noch nie zu einem Rennen gegangen. „Ich weiß doch gar nicht, was ich machen muss", gab sie zu bedenken und runzelte die Stirn.

Christa rückte ihren Hut zurecht. „Dafür hast du ja mich. Ich erkläre dir alles."

Nachdem sie gezahlt hatten, betraten sie das Gelände. Julia staunte über die vielen Besucher – einige waren recht originell in schreiend bunten Farben gekleidet, andere wirkten sehr vornehm, und wieder andere trugen einfache Jeans und Pullover.

„Jetzt schauen wir uns erst mal die Pferde an, und dann geht's los", sagte Christa und führte ihre Tochter zu dem Rondell, in dem die Pferde für das erste Rennen herumgeführt wurden. Schließlich saßen die Jockeys auf, die zu Julias Überraschung alle sehr klein und schmal waren.

„Das Pferd gefällt mir am besten", bemerkte Julia und deutete auf einen dunkelbraunen Hengst, der mit stolz erhobenem Kopf seine Runden drehte.

Christa lachte. „Du meinst wohl eher den Jockey." Ihr war nicht entgangen, dass er Julia angelächelt hatte, als er an ihr vorbei geritten war.

„Ach, Mama, was du wieder denkst", wehrte Julia ab.

Christa legte den Arm um ihre Tochter. „Komm, wir wollen mal unser Glück versuchen", schlug sie vor und zog Julia zu dem Gebäude, in dem sich auch die Wettschalter befanden.

Das spannungsgeladene und gleichzeitig ausgelassene Treiben zog Julia in seinen Bann. Viele Besucher drängten sich vor den Monitoren, die von der Decke herabhingen, oder standen an kleinen, runden Stehtischen und füllten ihre Wettscheine aus. Andere diskutierten lauthals über die Pferde, die für das erste Rennen aufgestellt waren.

Christa deutete auf einen der Monitore. „Da siehst du die Quote“, erklärte sie. „Je niedriger sie ist, desto mehr Leute setzen auf das jeweilige Pferd. Die Favoriten haben also die niedrigsten Quoten. Deshalb solltest du vielleicht auf einen Außenseiter setzen, dann kriegst du mehr, wenn du gewinnst.“

Langsam schüttelte Julia den Kopf. „Aber wir haben doch gar nicht so viel Geld.“

Christa winkte ab. „Zwei Mark fünfzig, mehr brauchen wir nicht. Und wenn wir Glück haben, können wir damit ein paar Hunderter gewinnen. Oder sogar mehr“, fügte sie hinzu und zwinkerte Julia verschmitzt zu.

„Gut, ich versuch's mal“, erwiderte Julia.

„Fang erst mal mit einer Platzwette an“, riet Christa. „Dazu musst du nur ein Pferd aussuchen, und wenn es auf einem der ersten drei Plätze landet, hast du gewonnen.“

Bewundernd sah Julia ihre Mutter an. „Du kennst dich ja richtig gut aus, Mama. Als würdest du den ganzen Tag nichts anderes machen, als zu Pferderennen zu gehen.“

Doch Christa schien sie gar nicht gehört zu haben. Gespannt starrte sie auf den Monitor. „Blue Eye könnte heute das Rennen machen“, murmelte sie leise vor sich hin. „Obwohl er beim letzten Mal ja nicht so gut weggekommen ist.“ Schnell füllte sie ihren Wettschein aus.

Julia entschied sich für Pretty Angel, weil ihr der Name so gut gefiel.

Wenig später standen sie an der Rennbahn. Und als die Pferde starteten, war Julia genauso gespannt wie ihre Mutter. Nach der ersten Runde lag Pretty Angel immerhin schon im vorderen Drittel, dicht gefolgt von Blue Eye. Als die Pferde schließlich auf die Zielgerade einbogen, stand Julia mit gedrückten Daumen da.

„Pretty Angel holt immer mehr auf", ertönte die aufgeregte Stimme des Kommentators über die Lautsprecher.

„Ja, Pretty Angel!" jubelte Julia begeistert. „Du schaffst es!"

Und tatsächlich. Die dreijährige Stute ging als Dritte durchs Ziel.

„Ich hab gewonnen." Mit leuchtenden Augen sah Julia ihre Mutter an.

„Wunderbar", sagte Christa und zerriss ihren Wettschein, da das Pferd, auf das sie gesetzt hatte, als vorletztes eingelaufen war.

„Nicht traurig sein, Mama", tröstete Julia. „Beim nächsten Rennen gewinnst du."

Voller Stolz holte Julia sich, zusammen mit ihrer Mutter, den Gewinn am Wettschalter ab. Es war zwar nicht so viel, wie Christa zu Anfang vermutet hatte, aber für Julia waren fünfzig Mark ein kleines Vermögen.

Die folgenden beiden Rennen gewann Christa, während Julia kein Glück hatte. Doch sie war mehr als zufrieden mit ihrem ersten Gewinn. Gleich morgen würde sie in die große Buchhandlung gehen und sich von dem Geld den Bildband über die afrikanischen Elefanten kaufen, den sie sich schon so lange gewünscht hatte.

Als Christa beim nächsten Rennen fünfhundert Mark auf Sieg setzte, zuckte Julia erschrocken zusammen. „Fünfhundert Mark, Mama? Wir haben ausgemacht nur zwei Mark fünfzig."

Christa lachte ausgelassen. Ihre Wangen waren vor Aufregung gerötet. „Man muss auch mal was riskieren im Leben. Sonst kommt man nie zu was." Sie deutete auf einen älteren Mann, der sich gerade seinen Gewinn am Wettschalter abholte.

„Das sind ja mindestens zwanzigtausend Mark", wisperte Julia und schnappte nach Luft.

„Sag ich doch", erwiderte Christa, und ihre Augen funkelten. „Und wir kriegen beim nächsten Mal bestimmt genauso viel. Zweitausend hab ich ja schon gewonnen."

Aber diesmal hatte Christa kein Glück. „Lass uns endlich aufhören", bettelte Julia. „Wir haben doch schon genug gewonnen."

Entschieden schüttelte Christa den Kopf. „Jetzt geht's erst richtig los", rief sie. „Vielleicht knacken wir sogar den Jackpot." Mit verklärtem Blick sah sie ihre Tochter an. „Zwei Millionen. Stell dir das mal vor. Dann hätten wir ausgesorgt."

Julia schwieg. Sie wollte ihrer Mutter nicht die gute Laune verderben. Und als sie tatsächlich wieder gewann, vergaß Julia zunächst ihre Bedenken.

„Beim nächsten Rennen läuft Morning Star mit“, murmelte Christa und verfolgte fieberhaft die Quoten auf dem Monitor. „Der ist ein todsicherer Kandidat für den ersten Platz.“ Als ein Mann neben ihr nickte, griff Christa eilig nach einem Wettschein und füllte ihn aus. „Warte hier“, sagte sie zu Julia und lief zum Wettschalter, um ihren Einsatz einzuzahlen.

Kurz darauf standen sie an der Rennbahn. Julia merkte, dass ihre Mutter vor Aufregung von einem Fuß auf den anderen trat. Es stand so viel auf dem Spiel …

„Morning Star führt souverän das Rennen“, verkündete der Kommentator über die Lautsprecher, nachdem die Pferde die erste Runde passiert hatten. „Jetzt holt Texas auf“, rief er. „Texas ist gleich auf mit Morning Star. Texas zieht vorbei!“ schrie er mit sich überschlagender Stimme, als die Pferde auf die Zielgerade einbogen. „Texas, der Überraschungssieger dieses Tages!“

Julia wandte sich zu ihrer Mutter. Sie sah, dass Christa blass geworden war. „Ist doch nicht so schlimm, Mama“, meinte sie, um sie zu trösten.

Aber Christa senkte den Blick. „Ich hab alles auf Morning Star gesetzt“, flüsterte sie.

Fassungslos starrte Julia ihre Mutter an. „Das ganze Geld?“

Christa nickte und kämpfte mit den Tränen. „Jetzt haben wir nicht mal Geld für den Bus nach Haus. Und ich wollte dich doch zum Essen einladen, weil du beim Hundertmeterlauf gewonnen hast.“

Julia konnte es immer noch nicht glauben. „Warum hast du das gemacht, Mama?"

Christa schluckte. „Ich dachte, wir können uns mal was Schönes kaufen, wenn ich gewinne. Und jetzt ist alles weg."

Tröstend schlang Julia die Arme um ihre Mutter. Anders als sie gab Julia sich auch mit wenig zufrieden. Aber Christa träumte davon, endlich einmal im Geld zu schwimmen – das wusste Julia. „Weißt du was, Mama? Dann lade ich *dich* eben ein. Ich hab schließlich die fünfzig Mark, die ich beim ersten Rennen gewonnen habe." Dass sie sich davon das lang erwünschte Buch hatte kaufen wollen, verschwieg sie. Viel wichtiger war im Augenblick, dass ihre Mutter wieder glücklich war. Wenn Christa die neue Stelle tatsächlich bekommen würde, hätten sie bald Geld, und Julia könnte sich das Buch später kaufen.

Christa winkte ab. „Kommt gar nicht in Frage. Das wäre ja noch schöner, wenn ich auf deine Kosten leben würde."

„Hast du eigentlich lange Schule?" fragte Christa, bevor Julia am nächsten Morgen das Gartenhäuschen verließ. „Sonst könnten wir heute Nachmittag zusammen was unternehmen. Es ist vielleicht mein letzter freier Tag heute."

Ein wenig verlegen blickte Julia ihre Mutter an.

„Was ist?" fragte Christa, „freust du dich nicht?"

„Doch", erwiderte Julia schnell. „Aber ..."

„Was aber?" Christa runzelte die Stirn.

„… ich habe … ich bin schon verabredet … mit Florian“, druckste Julia herum. „Aber wenn du willst, kann ich ihm auch absagen.“

Christa schüttelte den Kopf. „Nein, nein, ist schon gut“, entgegnete sie ein wenig enttäuscht. „Amüsier dich nur. Mir wird schon was anderes einfallen.“ Als sie merkte, dass ihre Tochter sie bedrückt ansah, fügte sie schnell hinzu: „Vergiss es, mein Schatz. Mach dir einen schönen Tag.“

Am Nachmittag machte Julia sich mit ihren Badesachen auf den Weg. Obwohl ein paar dunkle Wolken am Sommerhimmel aufgezogen waren, war es draußen sehr warm. Julia lief den Feldweg entlang, der zum See führte. Weizenfelder erstreckten sich links und rechts, mit tiefblauen Kornblumen und leuchtend rotem Klatschmohn.

Hinter einem Tannenwäldchen breitete sich der See aus. Es gab sogar einen kleinen Sandstrand. Florian stand am Ufer und ließ Steine über das Wasser springen.

Julia gab sich einen Ruck und lief zu ihm. „Bist du schon lange da?“ fragte sie ein wenig außer Atem und lächelte ihn an.

Florian schüttelte den Kopf. „Bin auch gerade erst gekommen“, sagte er und deutete auf seinen Rucksack und die Decke, die im Sand lagen.

Julia breitete ihre Badematte neben seinen Sachen aus und wollte sich gerade setzen, als sie hinter sich eine Stimme hörte.

„Stör ich gerade irgendwie?“

Julia drehte sich um. Ihre Freundin Anne stand da und lächelte.

Florian hatte sich inzwischen hingesetzt und sah Anne neugierig an.

„Ich war zufällig in der Nähe, und da wollte ich nur kurz mit dir reden“, erklärte Anne, während sie Julia ansah. „Weil ich gestern einfach abgehauen bin in der Umkleidekabine“, fuhr sie fort. „Wollte mich bei dir entschuldigen, Julia.“

„Ich bin dir doch nicht böse“, sagte Julia überrascht. „Wie kommst du denn auf so eine Idee?“ Sie blickte Florian an, der schweigend im Sand saß und zu den beiden Mädchen hoch schaute. „Das ist Anne“, sagte sie und zu ihrer Freundin gewandt: „Und das ist Florian.“ Sie kam sich plötzlich vor wie bei diesem steifen Stehempfang, bei dem sie einmal anlässlich einer Kunstausstellung mit ihrer Mutter gewesen war. Als sie jedoch bemerkte, dass Anne und Florian sich ungezwungen anlächelten, löste sie sich auch ein wenig aus ihrer Verkrampfung.

„Und, was habt ihr heute noch so vor?“ fragte Anne fröhlich.

„Ach, nichts Besonderes“, antwortete Julia schnell und sah Florian an. Sie biss sich auf die Unterlippe. Was hielt sie davon ab, Anne zu sagen, dass sie eigentlich mit Florian allein sein wollte?

„Tolles Kleid hast du an“, sagte Florian in diesem Augenblick und schenkte Anne ein strahlendes Lächeln.

Julia zuckte kaum merklich zusammen. Sie musterte ihre Freundin und mit einem Mal fiel ihr auf, dass Anne sich ziemlich aufgetakelt hatte – Make-up, grellroter Lippenstift, passend zu ihrem kurzen rosa Kleid und den rosaroten Sandaletten. Und das alles nur, um sich bei mir zu entschuldigen? dachte sie verwirrt.

„Danke", erwiderte Anne mit kokettem Augenaufschlag, während sie Florian nicht aus den Augen ließ.

„Wenn du willst, kannst du dich zu uns setzen", bot Florian an und deutete auf die Decken, die im Sand lagen.

„Gerne, wenn ich nicht störe", erwiderte Anne, warf Julia einen kurzen Blick zu und folgte Florian, der inzwischen schon vorausgegangen war.

Julia stand einen Moment wie erstarrt da. Sie kam sich plötzlich vor wie das fünfte Rad am Wagen. Aber sie hätte ihre Freundin schlecht einfach so wegschicken können, oder?

Als Anne ihr Kleid auszog, kam darunter ein hellblauer Bikini mit kleinen Blumen zum Vorschein. Für Julias Geschmack war er ein bisschen zu knapp geraten. Während Julia noch über Annes Kleidungsstil nachdachte, hatte Anne bereits eine Flasche Sonnenmilch aus ihrer Umhängetasche gezogen und drückte sie Florian in die Hand. „Kannst du mir bitte den Rücken einreiben?" fragte sie mit einem unschuldigen Lächeln. „Ich krieg so furchtbar leicht einen Sonnenbrand." Sie vermied es, Julia in die Augen zu sehen.

Wortlos setzte sich Julia auf ihre Badematte und starrte

auf den See hinaus. War sie etwa eifersüchtig auf Anne? Ach, Quatsch! Dennoch legte sie Wert darauf, sich ihren Unmut über das Verhalten Annes nicht anmerken zu lassen. Sie würde sich nur lächerlich machen. Was war schließlich dabei, wenn Florian Anne den Rücken einrieb?

„Sonst noch was, Anne?" fragte Florian in diesem Augenblick.

„Nein danke, im Moment nicht", erwiderte Anne und nahm die Flasche mit der Sonnenmilch entgegen. Mit langsam kreisenden Bewegungen rieb sie sich Arme, Bauch und Beine ein, während Florian neben Julia auf der Decke Platz nahm. Als er dabei mit seinem Arm ganz leicht Julias Bein berührte, zuckte sie zusammen.

„Soll ich dir auch den Rücken eincremen?" fragte er, aber Julia schüttelte den Kopf – und ärgerte sich im gleichen Moment über sich selbst.

„Dann nicht ...", erwiderte Florian. Er rutschte ein kleines Stück von ihr ab, legte sich auf den Rücken und verschränkte die Arme hinter dem Kopf.

Julia schluckte und fuhr sich verstohlen über die Augen. Diesen Nachmittag hatte sie sich eigentlich ganz anders vorgestellt. Am liebsten wäre sie aufgestanden und davongerannt.

Noch bevor sie sich überlegen konnte, wie sie diesen Patzer wieder gutmachen konnte, sprang Florian plötzlich auf. „Ich muss nach Hause", sagte er und streifte sich T-Shirt und Hose über. „Hab ganz vergessen, dass ich ... meinem Vater helfen wollte. Mit seinem neuen Computer. Der checkt das einfach nicht." Julia betrachtete ihn verdutzt. Weshalb hatte er sich erst mit ihr zum Schwimmen verabredet, wenn ihm jetzt einfiel, dass er gar keine Zeit für sie hatte?

Anne stand ebenfalls auf. „Ich geh auch. Ich wollte ja sowieso nur kurz vorbeischauen."

Julia war wie vor den Kopf gestoßen. „Kannst du nicht noch ein bisschen bleiben?" fragte sie die Freundin. Sie wollte jetzt auf keinen Fall alleine sein.

Aber Anne war bereits in ihr Kleid geschlüpft, rollte ihre Decke zusammen und stopfte sie in die Umhängetasche. „Tut mir Leid", erwiderte sie und schenkte Julia ein zuckersüßes Lächeln. „Ich muss *dringend* was für die Schule machen." Sie wandte sich an Florian. „Kannst du mich vielleicht auf deinem Fahrrad mitnehmen? Das wäre echt nett von dir ..."

Florian nickte. „Klar doch." Er vermied es, Julia in die Augen zu blicken. „Tschüss, bis morgen in der Schule", sagte er und hob die Hand zum lässigen Gruß.

Anne tat es ihm gleich, und gemeinsam schlenderten sie zu Florians Fahrrad, das er oberhalb des kleinen Sandstrands an einen Baum gelehnt hatte. Julia sah noch, wie die Freundin, die sich hinten auf den Gepäckträger gesetzt hatte, ihre Arme um Florian schlang und sich an ihm festhielt. Dann verschwamm die Welt vor ihren Augen.

2. KAPITEL

„Heute fällt die große Entscheidung“, sagte Christa am nächsten Morgen, als sie Julias Zimmer betrat und die Vorhänge zur Seite zog. „Du wirst schon sehen, ich bekomme die Stelle bestimmt.“ Sie trat ans Bett und sah ihre Tochter an. „Aber was ist denn, mein Kind? Du siehst ja so traurig aus.“ Sie setzte sich auf die Bettkante.

Julia richtete sich ein wenig auf. „Ach nichts, eigentlich“, entgegnete sie und versuchte zu lächeln. Doch es gelang ihr nicht.

Christa ergriff ihre Hand. „Komm schon, ich erzähl dir auch alles. Wir beide müssen zusammenhalten.“

Julia presste die Lippen aufeinander und schüttelte den Kopf, aber dann brach es schluchzend aus ihr heraus. Stockend berichtete sie ihrer Mutter zwischen erneuten Tränenausbrüchen, was am Tag davor am See geschehen war. „Das ist so gemein!“ rief sie, während sie die Hände vors Gesicht schlug.

Christa nahm ihre Tochter in den Arm. „Ach, Kleines“, sagte sie und strich Julia übers Haar. „Wenn es um Männer geht, kann man in manchen Fällen nicht einmal der besten Freundin vertrauen.“

Julia hob den Kopf. Christa klang, als wüsste sie, wovon sie sprach.

„Ich hatte auch mal so eine *Freundin*“, bestätigte Christa prompt. „Sie wohnte für kurze Zeit bei mir, weil sie nicht wusste, wohin. Und zum Dank hat sie nicht nur meinen Kühlschrank geplündert, sondern sich auch noch klammheimlich an meinen Freund herangemacht. Als ich schließlich kapierte, was da läuft, hat sie sich tagelang im Bett verkrochen. Dabei war *ich* doch die Betrogene."

„Und wie hast du reagiert?" fragte Julia, die ihre Mutter neugierig betrachtete. Ihr eigener Kummer schien ihr auf einmal nicht mehr so wichtig, auch, wenn es furchtbar wehtat, wenn sie nur daran dachte.

„Ich hab sie auf die Straße gesetzt, mit ihrem Köfferchen", entgegnete Christa traurig. „Und meinen Freund habe ich gleich hinterhergeschickt." Sie schüttelte den Kopf.

Als sie Julias verwirrten Gesichtsausdruck sah, lenkte sie ein: „Aber vielleicht ist das mit Florian ja ganz anders. Ein Missverständnis. Nichts weiter."

Julia nickte, obwohl sie nicht davon überzeugt war. Sie wusste, dass ihre Mutter sie nur trösten wollte.

Plötzlich klatschte Christa in die Hände. „Komm, denk nicht mehr daran. Es wird alles gut werden."

Nach dem Frühstück packte Julia ihren Rucksack mit den Schulsachen und gab ihrer Mutter einen Kuss auf die Wange. „Ich drück dir ganz fest die Daumen für heute", sagte sie.

„Wunderbar", erwiderte Christa lachend. „Dann kann ja nichts mehr schief gehen."

Sie deutete auf die Anrichte. „Ich hab dir zwei Stück

Marmorkuchen für die Pause eingepackt. Den isst du doch so gern.“

Julia steckte die Tüte mit dem Kuchen in ihren Rucksack. „Danke, Mama.“

Als Julia wenig später den Weg zur Schule einschlug, war sie nicht mehr ganz so traurig. Vielleicht hatte ihre Mutter Recht. Vielleicht war alles nur ein Missverständnis. Wenn man positiv dachte, so hatte sie einmal in einem der Ratgeberbücher ihrer Mutter gelesen, dann würde vieles, was vorher noch als unüberwindbares Hindernis erschienen war, mit einem Mal überhaupt kein Problem mehr sein. Julia begann zu ahnen, was damit gemeint war. Zumindest sah sie dem Treffen mit Florian wieder hoffnungsvoll entgegen. Sie hatte sich vorgenommen, in der Pause einfach zu ihm zu gehen. Alles andere würde sich irgendwie ergeben. Wie sagte Christa immer? Spontan sein und etwas riskieren, sonst wird das Leben todlangweilig. Genau! So würde sie es von nun an auch machen.

„Julia, warte doch mal“, hörte sie in diesem Augenblick eine Stimme hinter sich. Julia blieb stehen und drehte sich um. Anne rannte zu ihr und blieb ein wenig außer Atem vor ihr stehen. „Ich hab schon ein paar Mal nach dir gerufen. Aber du hast so getan, als ob ich Luft wäre.“

Julia zuckte gleichgültig mit den Schultern. „Hab ich gar nicht gehört.“

Anne hängte sich bei ihr ein, als sie weitergingen. „Und

ich dachte schon, du willst überhaupt nichts mehr mit mir zu tun haben."

Fragend sah Julia die Freundin an. „Wie kommst du denn da drauf?"

Anne schluckte. „Na ja, ich dachte, weil Florian mich gestern mit dem Fahrrad mitgenommen hat." Unschuldig lächelte sie Julia an.

Julia fuhr unmerklich zusammen.

„Wir sind schließlich Freundinnen", fügte Anne im Plauderton hinzu.

Julia winkte ab. „Weiß ich doch." Sie zwang sich, das seltsam beklemmende Gefühl, das bei Annes Worten in ihr hochgestiegen war, zu verdrängen.

„Ich bin froh, wenn ich den Deutschaufsatz endlich fertig habe", sagte Anne, für die das Thema Florian anscheinend erledigt war.

Julia lächelte sie an. „Wenn du willst, können wir das heute Nachmittag zusammen machen." Sie hatte Anne hin und wieder bei den Hausaufgaben geholfen, auch wenn Christa meinte, dass die Freundin Julias Hilfsbereitschaft ein wenig zu sehr ausnutzte. Aber Julia half anderen gern, wenn sie konnte.

„Das würdest du echt machen?" Anne drückte Julias Arm. „Du bist echt ein Schatz."

Als es schließlich zur Pause läutete, war Julia unbehaglich zumute. Was sollte sie Florian sagen? Bestimmt nichts, was mit gestern zu tun hatte oder mit Anne.

Julia drückte sich an dem kleinen Kiosk herum, wo Florian früher oder später auftauchen würde, und überlegte, ob sie nicht lieber wieder gehen sollte. Doch kaum hatte sie das gedacht, erschien er auch schon mit zwei anderen Jungs. Er entdeckte Julia erst, als er bereits fast vor ihr stand. „Tut mir Leid wegen gestern", sagte er schnell.

Julia fiel ein Stein vom Herzen, und sie atmete erleichtert auf. Sie hielt ihm die Tüte mit dem Marmorkuchen hin. „Möchtest du?"

Florian nahm sich ein Stück von dem Kuchen und biss hinein. „Schmeckt super. Hast du den selbst gemacht?"

Julia lachte. „Nein. Meine Mutter ..." Hat ihn gekauft, hätte sie beinahe gesagt, schluckte den Rest des Satzes jedoch hinunter. Christa hatte, soweit Julia sich erinnern konnte, noch nie gebacken, nicht einmal zu Weihnachten. Überhaupt stand sie mit dem Herd ziemlich auf Kriegsfuß. Kochen gehörte nun mal eindeutig nicht zu ihren Lieblingsbeschäftigungen.

Florian hatte inzwischen das ganze Stück Kuchen aufgegessen. „So eine Mutter hätte ich auch gerne. Meine packt mir immer dieses Ökobrot ein. Weil es angeblich so gesund ist." Angewidert rümpfte er die Nase. „Dabei hasse ich dieses Körnerzeug."

Julia lachte. „Dann bring ich dir ab jetzt öfter mal Kuchen mit."

„Und ich spendier dir 'ne Cola dafür. Oder willst du lieber was anderes?" fragte Florian.

Julia schüttelte den Kopf, und Florian ging zum Kiosk. Sie verstand überhaupt nicht mehr, warum sie traurig gewesen war. Florian war so nett wie immer. Fast sogar noch ein bisschen netter als sonst.

Wenig später kam er zurück und reichte ihr eine Dose Cola.

„Danke", sagte Julia, riss die Lasche ab und nahm einen Schluck.

„Vielleicht können wir ja heute Nachmittag ...", begann Florian. „Ich meine, wenn du Zeit hast, würde ich gerne ..."

Im ersten Augenblick wollte Julia freudig zustimmen, doch plötzlich fiel ihr ein, dass sie Anne versprochen hatte, ihr bei dem Deutschaufsatz zu helfen. Und ihre Versprechen hatte sie bisher immer eingehalten. Außerdem würde Anne es ihr bestimmt übel nehmen, wenn Julia sie wegen Florian im Stich lassen würde.

„Tut mir Leid", erwiderte sie. „Heute kann ich nicht. Aber vielleicht morgen ..."

„Schade!" sagte Florian, „dann eben ein andermal." Und damit ließ er Julia einfach stehen. „Ciao, bis morgen", rief er, ohne sich noch einmal nach ihr umzusehen. Entgeistert sah Julia ihm hinterher. Warum war er auf einmal so abweisend? Sie verstand die Welt nicht mehr.

Als Julia mittags nach Hause kam, war sie froh, dass ihre Mutter nicht da war, denn sie war zu verwirrt, um jetzt mit ihr reden zu können. Zwar versuchte Christa, ihr immer zuzuhören und ihr zu helfen, aber im Moment musste Julia erst einmal selbst zurechtkommen mit ihrem Gefühlswirrwarr, bevor sie sich jemandem anvertrauen konnte. Außerdem hatte ihre Mutter momentan anderes im Kopf – schließlich bangte sie darum, ob sie die neue Stelle bekommen würde.

Auf dem Küchentisch lag ein Zettel ihrer Mutter. „Überraschung für dich in der Tiefkühltruhe“ stand in Christas schwungvoller Schrift darauf. Darunter hatte sie ein Herzchen gemalt.

Julia lächelte. Jedes Mal, wenn ihre Mutter unterwegs war, hinterließ sie Julia einen kleinen Zettel, mit den unterschiedlichsten Botschaften darauf. „Damit du weißt, dass ich immer an dich denke“, hatte sie einmal gesagt.

Julia öffnete das Tiefkühlfach im Kühlschrank und nahm die Packung mit den Tortellini heraus, die Christa für sie gekauft hatte. Sie riss den Aluminiumdeckel ab, wärmte den Ofen vor und schob das Gericht hinein. Während das Essen warm wurde, zog sie ihre Sportsachen aus dem Rucksack, ging in das kleine Badezimmer und stopfte die Sachen in die Waschmaschine, zusammen mit der anderen Wäsche, die in einem Korb lag. Julia wusste, dass ihre Mutter sich darüber freute, wenn sie im Haushalt mithalf, auch wenn sie immer wieder zu ihr sagte: „Du solltest dich lieber mit deinen Freunden verabreden, Julia, statt mit unserem alten Staubsauger.“

Lustlos stocherte sie schließlich in ihrem Essen herum und schob den Teller irgendwann zur Seite. Sie hatte einfach keinen Hunger.

Unkonzentriert begab sie sich an ihre Hausaufgaben, schrieb ihrer Mutter einen Zettel, dass sie bei Anne sei, und verließ das Gartenhäuschen.

Anne lebte mit ihren Eltern in einer großen, hellen Villa, die Julia jedes Mal wieder den Atem verschlug. Verglichen mit dem kleinen Häuschen, in dem sie und ihre Mutter wohnten, kam ihr dieses Haus beinahe wie ein Schloss vor.

Julia atmete tief durch, bevor sie auf die Klingel drückte. Auch wenn sie schon ein paar Mal hier gewesen war, hatte sie immer wieder ein beklemmendes Gefühl, wenn sie vor der Villa stand. Als würde sie plötzlich eine andere Welt betreten, in der sie nichts verloren hatte.

Wenig später öffnete Annes Mutter die Tür. „Julia, schön, dich mal wiederzusehen“, sagte sie freundlich, wenn auch ein wenig distanziert.

„Ich bin mit Anne verabredet“, erklärte Julia und blickte in die große Eingangshalle, in der Hoffnung, dass die Freundin im nächsten Moment auftauchen und sie aus ihrer Verlegenheit erlösen würde.

„Anne ist nicht da“, erwiderte deren Mutter. „Sie wollte in die Stadt, glaube ich. Soll ich ihr etwas ausrichten, wenn sie kommt?“

Julia schüttelte den Kopf. „Ich kann ja draußen warten. Sie wird bestimmt bald zurück sein. Vielleicht musste sie nur eben noch was besorgen“, entgegnete sie.

Annes Mutter lächelte verhalten. „Ich denke nicht, dass sie so schnell wieder zurück sein wird. Sie wollte sich mit jemandem treffen. Einem Jungen ..." Sie hob die Augenbrauen. „Florian hieß er, soweit ich mich erinnere." Langsam schob sie die Tür zu. „Wenn du mich jetzt bitte entschuldigen würdest, ich habe viel zu tun ..." Damit schloss sie die Tür.

Julia war wie vor den Kopf geschlagen. Was hatte Annes Mutter da eben gesagt? Ihre Freundin wollte sich mit Florian treffen? Aber es war doch Annes Idee, dass Julia am Nachmittag zu ihr kommen und ihr bei den Aufgaben helfen sollte. Julia begriff das einfach nicht. Was sollte das Ganze? Waren sie nun Freundinnen oder nicht?

Julia irrte ziellos umher. Sie wusste nicht wohin, wusste nicht, was sie denken sollte. Nur eines ging ihr immer wieder im Kopf herum: Anne und Florian. Warum trafen sich die beiden? Wieso hatte Anne sie versetzt, obwohl sie Julia doch gebeten hatte, ihr bei dem Deutschaufsatz zu helfen? Und sie selbst hatte Florian deswegen abgesagt – nur aus diesem Grund. Julia war wütend auf sich selbst. Möglicherweise hatte Annes Mutter den Namen falsch verstanden. Ja, mit Sicherheit. So musste es gewesen sein.

Julia versuchte zu lächeln. Bestimmt würde die Freundin sie heute Abend zu Hause anrufen und mit tausend Entschuldigungen – wie so oft – erklären, dass sie einen Zahnarzttermin gehabt hatte oder eine andere wichtige Verabredung, die sie unter gar keinen Umständen hatte verschieben können.

Langsam ging Julia nach Hause. Als sie das kleine Gartenhäuschen betrat, hörte sie ihre Mutter singen – laut und ziemlich schräg. Sie rannte ins Wohnzimmer. „Du hast die Stelle, oder?“ rief sie, als sie Christas strahlendes Gesicht sah.

Ihre Mutter breitete die Arme aus. Julia lief zu ihr, und Christa umarmte sie überschwänglich. „Jetzt schwimmen wir bald im Geld“, sagte sie ausgelassen und wirbelte mit Julia im Wohnzimmer herum. „Und wenn ich mein erstes Geld bekommen habe, kaufen wir dir gleich ein Fahrrad. Das hast du dir doch schon so lange gewünscht.“

Julia lachte. In diesem Moment hatte sie all ihre Probleme vergessen. Sie war einfach nur glücklich, weil ihre Mutter glücklich war. Nichts anderes zählte in diesem Augenblick. „Verdienst du denn so viel da?“ fragte sie neugierig.

Christa zuckte mit den Schultern. „Na ja, eine Yacht können wir uns vorerst nicht leisten, aber für ein tolles Fahrrad reicht es ganz bestimmt. Und die Yacht kommt später. Wir beide wollen schließlich auch mal ein bisschen im Luxus schwelgen, oder nicht?“ Sie ließ sich auf das Sofa fallen und streckte die Füße aus. „Und wie war dein Tag heute? War es schlimm?“

Julia wandte sich kurz ab. Sie wollte ihrer Mutter die gute Laune auf keinen Fall verderben. Seit Monaten suchte Christa nach einer Stelle, und jetzt, da sie endlich eine gefunden hatte, wollte Julia sie nicht mit ihren Problemen belasten, die sich vielleicht heute Abend oder morgen bereits in nichts auflösen würden. Langsam drehte sie sich wieder zu ihrer Mutter um. „Ach, es ging so", erwiderte sie. „Ich hab meine Hausaufgaben fertig", fügte sie hinzu, um das Thema zu wechseln.

Christa sprang vom Sofa auf. „Wunderbar. Ich würde vorschlagen, wir gehen zur Feier des Tages essen", sagte sie und deutete auf ihr blaues Kostüm. „Ich zieh mich nur rasch um, dann können wir los."

Als Christa verschwunden war, lief Julia in den Flur und prüfte, ob der Anrufbeantworter eingeschaltet war. Das Gerät war bereit. So könnte Anne, sollte sie anrufen, eine Nachricht hinterlassen.

Julia und ihre Mutter fanden draußen bei der Pizzeria einen freien Tisch unter den hohen Kastanien.

„Heute musst du nicht auf den Preis schauen", sagte Christa großzügig. „Such dir das aus, was du am liebsten isst."

Julia runzelte die Stirn. „Aber das Geld haben wir doch gar nicht", warf sie leise ein. Ihre Mutter hatte beim Pferderennen alles verspielt und bis sie ihr erstes Gehalt bekommen würde, würde noch einige Zeit vergehen.

Christa schüttelte lachend den Kopf. „Meine vernünftige Julia. Von wem hast du das bloß?" Sie deutete auf die Speisekarte. „Kalbfleisch mit Tunfischsoße, das bestell ich dir. Du isst es doch so gern. Und mach dir um das Geld keine Sorgen. Ich hab mein Konto ein bisschen überzogen, aber das ist nächste oder spätestens übernächste Woche wieder ausgeglichen."

Zwar hätte Julia auch gerne eine einfache Pizza gegessen, andererseits wollte sie ihrer Mutter den Spaß nicht verderben, selbst wenn ihr der Gedanke nicht gefiel, dass ihre Mutter so bedenkenlos Geld ausgab, das ihr eigentlich nicht gehörte – so wie sie es schon so oft gemacht hatte. „Mein Gott, die Banken müssen schließlich auch von irgendwas leben", erklärte Christa dann jedes Mal mit einem Achselzucken.

Als Julia nun das strahlende Lächeln auf dem Gesicht ihrer Mutter sah, vergaß sie ihre Bedenken. Warum sollten sie nicht mal ein bisschen über die Stränge schlagen? Sie hatten sich lange genug immer wieder einschränken müssen.

Während des Essens erzählte Christa von ihrer neuen Arbeitsstelle. „Die beiden Rechtsanwälte sind wirklich sehr nett", sagte sie augenzwinkernd. „Der eine ist so ein Kleiner, Dicker. Aber er scheint viel Humor zu haben. Und der andere ist groß und richtig durchtrainiert. Das konnte ich sogar trotz seines grauen Nadelstreifenanzugs erkennen. Und seine Augen …", schwärmte sie. „Julia, du hättest mal seinen Blick sehen sollen … da hätte ich glatt schwach werden können."

Julia lächelte, obwohl ihr nicht wohl war bei diesem Gespräch. Jetzt wiegelte Christa ab. „Keine Sorge, mein Schatz. So schnell verliebe ich mich nicht. Ich habe schließlich aus meinen Fehlern gelernt."

„Und was ist mit dem alten Drachen?“ warf Julia ein, um das Thema zu wechseln. Sie wollte nicht hören, dass es die große Liebe nicht gab. Denn sie glaubte fest daran, dass, wenn sie einmal erwachsen war, irgendwo auf dieser Welt ein Mann nur auf *sie* warten würde.

„Ach, mit dem alten Drachen werde ich bestimmt irgendwann zurechtkommen, da bin ich sicher“, entgegnete Christa leichthin.

„Ganz sicher, Mama“, erwiderte Julia. Manchmal wünschte sie sich, genauso aufgeschlossen und unbeschwert zu sein wie ihre Mutter, für die das Leben oft nichts als ein Spiel zu sein schien. Sicher, es gab auch Zeiten, wo Christa mit sich und der Welt haderte, aber sobald es wieder bergauf ging, hatte sie alle Probleme und allen Frust vergessen.

„Die Arbeit ist echt interessant“, fuhr Christa fort. „Heute Nachmittag, als ich da war, hab ich zufällig mitbekommen, dass einer der Rechtsanwälte einen Mandanten vertritt, der seine Firma um eine Million Mark betrogen hat. Kannst du dir das vorstellen? Eine Million?“ Nachdenklich schüttelte sie den Kopf. „Was man damit alles machen könnte …“

Julia trank einen Schluck von ihrem Mineralwasser. „Wie will der das jemals wieder zurückzahlen? Der braucht ja mindestens zweihundert Jahre dafür.“

Christa zuckte mit den Schultern. „Weiß ich auch nicht. Wahrscheinlich boxt sein Anwalt ihn da raus, und er kann sich irgendwo ins Ausland absetzen. Wenn man will, findet man immer einen Weg.“ Sie tupfte sich den Mund mit der Stoffserviette ab und legte sie zurück auf den Tisch. „Ich meine, manchmal geht es ziemlich ungerecht auf dieser Welt zu, findest du nicht? Die einen schwimmen im Geld, ohne dafür einen Finger krumm machen zu müssen, und die anderen strampeln sich ein Leben lang ab und haben doch nie mehr als das Nötigste. Da kann man schon verstehen, wenn so ein armer Schlucker mal in die Kasse greift …“

Julia hätte sich beinahe an ihrem letzten Bissen verschluckt. „Aber Mama, das ist trotzdem nicht richtig“, wisperte sie aufgebracht. „Man kann nicht einfach Geld von anderen nehmen …“

Christa winkte ab. „Warum regst du dich so auf, Julia? Du tust ja gerade so, als ob ich mir das Geld eingesteckt hätte.“ Sie zog ihre Geldbörse heraus und winkte dem Kellner. „Vergiss es einfach. Das ist ja nun wirklich und wahrhaftig nicht unser Problem.“

Nachdem Christa gezahlt hatte, blickte sie Julia fragend an. „Na, wie wär’s? Bummeln wir ein bisschen durch die Stadt?“

Julia schluckte. Eigentlich wollte sie so schnell wie möglich wieder nach Hause, um auf dem Anrufbeantworter nachzusehen, ob Anne inzwischen angerufen hatte. Doch als sie den flehentlichen Ausdruck in den Augen ihrer Mutter sah, brachte sie es nicht übers Herz, Nein zu sagen. „Na gut, aber wir kaufen nichts. Das Essen war so gut – da bin ich wunschlos glücklich.“

Christa hob feierlich zwei Finger zum Schwur. „Abgemacht.“

Arm in Arm schlenderten Julia und ihre Mutter nun wenig später an den Schaufenstern vorbei. Christa bewunderte eine teure Sitzgarnitur in einem Möbelgeschäft, begutachtete neugierig die neue Herbstkollektion in einem Damenmodegeschäft und stand dann mit leuchtenden Augen vor der Auslage eines Juweliers. „Ein Traum“, hauchte sie und deutete auf eine Goldkette mit herzförmigen Diamanten, die im Licht funkelten. „Eines Tages werde ich auch so eine tragen, du wirst schon sehen“, sagte sie.

Julia nickte abwesend. Ihr lag nicht viel daran, sich die Auslagen in den Geschäften anzuschauen, im Gegensatz zu ihrer Mutter, die immer gerade vor den exklusivsten Geschäften stehen blieb. Dabei wusste sie genau, dass sie sich all die teuren Sachen nicht leisten konnten. Aber Christa ließ sich nicht davon abhalten. „Man wird doch ein bisschen träumen dürfen“, rechtfertigte sie sich. „Sonst ist das Leben ja nicht zu ertragen.“

„Können wir jetzt nach Hause?“ drängte Julia.

Christa wandte ihren Blick von der Schmuckvitrine. „Manchmal kannst du ein richtiger Spielverderber sein“, stieß sie hervor. Doch als sie Julias erschrockenen Gesichtsausdruck sah, lenkte sie sofort wieder ein. „Tut mir Leid, mein Schatz. War nicht so gemeint“, sagte sie entschuldigend. „Ich will nur, dass wir uns irgendwann mal was richtig Schönes kaufen können.“

Julia drückte den Arm ihrer Mutter. „Das können wir – ganz bestimmt“, erwiderte sie, selbst wenn sie nicht hundertprozentig überzeugt davon war. Sie konnte sich jedenfalls nicht daran erinnern, dass sie jemals viel mehr als das Nötigste gehabt hatten. Aber sie wusste auch, dass ihre Mutter, mit all der überschäumenden Energie, die sie hatte, nicht so schnell aufgeben würde, um ihnen ein angenehmes Leben zu ermöglichen.

Christa nahm Julias Hand. „Komm, lass uns nach Hause gehen, mein Schatz. Wir machen es uns noch ein bisschen gemütlich.“

Als sie das Gartenhäuschen betraten, überprüfte Julia im Flur sofort den Anrufbeantworter, aber es war kein Anruf verzeichnet. Enttäuscht folgte sie ihrer Mutter ins Wohnzimmer.

„Wie wär's mit einer Runde Monopoly vor dem Schlafen“, schlug Christa vor und holte die große Schachtel aus dem Schränkchen. „Vielleicht krieg ich heute endlich mal die Schlossallee.“

Normalerweise spielte Julia gerne mit ihrer Mutter, denn Christa war immer mit Feuereifer bei der Sache, so als hinge ihr Leben davon ab, das Spiel zu gewinnen. Doch an diesem Abend war Julia nur mit halbem Herzen dabei. Immer wieder schweiften ihre Gedanken ab – zu Anne und Florian.

Und plötzlich klingelte das Telefon.

Julia sprang sofort auf. „Ich geh schon“, rief sie und

rannte hinaus in den Flur. Aber es war nicht Anne, die angerufen hatte. „Für dich, Mama“, murmelte Julia, als sie zurück ins Wohnzimmer kam. Vergeblich versuchte sie, ihre Enttäuschung zu verbergen.

Später im Bett beruhigte sie sich mit dem Gedanken, dass sie Anne am folgenden Tag in der Schule sehen würde. Dann ließe sich endlich alles klären.

Erwartungsvoll, aber auch ein bisschen ängstlich lief Julia am nächsten Morgen zur Schule. Als sie schließlich ihr Klassenzimmer betrat, saß Anne bereits an ihrem Platz und schaute angestrengt in ein Buch, das vor ihr auf dem Tisch lag.

Julia schluckte, gab sich einen Ruck und ging langsam zu der Freundin. Sie wollte unbedingt mit ihr reden, um sich zu vergewissern, dass alles noch wie immer sei und dass die Fragen, die sie seit gestern quälten, nur ihrer eigenen Unsicherheit entsprungen waren. „Hallo, Anne“, grüßte sie und räusperte sich, da ihre Kehle wie zugeschnürt schien.

Anne blickte von ihrem Buch auf. „Julia. Ich …“, sie fuhr sich durch die Haare und sah die Freundin betreten an, „ich weiß, ich hab dich versetzt. Aber ich hatte plötzlich so ein Drücken im Bauch und meine Mutter meinte, ich soll sofort zum Arzt gehen.“ Sie zuckte mit den Schultern. „Sie wird immer gleich panisch, wenn ich mal krank bin.“

Julia schwieg einen Moment. Warum hatte Annes Mutter ihr das nicht gesagt? Irgendetwas stimmte da nicht. „Hat deine Mutter dir nicht erzählt, dass ich gestern bei euch war?“

Anne schüttelte den Kopf. „Ich hab sie gar nicht mehr gesehen, weil sie bei irgendeiner dieser stinklangweiligen Partys war. Und heute Morgen hat sie noch geschlafen. Warum?“

Einen Augenblick lang war Julia versucht, der Freundin zu erzählen, was deren Mutter ihr gesagt hatte – doch sie beschloss zu schweigen. Vielleicht hatte Annes Mutter tatsächlich etwas durcheinander gebracht. „Ach nichts“, erwiderte sie stattdessen, „war nicht so wichtig.“ Fragend sah sie Anne an. „Geht's dir denn jetzt wieder besser?“

Anne nickte. „Viel besser“, antwortete sie mit einem Lächeln. „Es war ja nichts weiter.“ Mit einem Anflug von Verzweiflung im Blick deutete sie auf ihr Buch. „Ich hab gerade versucht, mir was für meinen Aufsatz zusammenzuschreiben, aber mir will einfach nichts einfallen.“ Bittend sah sie Julia an. „Vielleicht weißt du ja was und kannst mir helfen? Ausnahmsweise?“

Als es zur Pause klingelte, kam Anne zu Julia und zog sie mit sich in den Flur. „Und? Weißt du schon, was ich schreiben könnte?“ wisperte sie aufgeregt.

Versonnen starrte Julia einen Augenblick lang aus dem Fenster auf den Schulhof, der sich langsam füllte. Ihr Blick schweifte zu dem kleinen Kiosk, doch Florian war nicht zu entdecken.

„Julia, hast du mir überhaupt zugehört?“ hakte Anne ein wenig vorwurfsvoll nach.

„Ja, sicher.“ Julia riss ihren Blick vom Fenster los und fixierte die Freundin. „Können wir uns nicht nach der Schule treffen? So schnell fällt mir jetzt nichts ein.“

Anne schüttelte den Kopf. „Geht nicht bei mir. Ich muss gleich nach Hause. Mein … mein Vater hat Geburtstag. Du weißt ja, wie das ist. Die ganze Familie am Tisch versammelt …“ Sie erschauerte. „Die heile Familie, einmal im Jahr“, fügte sie spöttisch hinzu.

Ein trauriger Zug lag mit einem Mal um Julias Mund. *Die ganze Familie am Tisch versammelt* … Nein, das kannte sie nicht. Julia hatte immer nur mit ihrer Mutter allein zusammengelebt. Und auch wenn sie Christa über alles liebte, hatte sie sich manchmal gewünscht, einen Vater zu haben, so wie die meisten anderen in ihrer Klasse. Doch dann dachte sie daran, dass Anne sich oft darüber beschwerte, dass ihre Eltern keine Zeit für sie hatten, weil sie zu sehr mit all ihren gesellschaftlichen Verpflichtungen beschäftigt waren. Auch an ihren drei älteren Brüdern ließ Anne kaum ein gutes Haar, da sie die kleinere Schwester ständig aufzogen. Vielleicht war es ja sogar besser, dass sie nur ihre Mutter hatte. Christa liebte sie über alles und versuchte, immer für sie da zu sein. Anne hingegen schien in ihrer Familie niemanden zu haben, dem sie sich richtig anvertrauen konnte.

„Ich überleg mir was“, versprach Julia. „Mir wird schon was einfallen.

Dankbar lächelte Anne sie an. „Und wenn ich dir mal irgendwie helfen kann, musst du es nur sagen.“ Überschwänglich gab sie Julia einen Kuss auf die Wange.

Als die letzte Stunde vorbei war, hatte Julia sich drei Themen für Annes Aufsatz ausgedacht, die sie ihrer Freundin mitteilen wollte, bevor sie nach Hause gehen würde. Doch als sie gerade das Klassenzimmer verlassen wollte, um Anne schnell ihre Vorschläge zu unterbreiten, sprach ihre Englischlehrerin sie an.

„Julia, einen Augenblick“, sagte sie und lächelte. „Ich bin sehr zufrieden mit deinen Leistungen. Hast du dir die Sache mit dem Schüleraustausch, über den wir neulich gesprochen haben, überlegt?“ Sie hatte Julia vorgeschlagen, im nächsten Schuljahr für ein paar Wochen als Austauschschülerin nach England zu gehen, um ihre Fähigkeiten auszubauen, denn sie hielt Julia für sehr sprachbegabt.

„Ich denk noch mal darüber nach“, entgegnete Julia ausweichend. Obwohl ihr die Idee im ersten Moment gut gefallen hatte, war ihr schnell klar geworden, dass sie dieses Angebot nicht annehmen würde. Julia konnte sich einfach nicht vorstellen, ihre Mutter für ein paar Wochen im Stich zu lassen. Schließlich hatte Christa niemanden außer ihr. Sicher, es gab eine oder zwei Freundinnen, mit denen sie sich ab und zu traf. Aber sie, Julia, war Christas Familie, und sie konnte und wollte ihre Mutter nicht allein lassen.

„Also gut. Sag mir Bescheid, wenn du zu einer Entscheidung gekommen bist“, erwiderte die Lehrerin freundlich.

Julia verabschiedete sich und lief eilig hinaus, um nach Anne zu suchen. Doch die Freundin hatte das Schulgebäude offensichtlich schon verlassen. Julia überlegte einen Augenblick. Natürlich könnte sie Anne später zu Hause anrufen, um ihr die Ideen für den Aufsatz mitzuteilen, aber vielleicht störte sie dann bei der Geburtstagsfeier. Daher beschloss sie, die Abkürzung über den kleinen Parkplatz hinter der Schule zu nehmen – eventuell könnte sie Anne noch auf ihrem Heimweg abfangen.

Julia lief an der hohen Ligusterhecke vorbei, die den vorderen Teil des kleinen Parkplatzes umgab, als sie plötzlich eine Stimme hörte. Sie erkannte sie sofort. Es war Florians Stimme. Julia zuckte zusammen. Was machte Florian hier und mit wem sprach er?

Julia schlich ein kleines Stück zurück und spähte vorsichtig durch ein Loch in der Hecke. Sie glaubte, ihren Augen nicht zu trauen. Da stand Florian. Und er war nicht allein. Anne schmiegte sich an ihn und blickte zu ihm auf.

Nein! schrie es in Julias Kopf. Nein! Sie fühlte nur eine quälende Leere in sich, die fast körperlich schmerzte.

Wie in Trance lief Julia los. Erst als sie vor dem kleinen Gartenhäuschen stand, kam sie langsam wieder zu sich. Sie ging in ihr Zimmer, schlug die Tür zu und warf sich auf ihr Bett. Es dauerte lange, bis ihre Tränen versiegt waren.

Florian war ihr eigentlich egal, aber von Anne war sie maßlos enttäuscht. Die Freundin hatte sie belogen und hintergangen. Kein Arzttermin gestern, keine Geburtstagsfeier heute. Nein, nur Florian. Das werde ich ihr heimzahlen, dachte Julia im ersten Augenblick, doch dann schüttelte sie den Kopf. Sie wollte mit Anne, die immer vorgegeben hatte, ihre Vertraute zu sein, nichts mehr zu tun haben. Soll sie sehen, wie sie ihren blöden Aufsatz allein hinkriegt, überlegte sie wütend. Und Florian war ihr sowieso schnuppe. Julia sprang aus dem Bett und stampfte trotzig mit dem Fuß auf. Auf solche Freunde konnte sie verzichten. Nein, sie würde auch ohne sie zurechtkommen. Und schließlich hatte sie ja ihre Mutter. Christa war ihre beste Freundin, das hatte sie immer wieder gesagt.

Den Nachmittag verbrachte Julia allein am See und schwamm so lange, bis sie vollkommen erschöpft in den Sand fiel. Abends aß sie nur einen Apfel, denn sie hatte ohnehin keinen Hunger. Außerdem war ihre Mutter nicht da. Christa würde erst später nach Hause kommen, weil sie mit einer Freundin verabredet war. Die Dokumentation über kleine Löwenbabys, die sie sich im Fernsehen ansah, lenkte sie endlich für einen Augenblick von ihren Gedanken ab.

Doch als sie später in ihrem Bett lag, sah sie Anne und Florian wieder so deutlich vor sich, als ob sie in ihrem Zimmer stünden. Schnell zog Julia die Bettdecke über den Kopf, aber das Bild verschwand nicht. Sie kroch wieder unter der Decke hervor und machte das Lämpchen auf ihrem Nachtisch an. Ihr Blick fiel auf den bunten Ring aus dem Kaugummiautomaten, den Florian ihr geschenkt hatte. Einen Moment lang betrachtete sie ihn mit Tränen in den Augen, dann nahm sie ihn und schleuderte ihn mit aller Macht Richtung Tür.

„Das ist ja eine schöne Begrüßung", sagte Christa, die im gleichen Augenblick ins Zimmer gekommen war. Sie bückte sich und hob den Ring vom Boden auf.

Julia drehte sich zur Wand. Sie wollte jetzt nicht reden, nur alles so schnell wie möglich vergessen.

Doch Christa ging zu ihr und setzte sich auf die Bettkante. „Was ist denn, mein Schatz?" fragte sie mit sanfter Stimme.

„Nichts", murmelte Julia in ihr Kissen.

Christa legte ihr die Hand auf die Schulter und drehte Julia vorsichtig zu sich herum. „Komm, sag's mir. Ist es wieder wegen diesem Florian?"

Julia spürte, dass ihr erneut Tränen in die Augen traten. Sie schüttelte den Kopf. „Ach, Mama", schluchzte sie und schlang die Arme um den Hals ihrer Mutter. „Ich geh nicht mehr in die Schule. Nie mehr", rief sie. Endlich erzählte sie Christa, wie sie vergeblich auf Anne gewartet hatte und wie Anne sie belogen hatte – immer wieder und ohne mit der Wimper zu zucken. „Ich habe ihr vertraut!" weinte Julia, während ihre Mutter sie in den Armen hielt. „Das Schlimmste ist, dass ich jetzt keine Freundin mehr habe", schloss Julia verzweifelt.

Christa seufzte. „Es tut weh, wenn man so belogen wird, aber das kann leider passieren. Du darfst trotzdem dein Vertrauen in die Menschen nicht verlieren. Du wirst in Zukunft höchstens bei der Wahl der Menschen, denen du dein Vertrauen schenkst, ein wenig vorsichtiger sein", sagte sie. Fragend sah sie ihre Tochter an. „Und was ist mit Florian?"

„Ach, der ist mir egal", schniefte Julia und wischte sich mit dem Handrücken die Tränen vom Gesicht.

Christa strich ihrer Tochter tröstend übers Haar. „Jedenfalls wird die Welt nicht untergehen, das kann ich dir versichern. Und du wirst bestimmt schnell wieder eine neue Freundin finden." Sie lächelte. „Und außerdem bin ich ja auch noch da." Sie küsste Julia auf die Wange und stand auf. „Jetzt mach ich dir mein Spezialrezept, denn ich wette, dass du heute nichts Richtiges gegessen hast. Mein Rezept hilft gegen jeden Kummer, und spätestens nach dem dritten Löffel fühlst du dich viel besser."

Julia sank in ihr Kissen zurück, als Christa das Zimmer verlassen hatte. Sie war froh, dass sie ihrer Mutter alles erzählt hatte. Christa wusste immer einen Rat. Und wenn es mal ein Problem gab, halfen ihre gute Laune und ihre Lebensfreude, das Ganze zu vergessen. Sicher, Christa war manchmal sehr bedrückt gewesen, als sie keine Arbeit gefunden hatte. In solchen Momenten hatte Julia versucht, sie zu trösten, denn es war für sie nur schwer zu ertragen, ihre Mutter niedergeschlagen und unglücklich zu sehen. Doch wenn Christa gut gelaunt war, konnte sie Niederlagen und Rückschläge sehr schnell wegstecken. Julia nahm sich vor, das Leben von nun an auch leichter zu nehmen. Schließlich ging es endlich wieder einmal bergauf. Ihre Mutter hatte nach langem Suchen eine Stelle gefunden und bald hätten sie vielleicht sogar genug Geld, um Christas Wünsche zu erfüllen.

Eilig stand Julia auf, lief in die Küche und umarmte ihre Mutter stürmisch. „Danke, Mama", flüsterte sie.

Christa, die gerade Chili con Carne zubereitete, ihr Geheimrezept gegen Kummer aller Art, lachte. „Na siehst du, mein Schatz, ist doch alles halb so schlimm. Solange wir beide uns haben und zusammenhalten, kann nichts passieren."

3. KAPITEL

Julia schaffte es tatsächlich, Anne in den nächsten beiden Wochen aus dem Weg zu gehen und ihren Schmerz langsam zu verarbeiten.

Auf Annes Frage, warum sie nichts mehr mit ihr zu tun haben wollte, hatte Julia nur knapp geantwortet: „Du hast ja jetzt Florian." An Annes entgeisterter Miene war deutlich abzulesen gewesen, dass die Freundin verstanden hatte. Zufrieden mit sich hatte Julia sich abgewandt. Endlich einmal hatte sie es geschafft, zu sich selbst zu stehen und nicht das Wohlergehen anderer in den Vordergrund zu stellen und ihre eigene Befindlichkeit darüber zu vergessen. Darauf war Sie stolz. Hocherhobenen Hauptes war sie auf ihr neues Fahrrad gestiegen, das sie und Christa ein paar Tage zuvor gekauft hatten, und war davongefahren.

Auch Florian hatte sie immer mal wieder gesehen. Zunächst war er ihr aus dem Weg gegangen, danach hatte er sie verlegen gegrüßt, als ob er ein schlechtes Gewissen hätte. Julia hatte ihn angelächelt, denn sie war ihm nicht mehr böse, auch wenn sie es bedauerte, dass sie nicht mehr zusammen Eis essen gingen oder einfach miteinander redeten und ihren Spaß hatten.

Eines Tages in der Pause auf dem Schulhof sah Julia, dass Anne und Florian sich stritten. Julia stand zu weit entfernt, um hören zu können, worum es ging, aber an den Gesten konnte sie erkennen, dass es sich um eine heftige Auseinandersetzung handeln musste. Plötzlich ließ Anne Florian stehen und rannte über den Schulhof, vorbei an Julia. Schließlich verschwand sie schnell im Schulgebäude.

Als Julia nach der Pause in ihr Klassenzimmer kam, saß Anne mit gesenktem Kopf an ihrem Platz. Mit ihrer Hand umklammerte sie ein Taschentuch, und ihr Gesicht war gerötet vom Weinen. Julia fühlte Mitleid in sich aufsteigen. Zwar hatte Anne sie hintergangen, aber jetzt, da sie offensichtlich selbst Kummer hatte, konnte Julia ihr nicht länger böse sein. Fast wäre sie zu ihr gelaufen, um sie zu trösten, doch in diesem Augenblick betrat der Lehrer das Klassenzimmer.

Nach der letzten Stunde kam Anne zu ihr und sah sie verlegen an. „Du hast ja sicherlich mitgekriegt, dass Florian und ich uns gestritten haben“, begann sie kleinlaut.

Julia zuckte mit den Schultern und versuchte, unbeteiligt auszusehen. „Nur von Weitem“, erwiderte sie. Auf keinen Fall wollte sie aufdringlich erscheinen, obwohl sie natürlich liebend gern gewusst hätte, warum die beiden sich gezankt hatten.

„Es ging eigentlich um dich“, fuhr Anne stockend fort. „Florian hat gesagt, dass ich wie eine Klette an ihm hängen würde und dass du viel unkomplizierter bist.“

Julia war überrascht. „Versteh ich nicht ganz …“, entgegnete sie, hielt jedoch inne, als sie sah, dass Anne wieder Tränen in den Augen hatte.

„Ich dachte eben, dass er immer für mich da ist“,

schluchzte Anne, „doch er hängt ständig mit seinen Freunden herum." Sie fuhr sich über die Augen. „Ich wollte auch mal jemanden haben, der sich um mich kümmert, aber Florian hat ja nie Zeit." Sie zog ein Taschentuch aus ihrer Umhängetasche und putzte sich umständlich die Nase.

Julia nickte langsam. In diesem Augenblick konnte sie Anne nur zu gut verstehen. Auch sie, Julia, hatte jemanden haben wollen, der für sie da war und mit dem sie etwas unternehmen konnte. Doch im Gegensatz zu Anne hatte sie eine Mutter, die sie tröstete, wenn es ihr schlecht ging. In Annes Familie gab es anscheinend niemanden, der sich um sie sorgte, wenn sie Trost brauchte. Dass sie selbst allerdings eine gewisse Genugtuung empfand, weil Anne bei Florian abgeblitzt war, schob sie beiseite. Anne brauchte jetzt ihre Hilfe, nicht ihre Schadenfreude. Sie hatte ja keinen Menschen, der ihr zur Seite stand. Und vielleicht könnten sie wieder Freundinnen sein, da Anne nun nicht mehr mit Florian zusammen war. Denn Julia hatte es doch sehr vermisst, etwas mit Anne unternehmen zu können.

Es war nichts Neues für Julia, allein zu sein. Freunde hatte sie bisher nur wenige gehabt, da sie mit ihrer Mutter immer wieder umgezogen war, wenn diese in einer anderen Stadt Arbeit gefunden hatte. Und Julia hatte sich im Laufe der Jahre damit abgefunden, dass sie die Zeit außerhalb der Schule meist für sich verbrachte. Umso mehr hatte sie die Freundschaft mit Anne geschätzt – und die Freundschaft mit Florian.

„Wir können ja ein Stück zusammen nach Hause gehen", schlug Anne vor. „Wenn ... wenn du überhaupt noch mit mir reden willst", fügte sie leise hinzu.

Julia lachte. „Na klar. Ich bin froh, dass wir uns endlich wieder verstehen."

Als sie wenig später zusammen über den Schulhof gingen, kam Florian ihnen mit seinem Fahrrad entgegen. Anne hakte sich bei Julia unter und würdigte Florian keines Blickes. „Hat er zu mir herübergeschaut?" erkundigte sie sich, als Florian verschwunden war.

Forschend sah Julia sie an. „Warum fragst du? Ich dachte, du hast genug von ihm."

Anne zuckte mit den Schultern. „Hab ich ja auch. Ich wollte nur wissen, ob er ein schlechtes Gewissen hat." Schnell blickte sie über die Schulter, doch Florian war nicht mehr zu sehen.

„Na ja, besonders glücklich wirkte er jedenfalls nicht", erwiderte Julia.

Anne schnippte mit den Fingern. „Das geschieht ihm recht." Jetzt lächelte sie sogar schon wieder. „Wie wär's? Gehen wir zusammen ein Eis essen? Ich lade dich ein."

Ausgelassen plaudernd schlenderten die beiden Mädchen zur Eisdiele, als hätte es nie ein Zerwürfnis zwischen ihnen gegeben. Und Julia war froh, dass sie mit Anne wieder ein Herz und eine Seele war.

Die Freundin spendierte ihr einen großen Eisbecher mit Sahne. „Auf Jungs kann man sich sowieso nicht verlassen", sagte Anne und nippte an ihrer Eisschokolade.

„Unsere Freundschaft ist mir viel wichtiger", fügte sie mit Blick auf Julia hinzu. „Auf dich kann man hundertprozentig bauen. Du bist immer da, wenn man dich braucht."

Julia lächelte. „Dafür hat man schließlich eine Freundin, oder etwa nicht?"

Anne nickte. „Und du hast eigentlich nie Probleme. Um dich muss man sich keine Sorgen machen."

Die letzten Worte der Freundin versetzten Julia einen Stich. Nur weil sie es nicht an die große Glocke hängte, wenn es ihr mal nicht gut ging, hieß das noch lange nicht, dass sie keine Probleme hatte. Sie war es eben nur gewohnt, vieles mit sich allein auszumachen. Julia hatte schon früh selbstständig werden und sich um sich selbst kümmern müssen. Christa versuchte zwar ihr Möglichstes, immer für ihre Tochter da zu sein, aber sie musste eben auch arbeiten. So war Julia bereits als Kind oft auf sich allein gestellt gewesen und hatte gelernt, viele ihrer Probleme selbst zu lösen, da sie ihre Mutter nicht damit belasten wollte. Denn Christa hatte genug damit zu tun, für ihren gemeinsamen Lebensunterhalt zu sorgen. Doch insgeheim hatte Julia sich häufig gewünscht, einfach nur Kind sein zu können und ein richtiges Zuhause zu haben. Und eine richtige Familie. Aber all das wollte sie Anne nicht erzählen. Denn sie war sicher, dass niemand das nachempfinden könnte. Anne würde Julias Sehnsucht sicher nicht verstehen, weil sie sich ständig über ihre eigene Familie beschwerte. Außerdem hatte die Freundin sie gerade eben bestimmt nicht vor den Kopf stoßen wollen.

„Hast du Lust, noch mit zu mir zu kommen?“ fragte Anne, nachdem sie ihre Eisschokolade ausgetrunken hatte. „Meine Mutter ist nicht da, und meine nervigen Brüder sind auch unterwegs. Wir haben das ganze Haus für uns allein.“

Julia überlegte einen Augenblick. Eigentlich hatte sie am Nachmittag zu Hause aufräumen wollen, damit sie es gemütlich hatten, wenn ihre Mutter am Abend von der Arbeit kam. Andererseits war es herrlich verlockend, endlich einmal wieder einen ausgelassenen Nachmittag mit ihrer Freundin zu verbringen. Vielleicht blieb danach ja noch ein bisschen Zeit zum Aufräumen.

Schließlich wurde es doch später, als sie gedacht hatte, und ihre Mutter war schon längst zu Hause, als Julia heimkam.

„Wo warst du?“ fragte Christa. „Ich hab mir Sorgen gemacht.“ Sie bereitete gerade einen gemischten Salat vor.

„Entschuldige“, erwiderte Julia, der das schlechte Gewissen deutlich anzumerken war. Sie hatte diesen Nachmittag bei Anne so genossen, dass sie die Zeit völlig vergessen hatte. Anne hatte ihre neuesten CDs aufgelegt, und sie waren durch ihr Zimmer getanzt. Danach hatten sie in dem großen Swimmingpool im Garten herumgeplanscht. Später hatte Anne Popcorn gemacht, das sie, hingeräkelt auf die großen weißen Liegen auf der Terrasse, verspeist hatten. „Wie zwei Filmstars“, hatte die Freundin lachend angemerkt und ihre dunkle Sonnenbrille zurechtgerückt, während Julia sich den riesigen Strohhut von Annes Mutter auf den Kopf gesetzt und mit abgespreizten Fingern ihr Glas zum Mund geführt hatte.

„Ich war bei Anne", erklärte Julia und erzählte ihrer Mutter von dem Streit zwischen Florian und der Freundin. „Anne ging es echt schlecht danach. Aber jetzt ist alles wieder in Ordnung mit uns, und wir sind wieder Freundinnen."

Christa schnitt eine Tomate auf und schüttelte den Kopf. „Du hast wirklich ein großes Herz. Ich weiß nicht, ob ich so schnell vergeben und vergessen könnte."

Julia nahm sich ein Salatblatt und biss davon ab. „Du hast doch selbst gesagt, dass man das Leben nicht zu ernst nehmen soll. Und jetzt sagst du plötzlich …"

Christa lachte. „Wie gut, dass ich dich habe, sonst wüsste ich ja gar nicht, was ich den lieben langen Tag so alles von mir gebe." Sie warf die Tomatenstückchen in die große Salatschüssel. „Wahrscheinlich komme ich langsam in das Alter, wo man vergesslich wird." Sie zog eine Grimasse. „Siehst du, ich bin schon ganz faltig."

„Mama, du bist noch nicht mal vierzig", rief Julia entgeistert.

Mit einem Mal wirkte Christa bedrückt. „Ich weiß, aber manchmal fühle ich mich richtig ausgelaugt, als hätte ich einfach keine Kraft mehr." Sie ließ sich auf einen Küchenstuhl fallen.

Besorgt sah Julia ihre Mutter an. „Heute Morgen warst du noch so gut gelaunt. Was ist denn bloß passiert?" Julia hatte des Öfteren erlebt, wie die Stimmung ihrer Mutter von einer Minute auf die andere umschlug. Es war nicht leicht für Julia, damit klarzukommen, zumal Christa häufig selbst nicht zu wissen schien, woher ihre Stimmungsschwankungen rührten.

Christa starrte gedankenverloren vor sich hin. „Lass gut sein, Julia. Ich will dich nicht mit meinen Problemen belasten. Du hast so einen schönen Tag gehabt und ...“

„Aber du anscheinend nicht“, unterbrach Julia. „Jetzt sag schon, was passiert ist.“ Sie setzte sich zu ihrer Mutter an den Tisch. „Ich halte das nicht aus, wenn du so traurig bist.“ Julia versuchte immer, die Laune ihrer Mutter zu heben, wenn diese betrübt war – als hätte sie selbst irgendwie mit Schuld, wenn es Christa schlecht ging.

Christa räusperte sich. „Es ... es ist wegen diesem Drachen im Büro. Die Frau vermiest mir alles. Nichts kann ich ihr recht machen.“

Überrascht blickte Julia ihre Mutter an. „Das verstehe ich nicht. Erst gestern hast du erzählt, dass alles wunderbar läuft und die Arbeit so interessant ist.“

„Ja, das war gestern“, erwiderte Christa ein wenig lauter als beabsichtigt. „Aber heute musste ich drei Briefe neu schreiben, nur weil ein paar kleine Tippfehler drin waren.“

Julia nahm die Hand ihrer Mutter. „Das ist doch nicht so schlimm. Morgen hat der Drachen das sicherlich wieder vergessen. Du wirst sehen.“

Abrupt stand Christa auf. „Ich weiß nicht, ob ich morgen ins Büro gehe. Am liebsten würde ich überhaupt nicht mehr hingehen. Das ist alles zu viel für mich!" Sie wandte sich ab, ging zur Anrichte, nahm den Salatkopf und riss aufgebracht die Blätter ab, die sie in das Sieb in der Spüle warf.

Julia saß einen Augenblick lang sprachlos da. Dann sah sie zu ihrer Mutter auf. „Bitte, Mama, gib nicht wieder so schnell auf", sagte sie in flehendem Ton. „Morgen sieht die Welt bestimmt ganz anders aus."

Christa drehte sich zu ihr um und blickte sie geknickt an. „Meinst du? Ich weiß nicht ..."

Schnell stand Julia auf. „Aber ich." Sie ging zu ihrer Mutter, ergriff ihre Hand und führte Christa zu einem der Stühle. „Beruhige dich jetzt erst mal. Ich mach das Essen. Abgemacht?"

Christa lächelte verhalten. „Was würde ich nur ohne dich machen?"

Der Sommer neigte sich langsam dem Ende entgegen. Ein leichter Nebel lag nun morgens über dem Garten hinter dem Häuschen, der jedoch bald von der Herbstsonne verdrängt wurde.

Als Julia sich eines Morgens von ihrer Mutter verabschiedete, wirkte diese wieder ein wenig bekümmert. Die letzten Wochen hatte sie sich zwar häufig über die Arbeit beklagt, doch zumindest hatte sie nicht aufgegeben, wie Julia zu Anfang befürchtet hatte.

Julia gab ihr einen Kuss auf die Wange und sagte aufmunternd: „Wird schon wieder." Als sie mittags nach der

Schule heimkam, lag der übliche Zettel mit Grüßen von ihrer Mutter auf dem Küchentisch, den Christa jeden Tag schrieb, bevor sie zur Arbeit ging.

Erleichtert atmete Julia auf. Zumindest war ihre Mutter ins Büro gegangen. Vielleicht hatte sie ja beschlossen, nicht wieder so schnell aufzugeben wie sonst. Zu oft hatte Julia in den letzten Jahren erlebt, dass ihre Mutter, wenn es nur die geringsten Spannungen gab, ihre Arbeit von einem Tag auf den anderen hinwarf, mit der Begründung, sie sei eben zu sensibel, um sich in dem harten Konkurrenzkampf behaupten zu können.

Schnell machte Julia ihre Hausaufgaben, da am Nachmittag das große Sportturnier der Schule stattfinden würde. Julia freute sich sehr darauf, zumal die Sportlehrerin versprochen hatte, dass sie danach noch mit ihrer Klasse Pizza essen gehen würde, sollten die Mädchen bei den Wettkämpfen gut abschneiden. Doch als Julia schließlich ihre Sportsachen in den Rucksack packte, kamen ihr Zweifel. Sollte sie vielleicht lieber zu Hause bleiben und auf ihre Mutter warten? Was, wenn Christa heute wieder Probleme im Büro gehabt hatte? Dann würde Julia sie trösten müssen. Auf der anderen Seite konnte sie unmöglich bei dem Sportturnier fehlen. Sie müsste sich eine Ausrede ausdenken, warum sie nicht hatte kommen können, und das bedeutete, dass sie ihre Lehrerin anlügen müsste – das wollte sie unter keinen Umständen. Schließlich gab sie sich einen Ruck und verließ das Gartenhäuschen, bevor sie es sich noch einmal anders überlegen würde.

Auch diesmal belegte Julia beim Hundertmeterlauf den ersten Platz, gefolgt von Anne. Und bei den anderen Disziplinen schnitten die Mädchen ebenfalls außergewöhnlich gut ab. Am Ende des Tages verkündete die Sportlehrerin mit strahlendem Gesicht, dass die Klasse sich eine extragroße Pizza verdient hätte.

Einen Augenblick lang zögerte Julia. Ihre Mutter würde jetzt sicher bald heimkommen. Vielleicht brauchte Christa ja tatsächlich ihren Trost und wäre verzweifelt, wenn Julia nicht da wäre …

„Kommst du, Julia?“ rief die Sportlehrerin, die mit den anderen schon ein kleines Stück vorausgegangen war, und riss Julia aus ihren Gedanken.

„Ja, ja … natürlich.“ Julia rannte hinter den anderen her und hoffte, dass ihre Mutter die ein oder zwei Stunden auch ohne sie zurechtkommen würde.

Es war schon fast zehn Uhr, als Julia endlich nach Hause kam. „Mama, entschuldige, dass es so spät geworden ist“, rief sie, nachdem sie das Gartenhäuschen betreten hatte. Sie ließ ihren Rucksack im Flur fallen und lief ins Wohnzimmer, aber ihre Mutter war nicht da. „Mama?“ rief Julia noch einmal. Sie sah in der Küche nach und suchte dann im Schlafzimmer nach ihr. Doch ihre Mutter war nirgends zu finden. Besorgt rannte Julia zurück in den Flur und sah auf dem Anrufbeantworter nach, ob ihre Mutter eine Nachricht für sie hinterlassen hatte – das Lämpchen blinkte nicht.

Julia lief in die Küche, um zu schauen, ob Christa ihr

einen Zettel geschrieben hatte. Nichts. Offensichtlich war ihre Mutter nach der Arbeit nicht nach Hause gekommen. Julia überlegte einen Augenblick. Vielleicht war Christa mit einer Freundin ausgegangen. Dann hätte sie ihr jedoch normalerweise Bescheid gesagt. Ob etwas passiert war? An so etwas wollte Julia gar nicht denken und schob die schreckliche Vorstellung beiseite. Wahrscheinlich hatte Christa einfach die Zeit vergessen, wie sie selbst heute Abend in der Pizzeria, und würde jeden Moment zurückkommen.

Julia nahm den Rucksack vom Boden, ging ins Badezimmer, kramte die Sportsachen heraus und hängte sie auf den kleinen Wäscheständer zum Trocknen. Dann ging sie ins Wohnzimmer und setzte sich mit einem Buch aufs Sofa, um auf ihre Mutter zu warten. Immer wieder schweifte ihr Blick zur Uhr, die auf dem Schrank stand. Als es schließlich auf Mitternacht zuging, war Julia einen Augenblick lang versucht, bei der Polizei anzurufen. Doch was sollte sie den Beamten sagen? Sie würden wahrscheinlich sehr verärgert sein, wenn sie ihnen erzählte, dass ihre Mutter noch nicht nach Hause gekommen war, und ihr vorhalten, dass sie sich um Wichtigeres kümmern mussten. Mama ist bestimmt nichts passiert, redete Julia sich zum wiederholten Mal ein und merkte dennoch, dass die Angst um ihre Mutter ihr mehr und mehr das Herz zuschnürte. Es *durfte* einfach nichts geschehen sein. Was sollte sie denn ohne ihre Mutter machen? Sie hatte doch sonst niemanden. Der Gedanke, dass ihre Mutter plötzlich nicht mehr sein könnte, war so qualvoll für sie, dass sie ihn fast körperlich zu spüren glaubte. Sie legte sich aufs Sofa, zog die Beine an und umklammerte das Kissen, auf dem sie lag. Bitte, lieber Gott, mach, dass Mama bald wiederkommt, dachte sie verzweifelt. Ich verspreche auch, alles für sie zu tun. Bitte, lass sie ganz schnell nach Hause kommen.

Lange lag Julia zusammengekauert wie ein Baby auf dem Sofa und versuchte, die Tränen zurückzudrängen, die in ihr aufstiegen. Schließlich sank sie in einen unruhigen Schlaf und schreckte erst wieder hoch, als die Haustür ins Schloss fiel.

Julia war sofort hellwach, sprang vom Sofa auf und rannte in den Flur. „Mama", rief sie, lief zu ihrer Mutter und warf sich ihr in die Arme. Die Tränen, die sie so lange zurückgehalten hatte, liefen ihr nun über die Wangen. „Mama."

Christa nahm Julias Gesicht in die Hände. „Aber was ist denn, mein Schatz? Warum bist du aufgestanden?"

Julia schluckte schwer und drückte ihre Mutter an sich. „Ich hab mir solche Sorgen gemacht!"

Christa lachte leise. „Aber warum?" Sie löste sich ein wenig aus der Umarmung und sah ihre Tochter fragend an. „Warum bist du so außer dir? Ist irgendwas passiert?"

Für einen Augenblick war Julia zu verblüfft, um antworten zu können. Verstand ihre Mutter nicht, dass sie halb wahnsinnig geworden war vor lauter Angst, ihr könnte etwas zugestoßen sein? „Ich … ich wusste nicht, wo du warst. Und da dachte ich …"

Christa schüttelte lachend den Kopf. „Ach, mein Kleines, du machst dir immer zu viel Gedanken. Es ist alles in Ordnung." Sie hielt einen Moment inne und fügte dann augenzwinkernd hinzu: „Wenn ich dir erzähle, was ich heute Abend erlebt habe, wirst du vor Freude in die Luft springen." Sie zog Julia mit sich ins Wohnzimmer und ließ sich auf das Sofa fallen.

Julia kuschelte sich glücklich an Christas Schulter. Die Angst, die sie stundenlang gequält hatte, war mit einem Schlag vergessen. Ihre Mutter war wieder da, und das allein zählte. „Was ist denn passiert? Nun sag schon!" drängte sie neugierig.

Christa sah ihre Tochter mit strahlenden Augen an. „Ich bin nach der Arbeit kurz in die Stadt gegangen, um ein bisschen an den Schaufenstern vorbeizubummeln. Und als ich die Auslage beim Juwelier angeschaut habe, stand plötzlich ein Mann neben mir und deutete auf die Goldkette. Weißt du, die, die wir vor einiger Zeit schon gesehen haben."

Julia nickte. Sie konnte sich noch genau an die Kette erinnern. Aber nicht deshalb, weil sie so schön war, sondern weil es das teuerste Schmuckstück in der Auslage gewesen war.

„‚Die Kette ist wie für Sie geschaffen', hat er zu mir gesagt", fuhr Christa fort. „Er meinte, dass keine andere sie tragen sollte, da sie nur bei einer so schönen Frau wie mir richtig zur Geltung kommen würde." In ihren Augen spiegelten sich Genugtuung und ein wenig Stolz.

„Hat er dir die Kette gekauft?" fragte Julia.

Christa lachte. „Aber nein, mein Schatz, so schnell geht das nicht. Aber er hat mich zum Essen eingeladen. In das neue Restaurant am Marktplatz. Dieses teure, von dem ich dir erzählt habe. Es war wunderschön. Überall Kerzenlicht, und das Essen war einfach köstlich." Sie seufzte glücklich. „Und Max war umwerfend liebenswert. Er ist wahnsinnig charmant und sieht wirklich toll aus, mit seinem dunkelblauen Anzug. Der muss ein Vermögen gekostet haben. Max würde mich auf Händen durchs Leben tragen." Sie zwinkerte Julia verschmitzt zu. „Und das nötige Kleingeld hat er außerdem noch dazu." Ihr Blick verklärte sich. „Wäre das nicht wundervoll? Wir hätten endlich keine Geldsorgen mehr und könnten uns alle Wünsche erfüllen."

Julia nickte. „Sicher, Mama", erwiderte sie und versuchte, genauso begeistert zu klingen wie ihre Mutter, doch es wollte ihr nicht recht gelingen. „Das wäre wirklich toll", fügte sie schnell hinzu, da sie Christas Freude um keinen Preis trüben wollte. Außerdem war Julia einfach nur froh, dass ihre Mutter wieder da war und so glücklich wirkte wie lange nicht mehr. „Warst du bis jetzt mit ihm beim Essen?" fragte Julia und warf einen Blick auf die Uhr. Es war schon fast drei.

Christa zuckte unmerklich zusammen. „Wir … nein, nicht die ganze Zeit." Sie stockte einen Moment, bevor sie hinzufügte: „Max hat mich noch in diese Bar eingeladen, ganz in der Nähe des Restaurants."

„Meinst du das *Chez nous?*" fragte Julia. Sie kannte den Namen der Bar von Anne, weil deren Vater ab und zu dort hinging.

Christa stutzte und wandte den Blick ab. „Nein ... die heißt, ich weiß nicht genau. Vielleicht." Sie lachte kurz auf. „Weißt du, wenn man in netter Begleitung ist, achtet man nicht auf Namen." Flüchtig gab sie Julia einen Kuss auf die Stirn. „Jetzt aber ab ins Bett. Du musst weiterschlafen. Tut mir Leid, dass ich dich geweckt habe, mein Engel."

Julia verkniff sich ein Lächeln. Anscheinend war ihrer Mutter nicht aufgefallen, dass sie Jeans und T-Shirt trug, statt ihres Schlafanzuges. Schnell drückte sie Christa einen Kuss auf die Wange. „Schlaf gut, Mama", sagte sie und verschwand in ihrem Zimmer.

Als sie wenig später in ihrem Bett lag, dachte sie noch einmal über alles nach, was ihre Mutter erzählt hatte. Möglicherweise war dieser Max ja tatsächlich der richtige Mann für Christa. Und dann hätten sie bald ein wunderschönes Zuhause und wären eine richtige Familie, so wie Julia es sich oft erträumt hatte.

Julia versuchte, sich die Zukunft in den schönsten Farben auszumalen, doch so richtig wollte es ihr nicht gelingen. Der Traum von einem richtigen Zuhause und einer Familie war zu kostbar für sie, als dass sie sich ihm bedenkenlos hätte hingeben können.

Als Julia morgens verschlafen aufstand, war ihre Mutter noch nicht wach. Leise machte sie sich Frühstück, aß schnell, da sie ein bisschen zu spät dran war, und schrieb für Christa einen Zettel, mit Grüßen für einen wunderschönen Tag.

Auf dem Weg zur Schule dachte sie über den Traum nach, den sie in dieser Nacht gehabt hatte. Ihre Mutter und sie waren in einem großen Möbelhaus gewesen und hatten für Julia ein zauberhaft schönes neues Schlafzimmer ausgesucht, mit einem Himmelbett, so wie Julia es sich schon immer gewünscht hatte. „Lassen Sie alles bitte in unser Schloss liefern", hatte Christa zu dem Verkäufer gesagt, einem buckligen kleinen Männchen mit spitzer Nase. Julia hatte den Mann argwöhnisch angeschaut und sich gefragt, ob er ihre Mutter überhaupt verstanden hatte. Denn er war reglos stehen geblieben, ohne etwas zu erwidern. Ja, fast schien es so, als ob er gar nicht lebendig wäre. Doch Christa hatte einfach kurz mit den Fingern geschnippt – und plötzlich standen sie und Julia in einem riesigen Schloss. Christa hatte Julias Hand genommen und gesagt: „Jetzt zeige ich dir dein neues Zimmer." Sie waren eine breite, endlos lang scheinende Marmortreppe hinaufgestiegen. Schließlich öffnete Christa eine große Tür und schob Julia in ein wunderschönes Zimmer, das ganz in Gold gehalten war. Und tatsächlich! Da stand das Himmelbett, mitten im Raum, und der zarte Stoff des Himmels bewegte sich leicht in der warmen Brise, die durch das geöffnete Fenster wehte. Mitten auf dem Bett saß der bucklige Verkäufer mit überkreuzten Beinen und sah Julia lächelnd an. „Siehst du, mein Kind“, sagte er mit weicher, tiefer Stimme, „man schafft alles, wenn man nur will. Du darfst nicht daran zweifeln.“ Er streckte sich, und im nächsten Augenblick hatte er sich in Luft aufgelöst.

Hoffentlich hast du Recht, kleines Männchen, dachte Julia, als sie die breite Treppe zum Schulgebäude hinaufging. Sie war ein bisschen aufgeregt, denn heute würden sie ihre Deutschaufsätze zurückbekommen, die sie in der letzten Woche zu Hause hatten schreiben müssen. Julia hatte Anne wieder einmal geholfen, und sie hoffte, dass sie beide eine gute Note bekommen würden.

Als ihr Deutschlehrer schließlich die Aufsätze verteilte, sah Julia ihn gespannt an, während er durch die Reihen ging und neben dem Platz ihrer Freundin stehen blieb.

„Nicht schlecht“, bemerkte er, als er Anne ihren Aufsatz zurückgab. „Wenn du dich noch mehr anstrengst, kann ich dir beim nächsten Mal vielleicht sogar eine Zwei geben.“ Nachdem er alle anderen Aufsätze verteilt hatte, blieb er neben Julia stehen. „Nun, was soll ich sagen“, begann er gedehnt und blickte Julia an.

Julia zuckte zusammen. Warum sah der Lehrer sie so forschend an? Hatte ihm der Aufsatz nicht gefallen? Sie hatte sich so viel Mühe gegeben. Und bisher hatte sie in Deutsch *immer* gute Noten bekommen. Aber vielleicht hatte sie ja auch nur Glück gehabt. Und jetzt war es damit vorbei …

„... eine Scheibe abschneiden“, hörte sie jetzt den Lehrer sagen, und als sie zu ihm aufschaute, bemerkte sie, dass er sie anstrahlte.

„Entschuldigung, ich ...“, murmelte sie.

„Du hast überhaupt nicht zugehört, ich weiß“, unterbrach der Lehrer. „Also noch einmal, auch für die anderen zum Mitschreiben. Das ist der beste Aufsatz, den ich seit Langem gelesen habe.“ Er gab Julia ihr Heft zurück. „Würdest du uns die Geschichte bitte vorlesen?“

Julia sah den Lehrer mit großen Augen an. Sie war so überwältigt von seinem Lob, dass sie keinen Ton herausbrachte.

Der Lehrer berührte leicht ihre Schulter. „Am besten stellst du dich vorne hin, dann hören wir dich alle.“

Langsam stand Julia auf und bemerkte die spöttischen Mienen ihrer Mitschüler. „Kann ich vielleicht hier an meinem Platz lesen?“ fragte sie leise. Es war ihr peinlich, vor all den anderen vorlesen zu müssen, zumal sie wusste, dass einige Mädchen in der Klasse neidisch auf ihre guten Noten in Deutsch waren.

Der Lehrer lächelte sie aufmunternd an. „Nun komm schon, Julia. Keiner wird dir hier den Kopf abreißen.“

Mit zitternden Knien ging Julia nach vorne und stellte sich hinter das Pult des Lehrers. Hilfe suchend warf sie einen Blick zu Anne, doch die Freundin sah sie missmutig an. Jetzt ist sie neidisch, weil ich den besten Aufsatz geschrieben habe, dachte Julia entmutigt. In diesem Augenblick hätte sie sich am liebsten in Luft aufgelöst, so wie das kleine bucklige Männchen heute Nacht in ihrem Traum. Aber mit einem Mal fielen ihr seine Worte wieder ein. „Man schafft alles, wenn man nur will“, hatte es gesagt. „Du darfst nicht daran zweifeln.“

Julia atmete tief durch. Und sie begann zu lesen, zunächst noch unsicher und zittrig. Doch je weiter sie kam, desto fester wurde ihre Stimme. Denn plötzlich befand sie sich nicht mehr in ihrem Klassenzimmer, sondern in den unendlichen Weiten der bitterkalten Welt Alaskas mit den gewaltigen Bergen aus ewigem Eis und den zerklüfteten Küsten. Und sie litt mit dem kleinen Eisbär, über den sie geschrieben hatte. Er war von einer Eisscholle davongetragen worden und kämpfte jetzt, fern von seiner Familie, um sein Überleben. Schließlich hatte er sich mit einem Seelöwen angefreundet, und gemeinsam schafften die beiden es, die harte Zeit bis zum Frühjahr zu überleben. Die Familie des kleinen Eisbären blieb verschwunden, aber zumindest hatte er nun einen Freund, mit dem er gemeinsam die Abenteuer des Lebens bestehen konnte. „Wenn ich ein Tier wäre, möchte ich so sein wie der kleine Eisbär“, schloss Julia, „weil er erkannt hat, dass man alles schaffen kann, wenn man nur zusammenhält und sich nicht unterkriegen lässt.“ Sie blickte auf und sah, dass die anderen Schüler sie gebannt anstarrten.

„Toll“, flüsterte ein Mädchen in der ersten Reihe, und auch die anderen nickten anerkennend. Ein paar klatschten sogar begeistert.

„Danke“, sagte Julia leise und ging schnell zu ihrem Platz zurück.

Nach der Stunde nahm der Deutschlehrer Julia zur Seite. „Julia, du bist außerordentlich begabt“, begann er. „Du kannst dich wunderbar in deine Figuren einfühlen. Und deine Ausdrucksweise, einfach toll.“

Verlegen trat Julia von einem Fuß auf den anderen. „Danke“, erwiderte sie und spürte, dass sie errötete.

„Nun, ich habe von deinem Mathematiklehrer gehört, dass du dich in dem Fach ein bisschen schwer tust.“

Julia nickte. „Die Algebraaufgaben sind ziemlich kompliziert manchmal“, erwiderte sie. „Irgendwie krieg ich das schon hin.“

Der Lehrer nahm seine Bücher vom Pult und schob sie in seine Tasche. „Ich bin sicher, dass du das hinkriegst. Aber warum willst du es dir nicht ein bisschen leichter machen? Man muss sich nicht unbedingt immer allein herumquälen mit allem.“ Er deutete mit dem Kopf auf einen von Julias Mitschülern. „Frag doch Patrick mal. Er ist sehr gut in Mathe, und er hilft dir bestimmt gern.“

Entgeistert starrte Julia den Lehrer an. Ausgerechnet Patrick! Der Streber, mit dem keiner in der Klasse so richtig etwas zu tun haben wollte. Ihr Blick ging zu ihrem Klassenkameraden. Patrick trug auch heute wieder seine scheußliche braune Stoffhose mit der Bügelfalte, dazu einen karierten Pullunder über einem blassgelben Hemd. Und seine Brille mit dem schwarzen Rand war einfach grässlich. Dabei sähe Patrick gar nicht einmal so schlecht aus, wenn er sich anders kleiden würde. Zwar machte Julia sich nicht viel aus Mode, aber sie fand Patricks Sachen einfach hässlich. Oft genug wurde er von den anderen deswegen aufgezogen. Insgeheim hatte Julia ihn immer wieder bewundert – die abfälligen Bemerkungen seiner Mitschüler hatte er einfach mit einem Schulterzucken abgetan. Eigentlich schade, dachte sie, dass er so furchtbare Sachen trägt, denn Patrick war im Grunde ein netter und hilfsbereiter Junge.

„Ich kann ihn ja mal fragen", erwiderte Julia langsam, obwohl sie nicht sicher war, ob sie es überhaupt tun würde. Sie hatte noch nie jemanden um Hilfe gebeten, außer ihre Mutter vielleicht – und das auch nur, wenn sie gar nicht mehr weiterwusste. Außerdem, was würden die anderen sagen, wenn sie mitbekämen, dass sie sich mit Patrick zusammengetan hatte? Nicht auszudenken! Ich komm auch allein zurecht, entschied sie schließlich. Bis jetzt hatte sie alles geschafft, irgendwie.

Als Julia auf den Flur trat, wartete Anne mit beleidigter Miene auf sie.

„Du bist echt gemein", zischte die Freundin. „Mir schlägst du so ein blödes Thema vor und suchst dir selbst das Beste raus, nur damit du wieder der Liebling bist."

Julia starrte die Freundin einen Augenblick lang entsetzt an. „Aber das stimmt doch gar nicht! Ich hätte dein Thema genauso gern genommen. Ich dachte nur, dass es leichter für dich ist, über ein Land zu schreiben, in dem du gerne leben würdest, weil du mit Tieren nichts anfangen kannst.“ Julia tat es weh, dass Anne ihr die gute Note nicht gönnte. Sie selbst freute sich mit ihr, wenn Anne etwas gut gelungen war, wie neulich in Geschichte. „Dafür bist du eben in anderen Fächern besser als ich“, fügte Julia tröstend hinzu.

„Und wo, bitte schön?“ brauste Anne auf. Wenn sie sich einmal in Rage geredet hatte, war sie kaum zu bremsen. „Du hast leicht reden. Dir fliegt ja alles nur so zu, ohne dass du dich anstrengen musst.“

Gekränkt senkte Julia den Blick. Wieder spürte sie einen schmerzhaften Stich. Ihr Leben war alles andere als leicht gewesen: Immer wieder die Umzüge, wenn sie sich gerade irgendwo ein bisschen zu Hause gefühlt hatte, und all die einsamen Stunden, wenn ihre Mutter arbeiten musste. Jetzt hatte sie endlich einmal ein bisschen Anerkennung bekommen für ihre Leistungen. Und im selben Moment machte ihre Freundin mit einem Schlag alles zunichte. Die Freude über das Lob des Lehrers war verflogen. Stattdessen hatte sich Enttäuschung in ihr breit gemacht – und ein Gefühl der Leere, denn sie spürte, dass sie Anne nicht mehr unbefangen gegenübertreten konnte. Sicherlich hatte Christa Recht gehabt, als sie sagte, dass die Freundin Julia nur ausnutzen würde. Anne hatte ihr bis jetzt eigentlich noch nie geholfen. „Mach's gut“, sagte Julia traurig, weil sie in diesem Augenblick begriff, dass Anne nie eine richtige Freundin gewesen war.

4. KAPITEL

An einem der nächsten Tage nahm der Mathematiklehrer Julia nach der Stunde zur Seite. „Wir müssen mal miteinander reden", begann er. „Im letzten Test hast du wieder eine Fünf gehabt. Irgendwas muss sich da ändern."

Julia senkte den Blick. Ab und zu hatte sie daran gedacht, Patrick zu fragen, ob er ihr helfen könnte. Sie hatte sich jedes Mal wieder dagegen entschieden, da sie glaubte, es vielleicht doch allein schaffen zu können – dabei wünschte Julia sich insgeheim nichts sehnlicher, als dass ihr auch einmal jemand zur Seite stand, damit sie nicht immer auf sich selbst gestellt war. Möglicherweise war es ja sogar ganz nett, mit Patrick zu lernen. Seit Julias Freundschaft mit Anne zerbrochen war, hatte sie ihre Nachmittage für sich verbracht. Manchmal sehnte sie sich zwar nach den Zeiten zurück, als sie noch ein Herz und eine Seele waren, doch das war nun ein für alle Mal vorbei.

„Julia, hast du mir überhaupt zugehört?" fragte der Lehrer.

„Ja, ja natürlich", erwiderte sie. In diesem Augenblick stand ihr Entschluss fest. Sie würde Patrick fragen. Mehr als Nein sagen konnte er ja nicht. Verhalten lächelte sie den Lehrer an. „Ich schaff das schon, ganz bestimmt", sagte sie und verabschiedete sich.

Julia hastete die Treppe hinunter, und schaute sich suchend in der Eingangshalle um. Schließlich entdeckte sie Patrick hinten am schwarzen Brett. Er stand allein da und betrachtete ein Plakat, auf dem der nächste Geigenwettbewerb ausgeschrieben stand. Julia wusste, dass Patrick sehr gut Geige spielte, was ihm immer wieder den Spott der anderen eintrug. Selbst Julia hatte sich insgeheim darüber amüsiert, auch wenn sie jetzt mit einem Mal nicht mehr so recht wusste, warum eigentlich.

Sie ging zu ihm und lächelte ihn freundlich an. „Kann ich dich mal was fragen?“ begann sie leise. Plötzlich hatte sie der Mut verlassen, denn sie war es nicht gewohnt, jemanden um Hilfe zu bitten und hatte Angst, abgewiesen zu werden.

Patrick sah sie neugierig an. „Was gibt's?“

Sein offener Blick weckte Julias Entschlossenheit. Sie gab sich einen Ruck und fuhr fort: „Ich wollte … ich meine, du bist doch so gut in Mathe. Und da dachte ich …“

„Ob ich dir helfen kann?“ unterbrach Patrick lächelnd. „Aber klar. Jederzeit.“

Julia war so überrascht, dass sie ihren Mitschüler einen Augenblick lang nur sprachlos anstarrte. „Danke“, murmelte sie schließlich, räusperte sich und fügte etwas lauter hinzu: „Das ist wirklich nett von dir.“

Patrick winkte ab. „Wann sollen wir loslegen?“

Julia runzelte die Stirn und überlegte einen Moment. So einfach war das. Mit einem Mal war jemand da, der ihr ohne Wenn und Aber seine Hilfe anbot. „Am besten vielleicht gleich heute“, sagte sie und sah ihn fragend an. „Wenn’s bei dir geht.“

Patrick nickte. „Kein Problem“, erwiderte er. „Können wir uns bei dir treffen? Meine Oma hat’s nicht gern, wenn jemand zu uns kommt. Sie ist da ein bisschen komisch, weißt du?“

Julia gab ihm ihre Adresse. „Bis um drei dann!“ Sie lächelte und reichte Patrick die Hand.

„Bis dann“, entgegnete er mit strahlendem Blick.

Als Julia nach Hause ging, überlegte sie, was es wohl mit Patricks Großmutter auf sich haben mochte. Sie wusste so gut wie gar nichts über ihn. Und das Wenige, das sie wusste, hatte sie bisher immer davon abgehalten, mehr als ein paar belanglose Sätze mit ihm zu wechseln. Jetzt hatte Patrick plötzlich ein anderes Gesicht für sie bekommen.

Zu Hause wärmte Julia sich eine Suppe auf und machte nach dem Essen ihre Hausaufgaben. Um Algebra kümmerte sie sich nicht, denn die Aufgaben würde sie später mit Patrick zusammen machen. Daher blieb ihr noch Zeit, ein bisschen mit ihrem Fahrrad herumzufahren.

Pünktlich um drei klingelte Patrick am Gartenhaus. Als Julia die Tür öffnete, sagte er: „Das ist ja echt toll hier, wo du wohnst.“

Erfreut sah Julia ihn an. Bisher hatte sie sich manchmal geschämt, weil sie mit ihrer Mutter in diesem einfachen Häuschen wohnte, auch wenn es ihr mit den Buschrosen, die an der Wand empor wuchsen, und dem Garten dahinter eigentlich ganz gut gefiel. Aber die meisten in ihrer Klasse wohnten eben in teuren Villen, so wie Anne.

Julia führte Patrick ins Wohnzimmer und deutete auf einen der Sessel. „Setz dich schon mal. Ich hol nur schnell meine Mathesachen." Sie lief in ihr Zimmer und nahm ihr Heft und das Algebrabuch von ihrem kleinen Schreibtisch. Seltsam, dachte sie, als sie zurück ins Wohnzimmer ging, plötzlich stört mich Patricks altmodische Kleidung gar nicht mehr.

Julia legte Heft und Buch auf den Couchtisch. „Ich hol uns eben was zu trinken", rief sie über die Schulter, während sie in der Küche verschwand. Kurz darauf kam sie mit zwei Gläsern Limonade wieder zurück und stellte sie auf den Tisch. Endlich ließ sie sich auf das Sofa fallen und blickte Patrick an.

Patrick nahm einen Schluck von seiner Limonade und rückte seine Brille zurecht. „Also, wo genau hakt es denn bei dir?" fragte er und deutete auf das Algebrabuch.

Julia zuckte mit den Schultern. „Ach, so ziemlich bei allem", antwortete sie. „Ich versteh das mit den komischen Brüchen einfach nicht."

Patrick deutete mit dem Kopf auf das Sofa. „Am besten, ich setz mich neben dich. Dann können wir das zusammen durchgehen."

Die nächsten beiden Stunden erklärte Patrick Julia geduldig alles über algebraische Brüche, Variablen und Wurzeln. Julia hörte aufmerksam zu und mit einem Mal kamen ihr die Aufgaben gar nicht mehr so schwierig vor.

Lächelnd sah sie Patrick an. „Du kannst das wirklich toll erklären."

Patrick zuckte mit den Schultern. „Na ja, du kapierst ziemlich schnell. Da muss ich nicht viel machen."

Julia schüttelte den Kopf. „In der Schule hab ich nie was verstanden. Aber jetzt ist alles plötzlich ganz einfach. Fast jedenfalls", fügte sie lachend hinzu.

„Also, wenn du mal wieder Probleme hast, sag einfach Bescheid. Dann helfe ich dir." Er stand auf und ging zum Sessel, um seine Jacke zu nehmen, die er über die Lehne gehängt hatte.

„Willst du schon gehen?" fragte Julia erstaunt. Sie hatte sich sehr wohl gefühlt mit Patrick. Er war nett, unkompliziert und ihr irgendwie überhaupt nicht fremd.

Patrick ließ seine Jacke wieder auf den Sessel fallen. „Ich kann auch noch bleiben", erwiderte er, „wenn du willst. Meine Oma kommt heute sowieso erst später nach Hause. Sie ist bei einer Wohltätigkeitsveranstaltung der Kirchengemeinde."

Julia sprang vom Sofa auf. „Wir könnten ein bisschen Federball spielen, wenn du Lust hast." Julia hatte das Spiel vor ein paar Monaten von ihrer Mutter bekommen, und zu Anfang hatten die beiden begeistert im Garten hinter ihrem Häuschen zusammen gespielt. Doch von einem Tag auf den anderen hatte Christa die Lust daran verloren und erfand immer neue Ausreden, wenn Julia mit ihr spielen wollte.

„Klar, gerne", erwiderte Patrick.

„Bin gleich wieder da“, rief Julia eifrig, lief in ihr Zimmer, um das Federballspiel zu holen, und rannte dann mit Patrick in den Garten.

Julia merkte während des Spiels, dass Patrick ab und zu absichtlich den Federball verfehlte, um sie gewinnen zu lassen. Schließlich ließen sie sich außer Atem auf die beiden Liegestühle fallen, die unter einem Apfelbaum standen.

„Du hast mich ganz schön herumgehetzt“, japste Patrick. Er ließ die Arme schlaff über die Lehnen baumeln und gab vor, völlig am Ende zu sein.

Julia lachte. „Du hättest locker gewinnen können. Beim nächsten Mal musst du mich nicht mehr schonen. Ich halte das schon aus, wenn ich verliere.“ Julia stockte. Hatte sie tatsächlich gesagt „beim nächsten Mal“? Eigentlich hatte sie nur mit Patrick lernen wollen. Doch jetzt merkte sie, dass sie sich seit Langem nicht mehr so unbeschwert gefühlt hatte. Und sie wünschte sich tatsächlich, bald einmal wieder einen Nachmittag mit Patrick zu verbringen. „Ich kann ja auch zu dir kommen“, sagte sie, da sie vergessen hatte, was Patrick ihr über seine Großmutter erzählt hatte.

Patrick schwieg einen Augenblick. „Das ist, glaub ich, keine so gute Idee“, erwiderte er. Als er sah, dass Julias Lachen erstarb, fügte er schnell hinzu: „Ich meine, wir können uns gerne treffen und zusammen spielen. Aber vielleicht besser hier bei dir. Du weißt schon, wegen meiner Oma.“

Neugierig blickte Julia ihn an. „Warum ist deine Oma denn so komisch? Ist sie krank?“

Patrick schüttelte den Kopf. „Überhaupt nicht. Sie ist kerngesund. Sie will einfach nur nicht, dass Besuch kommt, weil dann alles durcheinander gebracht wird, sagt sie. Bei uns muss alles an seinem Platz sein. Und wenn irgendwo auch nur das kleinste Stäubchen liegt, dreht sie durch.“ Er lächelte schief. „Na ja, sie ist eben nicht mehr die Jüngste. Vielleicht wird man im Alter so seltsam.“

Julia merkte, dass ein trauriger Zug um Patricks Mund lag. „Warum lebst du eigentlich bei deiner Oma?“ fragte sie vorsichtig, da sie nicht zu neugierig erscheinen wollte, selbst wenn sie gerne mehr über Patrick gewusst hätte.

Gedankenverloren starrte Patrick vor sich hin. „Ich hab sonst niemanden, bei dem ich wohnen könnte“, erwiderte er. „Meine … meine Mutter ist kurz nach meiner Geburt gestorben … und mein Vater …“ Er schluckte. „Er hat vor drei Jahren wieder geheiratet. Und seine neue Frau wollte mich nicht. Die wollte lieber eigene Kinder.“ Er schwieg und zupfte verlegen an seinem Pullunder herum. „Ich hab das noch nie jemandem erzählt“, sagte er leise.

Julia wäre am liebsten aus ihrem Liegestuhl aufgesprungen, um ihn zu umarmen und zu trösten. Aber sie blieb reglos liegen, tief berührt von Patricks Schicksal. Und sie schämte sich, weil sie immer nur sein Äußeres gesehen und ihn danach beurteilt hatte, ohne zu wissen, was eigentlich dahinter steckte.

Beide sagten eine Weile kein Wort und hingen ihren Gedanken nach. Schließlich fuhr Patrick fort: „Na ja, ich hatte die Wahl. Entweder ins Heim oder zu meiner Großmutter. Da war mir meine Oma noch lieber, auch wenn sie manchmal ziemlich streng ist. Und furchtbar altmodisch.“ Er strich über seine Hose. „Glaubst du etwa, dass ich die freiwillig anziehe?“ Zwar lachte er, doch seine Stimme klang traurig. „Im Moment haben wir kein Geld für neue Klamotten.“ Er sah Julia mit schiefem Lächeln an. „Wenn's dir peinlich ist, müssen die anderen ja nicht wissen, dass wir uns getroffen haben.“

Plötzlich hatte Julia einen Kloß im Hals. Ihr wurde bewusst, wie allein Patrick sich oft gefühlt haben musste. Genau wie sie selbst, wenn ihre Mutter nicht da war oder erst spät abends nach Hause kam, wenn Julia schon im Bett lag und sehnsüchtig auf sie gewartet hatte. Sie räusperte sich und sah Patrick offen an. „*Jeder* kann wissen, dass wir uns getroffen haben. Und wenn noch einmal jemand was Gemeines über dich sagt, kriegt er es mit mir zu tun.“

„Danke“, erwiderte Patrick und fügte leise hinzu: „Ich hab immer gewusst, dass du nett bist.“ Schließlich stand er auf. „Jetzt muss ich aber los. Deine Mutter kommt sicher auch bald.“

Julia schüttelte den Kopf. Sie trifft sich mit ihrem neuen Freund, wäre Julia beinahe herausgeplatzt. Christa hatte ihr am Morgen erzählt, dass sie nach der Arbeit noch mit Max verabredet sei. Doch Julia schluckte den Satz hinunter, denn ihr war im gleichen Augenblick Patricks Vater und dessen neue Frau eingefallen. Und sie wollte nicht, dass Patrick daran erinnert und traurig werden würde. „Ach, ich glaube, sie arbeitet heute länger", entgegnete sie stattdessen.

Als Patrick sich verabschiedete, sagte Julia: „Bis morgen. Und danke, dass du gekommen bist." Jetzt freute sie sich richtig auf den morgigen Schultag. „Und wenn du Lust hast, können wir bald mal wieder was zusammen unternehmen."

Patrick strahlte sie an. „Klar doch, jederzeit." Er ging davon, drehte sich aber noch einmal um und winkte ihr ausgelassen zu. „Danke für alles!"

An diesem Abend fühlte Julia sich zum ersten Mal seit Langem nicht einsam, auch wenn ihre Mutter immer noch nicht da war. Denn sie hatte gespürt, wie gut es tat, Hilfe zu bekommen und nicht alles allein bewältigen zu müssen.

Beim nächsten Test in Mathematik bekam Julia eine Zwei. Patrick hatte vorher mit ihr geübt, und sie hatte sich viel sicherer gefühlt als früher.

„Gut gemacht, Julia", lobte der Lehrer. „Du hast dich sehr verbessert."

Julia drehte sich zu Patrick um und sagte laut, damit alle es hören konnten: „Das habe ich Patrick zu verdanken – er hat mir wirklich toll geholfen.“ Sie bemerkte, wie ihre Mitschüler die Gesichter verzogen, aber das war ihr egal. Patrick jedenfalls lächelte sie strahlend an, und das allein war ihr in diesem Moment wichtig.

„Komm doch heute Nachmittag vorbei, wenn du Lust hast“, schlug Julia ihm nach der letzten Schulstunde vor. „Wir könnten Federball spielen, falls es nicht regnet.“

Zu Hause beeilte sich Julia mit ihren Aufgaben, damit sie fertig war, bevor Patrick kam. Er sollte nicht das Gefühl haben, dass sie ihn nur einlud, um sich von ihm helfen zu lassen. Außerdem kam sie inzwischen sehr gut allein mit den Aufgaben zurecht.

Gerade hatte sie ihr Mathematikbuch zugeklappt, als sie hörte, dass die Haustür ins Schloss fiel. Sie lief in den Flur. „Mama, was machst du so früh zu Hause?“ rief sie überrascht. Ihr Blick fiel auf unzählige Tüten, die ihre Mutter in den Händen hielt. „Und was hast du alles mitgebracht?“

Christa stellte die Tüten ab – dem Aussehen nach stammten ihre Einkäufe ganz offensichtlich aus teuren Boutiquen – und wirbelte herum. „Was sagst du zu meinem neuen Kleid?“ Sie trug ein nachtblaues Seidenkleid mit engem Oberteil und weitem, glockigem Rock. „Ist das nicht ein Traum?“

Fassungslos starrte Julia ihre Mutter an. „Das muss wahnsinnig teuer gewesen sein. Wo hast du das ganze Geld her?“

Christa tat so, als ob sie die Frage nicht gehört hätte.

Sie ergriff Julias Hände und drehte sich mit ihr im Kreis. Schließlich ließ sie ihre Tochter los, nahm die Tüten vom Boden auf und verschwand damit im Wohnzimmer. „Schau nur", rief sie aufgeregt. „Wo bleibst du denn?"

Julia folgte ihr ins Wohnzimmer und sah, dass ihre Mutter sich eine Nerzstola umgelegt hatte. „Die *musste* ich einfach haben", hauchte sie. Sie zog einen Schuhkarton aus der nächsten Tüte, warf ihre Pumps in hohem Bogen von sich, öffnete den Karton und zog ein paar Stöckelschuhe aus feinstem Wildleder heraus. Vorsichtig schlüpfte sie hinein. Lächelnd ging sie ein paar Schritte im Wohnzimmer auf und ab. „Die Verkäuferin meinte, dass ich sehr schmale Füße habe. Und das wäre ideal für diese Schuhe." Sie warf die leeren Tüten achtlos auf den Boden und holte aus den zwei übrig gebliebenen, die auf dem Sofa standen, noch eine Kaschmirjacke und ein türkisfarbenes Cocktailkleid heraus. Andächtig breitete sie die Sachen auf der Rücklehne des Sofas aus. „Na, was sagst du? Das da", sie deutete auf das Cocktailkleid, „kann ich auch mal in die Oper anziehen. Und eine anständige Jacke brauchte ich sowieso schon lange. Ich kann in meinem Alter einfach nicht mehr in diesen billigen Fähnchen herumlaufen."

Mit wachsendem Entsetzen hatte Julia ihre Mutter beobachtet. Als Christa sich jetzt auf einen Sessel fallen ließ, sagte sie: „Wie hast du das alles bezahlt? So viel Geld haben wir doch gar nicht."

Voller Begeisterung betrachtete Christa ihre neuen

Kleider. „Ach, mein Schatz, zerbrich dir mal nicht den Kopf“, erwiderte sie ausweichend. „Max ist wahnsinnig großzügig. Und ihm macht es überhaupt nichts aus, das bisschen Geld für mich auszugeben.“ Verzückt strich sie über die Nerzstola.

„Das bisschen?“ rief Julia entgeistert. „Davon könnten wir wahrscheinlich ein ganzes Jahr …“ Sie stockte, als sie sah, wie ein Schatten über das Gesicht ihrer Mutter huschte. „Die Sachen sind ja wirklich schön“, lenkte sie schnell ein und sah ihre Mutter fragend an. „Will er … ich meine, will Max dich heiraten?“

Christa lachte laut auf. „Ach Gott, Julia, du kommst auf Ideen! Das weiß ich doch nicht. Wir kennen uns noch gar nicht richtig, Max und ich.“ Sorgfältig legte sie die Jacke zusammen.

Julia verstand überhaupt nichts mehr. Ein Mann, der so viel Geld ausgab für eine Frau, tat das bestimmt nur deswegen, weil er sie liebte und heiraten wollte. Etwas anderes konnte sie sich nicht vorstellen.

Christa stand auf, nahm die Kleider und ging in ihr Schlafzimmer.

Julias Blick fiel auf die Uhr, die auf dem Wohnzimmerschrank stand. Es war beinahe fünf. Bald würde Patrick kommen. Plötzlich stutzte sie. Ihre Mutter arbeitete normalerweise bis um sechs Uhr. Ob sie sich heute freigenommen hatte?

Mit besorgter Miene folgte Julia der Mutter ins Schlafzimmer. Christa war gerade dabei, ihr neues Kleid in den

Schrank zu hängen. „Das ist echt schön“, begann Julia, die nicht recht wusste, wie sie anfangen sollte. „Aber ins Büro … ich meine, zur Arbeit kannst du die Sachen nicht unbedingt anziehen“, druckste sie herum.

Christa schloss die Schranktür und nahm die neuen Schuhe vom Boden. „Ach Gott, sicher nicht. Zum Glück besteht das Leben ja nicht nur aus Arbeit. Ein bisschen Vergnügen muss ab und zu drin sein. Findest du nicht?“

Julia trat ans Fenster und starrte in den Garten hinaus. Schließlich wandte sie sich wieder zu ihrer Mutter um. „Dann hast du heute bestimmt freigehabt“, sagte sie mit Nachdruck, mehr um sich selbst zu überzeugen und das merkwürdige Gefühl der Unruhe zu vertreiben, das sie tief in sich verspürte.

Umständlich verstaute Christa ihre Schuhe in der Ablage neben dem Schrank. „Ja, ich habe heute freigehabt“, erwiderte sie. Plötzlich drehte sie sich um und sah ihre Tochter ein wenig aufgebracht an. „Herrgott, du verstehst das sowieso nicht. Ich konnte einfach nicht mehr …“

Julia lehnte sich an das Fensterbrett, denn mit einem Mal fühlte sie sich erschöpft. „Du konntest nicht mehr?“ wiederholte sie ungläubig. „Soll das heißen … ich meine … hast du …“

Christa warf die Hände in die Luft. „Ja, verdammt, ich habe gekündigt. Na und? Was soll daran so schlimm sein? Schließlich haben wir jetzt keine Geldsorgen mehr.“ Sie machte ein schuldbewusstes Gesicht. „Ach, ich verstehe. Wahrscheinlich bist du enttäuscht, weil ich dir nichts mitgebracht habe", sagte sie. „Aber beim nächsten Mal bestimmt. Ich wollte Max nur nicht gleich heute danach fragen, weil er …"

„Ich will nichts", unterbrach Julia, auch wenn sie sich über eine Kleinigkeit sehr gefreut hätte. „Ich will nur nicht …"

„Schluss jetzt", rief Christa. „Nichts will ich mehr davon hören." Sie klang jetzt beinahe wie ein trotziges Kind. „Ich geh nicht mehr in dieses schreckliche Büro. Und damit basta."

Julia stand da, unschlüssig, ob sie noch etwas sagen sollte. Warum hatte ihre Mutter wieder aufgegeben? Julia hatte so sehr gehofft, dass Christa diesmal durchhalten würde, trotz der Probleme, die ihr, Julia, jedoch lang nicht so schwerwiegend erschienen wie ihrer Mutter. Aber vielleicht hatte Christa ja tatsächlich mehr unter der Situation gelitten als Julia angenommen hatte. Trotzdem, wenn dieser Max ihre Mutter eines Tages sitzen lassen würde, stünden sie wieder ohne Geld da.

In diesem Augenblick klingelte es, und Julia wurde aus ihren Gedanken gerissen. Sie lief zur Tür und öffnete. „Patrick", rief Julia und war erleichtert, dass er da war, denn sonst wäre es vermutlich zu einem Streit mit ihrer Mutter gekommen. Und das wäre für Julia schwer zu ertragen gewesen, da sie sich bisher eigentlich noch nie mit ihrer Mutter gestritten hatte – außer manchmal in ihren Gedanken.

„Stör ich vielleicht?" fragte Patrick unsicher. Natürlich hatte er Julias aufgewühlten Gesichtsausdruck bemerkt.

Schnell zog Julia ihn in den Flur. „Überhaupt nicht", erwiderte sie. „Ich bin froh, dass du da bist." Sie freute sich tatsächlich, ihn zu sehen – zum einen, da sie gern mit ihm zusammen war und zum anderen, weil sie so von den Fragen abgelenkt war, die in ihrem Kopf herumspukten und auf die sie sowieso keine Antwort finden würde.

In diesem Augenblick kam Christa in den Flur. „Du bist bestimmt Patrick", sagte sie, denn Julia hatte ihr vor Kurzem von ihrem Mitschüler erzählt. Sie reichte ihm die Hand. „Schön, dass ich dich heute auch mal kennen lerne."

Julia warf ihrer Mutter einen überraschten Blick zu: Christa war wie ausgewechselt. Ihre schlechte Laune war verflogen, und sie lächelte Patrick freundlich an.

„Komm doch rein", sagte Christa, „oder wollt ihr beide hier im Flur festwachsen?" Sie griff nach Julias Hand. „Jetzt machen wir drei uns einen schönen Nachmittag. Was haltet ihr davon?" Ohne eine Antwort abzuwarten, schob Christa ihre Tochter in die Küche, und Patrick folgte ihnen. „Ihr beide setzt euch hin, und ich mach uns mein berühmtes Chili con Carne", schlug sie vor und schaute Patrick fragend an. „Oder möchtest du lieber was anderes?"

Patrick schüttelte den Kopf. „Nein, nein, Chili ist super. Hab ich schon lange nicht mehr gegessen."

Christa ließ sich bei der Zubereitung des Chilis von Patrick helfen, während Julia den Tisch deckte, mit Kerzen und Servietten und dem guten Geschirr aus dem Wohnzimmerschrank, das sie sonst nur bei besonderen Anlässen benutzten.

Als sie schließlich alle zusammen am Tisch saßen und sich das Chili con Carne schmecken ließen, war auch Julia wieder mit der Welt ausgesöhnt. Sie freute sich, dass Patrick sich so gut mit ihrer Mutter verstand und die fröhliche Stimmung, die Christa verbreitete, sehr genoss. Bei seiner Großmutter muss er sicher stocksteif am Tisch sitzen und darf keinen Pieps sagen, dachte sie. Nun war Julia richtig froh, dass ihre Mutter Patrick so herzlich aufgenommen hatte.

„Und du spielst Geige, hat Julia mir erzählt?“ bemerkte Christa, nachdem sie ihren letzten Bissen gegessen hatte. „Das ist ein wunderschönes Instrument.“ Sie lachte. „Ich kann nur singen – und das auch nur falsch und schräg.“

„Mama, nicht jetzt“, rief Julia mit gespieltem Entsetzen, als ihre Mutter die ersten Töne von sich gab.

Christa tat beleidigt. „Na schön, wenn du meine Künste nicht zu schätzen weißt …“ Sie beugte sich vor, gab Julia einen Kuss und klatschte in die Hände. „Wie wär's stattdessen mit einer Runde Siebzehnundvier? Habt ihr Lust?“ Schnell stand sie auf, um den Tisch abzuräumen.

Patrick sprang ebenfalls auf und half mit. „Klingt super. Hab ich noch nie gespielt.“

Christa stellte die Teller in die Spüle. „Das macht nichts. Du lernst es im Handumdrehen." Sie lief ins Wohnzimmer und kam kurz darauf mit einem Kartenspiel wieder zurück.

Julia hatte inzwischen die Servietten in den Abfalleimer geworfen. „Wir spielen nicht um Geld, Mama", warf sie ein – denn sie erinnerte sich, dass Patrick und seine Großmutter kaum Geld hatten.

Christa rollte mit den Augen. „Das ist doch stinklangweilig. Erst neulich hab ich ..." Sie verstummte plötzlich, wandte sich ab und legte das Kartenspiel auf den Tisch. Schließlich drehte sie sich wieder zu Julia um. „Na schön, dann tun wir nur so als ob. Das ist aber nur der halbe Spaß."

Patrick hatte das Spiel schnell verstanden, und im Laufe des Abends gewann er sogar ab und zu.

„Noch eine Runde", rief Christa jedes Mal. Ihre Wangen waren gerötet, und sie war mit Feuereifer dabei, wie immer, wenn sie mit ihrer Tochter spielte.

Als es auf zehn Uhr zuging, legte Patrick seine Karten beiseite. „Ich muss jetzt langsam aufbrechen", sagte er. „Sonst macht meine Oma sich Sorgen."

Christa schob ihm die Karten zu und blickte ihn eindringlich an. „Ach was, *eine* Runde noch."

Patrick schüttelte den Kopf. „Ich muss wirklich, tut mir Leid." Er rückte seinen Stuhl nach hinten und stand auf.

„Dann musst du aber unbedingt bald wiederkommen",

erwiderte Christa. „Wir machen einen richtig schönen Spieleabend." Erneut deutete sie auf die Karten. „Willst du nicht doch noch bleiben? Wir haben gerade im Moment erst angefangen ..."

„Mama, wir spielen schon seit drei Stunden", unterbrach Julia, als sie merkte, dass Patrick allmählich unruhig wurde. Außerdem missfiel es ihr, dass ihre Mutter ihn so vereinnahmte.

„Na schön, wenn ihr meint, gebe ich mich geschlagen", entgegnete Christa. „Beim nächsten Mal gebe ich nicht so schnell klein bei", fügte sie mit einem Lachen hinzu und verabschiedete sich von Patrick.

Julia begleitete ihn noch zur Tür. „Ich hoffe, es hat dir nichts ausgemacht, dass wir so lange gespielt haben", sagte sie.

Patrick winkte ab. „Überhaupt nicht. Deine Mutter spielt richtig klasse. Wie ein echter Profi." Er lächelte ein bisschen wehmütig. „Ist echt toll, deine Mutter."

Als Julia eine halbe Stunde später im Bett lag, dachte sie über Patricks Worte nach. Ja, er hatte Recht. Es war toll, eine Mutter wie Christa zu haben, die jeden Spaß mitmachte. Trotzdem bedrückte es Julia, dass Christa gekündigt hatte. Doch vielleicht machte sie sich einfach zu viel Sorgen. Hatte sie sich nicht vor einiger Zeit vorgenommen, das Leben nicht mehr *zu* ernst zu nehmen? Ihre Gedanken schweiften wieder zu Patrick, der es bei seiner strengen Großmutter sicher nicht leicht hatte. Und Geld hatten sie auch kaum. Dennoch war er immer gut gelaunt. Mit einem Lächeln auf dem Gesicht schloss Julia die Augen. Es wird schon schief gehen, dachte sie, bevor sie einschlief.

In den nächsten beiden Wochen schwankte Christas Laune zwischen himmelhoch jauchzend und zu Tode betrübt. Immer öfter kam sie erst spät in der Nacht nach Hause, und Julia schreckte jedes Mal hoch, wenn sie die Haustür hörte. Wenn ihre Mutter nicht da war, schlief sie schlecht.

Als Christa eines Samstagmorgens wieder einmal bedrückt am Frühstückstisch saß, fragte Julia vorsichtig nach, warum sie so schlechter Stimmung sei.

„Ach, es ist nichts", erwiderte Christa und gähnte. „Ich bin nur müde." In dieser Nacht war sie erst gegen vier Uhr nach Hause gekommen.

Julia schenkte ihr eine Tasse Kaffee ein und sah ihre Mutter eindringlich an. Diesmal wollte sie sich nicht abwimmeln lassen, wie die anderen Male, als ihre Mutter ihren Fragen ausgewichen war. „Ich weiß, dass du müde bist, Mama. Aber da ist noch was anderes. Hat es ...", sie schluckte, „ich meine, ist Max irgendwie gemein zu dir?"

„Aber nein", rief Christa lauter als beabsichtigt. „Max ist wahnsinnig zuvorkommend. Er ist der liebenswerteste Mann, den du dir vorstellen kannst. Wenn du ihn kennen würdest ..."

„Bring ihn doch einfach mal mit", unterbrach Julia.

Sie hatte ihre Mutter schon öfter gebeten, ihr diesen Mann endlich vorzustellen. Vielleicht wäre sie beruhigter, wenn sie selbst erlebte, dass er tatsächlich nett war.

Christa machte eine Handbewegung, die die ganze Küche umfasste. „Aber ich kann ihn nicht hierher einladen. Wenn er unsere alten Möbel sieht …" Sie schüttelte den Kopf. „Max ist was ganz anderes gewohnt." Sie trank einen Schluck Kaffee und starrte gedankenverloren in ihre Tasse.

„Hat er ein großes Haus?" fragte Julia neugierig. Sie wollte unbedingt ein bisschen mehr über den Mann wissen, der ihre Mutter offenbar so sehr beschäftigte.

„Ein großes Haus?" Christa wirkte überrascht von dieser Frage. „Ich denke, ja …"

Stirnrunzelnd legte Julia ihr Brot zurück auf den Teller. „Hat er dich noch nie zu sich eingeladen? Wo trefft ihr euch denn abends immer?" Sie war erstaunt, dass ihre Mutter anscheinend bisher nicht bei ihm zu Hause gewesen war. Schließlich kannte sie Max bereits seit ein paar Wochen und verbrachte viel Zeit mit ihm.

„Ich … ich meine, Max und ich gehen meistens essen … oder ins Theater", erwiderte Christa lahm. „Dafür hat er mir all die schönen Kleider gekauft", fügte sie hastig hinzu und stand auf. „Ich leg mich ein bisschen hin."

Julia nickte. „Ich weck dich dann später. Heute Nachmittag spielt Patrick beim Geigenwettbewerb. Und du hast ihm versprochen, auch zu kommen."

Christa fasste sich an die Stirn. „Ach Gott, das habe ich ganz vergessen." Schuldbewusst blickte sie ihre Tochter an. „Tut mir Leid, aber ich kann nicht. Gerade heute …" Sie hielt einen Moment inne. „Max hat Karten für die Oper. Und du weißt doch, wie gern ich dahin gehe. Sag Patrick schöne Grüße von mir. Er schafft es bestimmt."

Julia sah ihrer Mutter enttäuscht hinterher, als diese die Küche verließ. Als Patrick bei seinem letzten Besuch von dem Geigenwettbewerb erzählt hatte, war Christa Feuer und Flamme gewesen. „Natürlich komme ich", hatte sie begeistert zugestimmt. „Ich will unbedingt miterleben, wie du gewinnst." Patrick hatte sich wahnsinnig über ihre Zusage gefreut. „Dann sind zwei da, die mich anfeuern können", hatte er gejubelt und Julia angelacht. Sie wusste, dass seine Großmutter nicht kommen würde, da sie den Krach nicht aushielt, wie sie gesagt hatte. Und aus ihrer Klasse wäre bestimmt niemand da. Jetzt war nur noch sie übrig geblieben, um Patrick die Daumen zu drücken.

Als Julia am späten Nachmittag die Aula der Schule betrat, war bereits mehr als die Hälfte der Plätze besetzt. Sie suchte sich einen Platz in einer der vorderen Reihen und winkte Patrick zu, der mit seiner Geige auf der Bühne im Hintergrund stand. Als sie merkte, dass er sie fragend ansah, zuckte sie mit den Schultern und hob die Hände. Ganz offensichtlich war er erstaunt, dass ihre Mutter nicht mitgekommen war. Trotzdem machte er ein Victory-Zeichen und lächelte ihr zu.

Julia reckte beide Hände mit den gedrückten Daumen hoch in die Luft. Patrick würde es schaffen, da war sie sich sicher.

Patrick war als Fünfter an der Reihe. Leise erklangen die ersten Töne des Adagios von Mozart auf seiner Geige, und Julia vergaß alles um sich herum. Patrick spielte ausdrucksvoll und mit so viel Hingabe, dass ihr die Tränen in die Augen stiegen. Als die letzten Töne sacht und zart verklangen, saß sie einen Moment reglos da. Erst nachdem sie den Applaus des Publikums wahrnahm, der immer lauter wurde, sprang sie auf und klatschte begeistert mit.

„Patrick“, jubelte sie. „Patrick!“

Er verbeugte sich und zwinkerte Julia zu. Gemeinsam fieberten sie dem Ergebnis der Jury entgegen. Als Patrick plötzlich aufgerufen wurde, starrte er Julia fassungslos an. Sie umarmte ihn stürmisch.

„Ich hab's doch gewusst – du hast gewonnen!“ wisperte sie.

Patrick konnte es immer noch nicht glauben, und Julia musste ihn schließlich Richtung Bühne schieben, damit er seine Urkunde in Empfang nehmen konnte. Überglücklich lud er Julia auf einen Hamburger ein, um mit ihr zu feiern.

„Wenn ich mal ein bisschen mehr Geld hab, gehen wir richtig essen“, sagte er entschuldigend.

Julia winkte ab. „Das ist der beste Hamburger, den ich je gegessen habe", erwiderte sie.

„Jetzt können die anderen in der Klasse sich von mir aus zehn Mal lustig machen über mich", murmelte er zwischen zwei Bissen. „Das ist mir völlig egal. Ich hab's geschafft, ich hab's geschafft!"

Julia nickte. Patrick hatte bewiesen, dass man sein Ziel trotz aller Widrigkeiten erreichen konnte, wenn man es nur nie aus den Augen verlor.

„Patrick hat doch bestimmt gewonnen gestern, stimmt's?" fragte Julias Mutter in bester Laune, nachdem sie am späten Sonntagvormittag aufgestanden war.

Julia blickte sie glücklich lächelnd an. „Er hat so toll gespielt. Schade, dass du nicht dabei warst."

Christa gab ihrer Tochter einen Kuss auf die Wange. „Beim nächsten Mal komme ich bestimmt mit. Ehrenwort!" Sie setzte sich an den Frühstückstisch, den Julia für sie gedeckt hatte. „Was hältst du davon, wenn wir heute mal in dieses große Möbelhaus gehen und uns die Wohnzimmer anschauen?" fragte sie vergnügt. „Die haben sonntags geöffnet, und man kann in Ruhe ein bisschen stöbern."

„Aber wir brauchen kein neues Wohnzimmer", warf Julia ein. Sie war sofort hellhörig geworden. Neue Möbel würden viel Geld kosten, und in den letzten Tagen hatte ihre Mutter ab und zu durchblicken lassen, dass sie im Moment etwas knapp bei Kasse waren.

„Ach, Schatz, natürlich brauchen wir eins. Sieh dir nur das altmodische Sofa mit dem zerschlissenen Bezug an. Damit können wir wirklich keinen Staat mehr machen, wenn Besuch kommt." Sie zwinkerte Julia zu. „Könnte ja sein, dass ich Max mal einlade."

„Bis jetzt war das Sofa noch immer gut genug", erwiderte Julia. „Außerdem, so schlecht sieht es gar nicht aus."

Doch Christa ließ sich nicht umstimmen. Und auf Julias Frage, wie sie das bezahlen wollte, zuckte sie nur mit den Schultern. „Ich hab genug Geld", entgegnete sie leichthin.

Julia war mehr als erstaunt. Gestern erst hatte ihre Mutter darüber geklagt, dass sie kaum noch einen Pfennig in der Tasche hätte. Und heute war plötzlich genug da, um sich ein neues Wohnzimmer leisten zu können?

Mit einem unbehaglichen Gefühl in der Magengegend streifte Julia später mit ihrer Mutter durch das Möbelhaus. Christa blieb ausgerechnet immer vor den teuersten Sofas stehen.

„Ist die nicht wunderschön?" schwärmte sie und deutete auf eine Sitzgruppe aus senfgelbem Leder.

„Wunderschön teuer", erwiderte Julia knapp und wies wortlos auf das Preisschild.

Aber Christa überging ihre Bemerkung und ließ sich auf das breite Sofa fallen. „Setz dich wenigstens mal", bat sie und klopfte auf das Sofa neben sich. „Man fühlt sich wie im Paradies."

In diesem Augenblick erschien ein Verkäufer. „Gnädige Frau, Sie haben eine sehr gute Wahl getroffen“, sagte er mit einem aufgesetzten Lächeln zu Christa. „Und für die Qualität ist das sozusagen ein Schnäppchen.“

Während Christa sich mit dem Verkäufer über die Lieferzeiten unterhielt, wandte Julia sich ab. Sie konnte nicht verstehen, warum ihre Mutter sich wieder einmal in solch ein finanzielles Abenteuer stürzte, nur um diesem Max zu imponieren. Wenn der sie liebte, würde er doch auch mit ihrem alten Sofa vorlieb nehmen, sollte er tatsächlich zu Besuch kommen.

„Wunderbar, dann können Sie ja noch diese Woche liefern“, hörte sie ihre Mutter sagen. „Ich komme morgen vorbei, um den Kaufvertrag zu unterschreiben.“

Julia zuckte kurz zusammen. Hoffentlich würde das gut gehen.

Als am darauf folgenden Freitag ein Möbelwagen vor der Tür hielt, brach Christa von einer Minute auf die andere in Tränen aus.

„Was ist, Mama?“ fragte Julia besorgt. Die Niedergeschlagenheit ihrer Mutter erschreckte sie, und sie verstand nicht, was los war.

Christa putzte sich umständlich die Nase. „Könntest du bitte an die Tür gehen und denen vom Möbelhaus sagen, dass wir … dass wir das Sofa nicht mehr brauchen?“ Sie schluckte schwer, und erneut füllten sich ihre Augen mit Tränen.

Entgeistert starrte Julia ihre Mutter an. „Aber warum

denn plötzlich? Ist es … will Max jetzt doch nicht zu uns kommen?“

Christa schüttelte den Kopf. „Nein, das ist es nicht. Aber …“, sie fuhr sich über die Augen, „mir ist eingefallen, dass wir die Miete vom letzten Monat noch bezahlen müssen. Und da dachte ich … vielleicht ist es besser, wenn wir mit dem neuen Sofa ein bisschen warten.“

Julia spürte Wut in sich aufsteigen. Warum nur handelte ihre Mutter oft so unüberlegt? Sie, Julia, musste nun alles ausbaden – und das nicht zum ersten Mal.

Zitternd stand sie schließlich an der Tür, um den beiden Möbelpackern zu erklären, dass sie das Sofa wieder mitnehmen könnten.

„So geht das nicht, junge Dame“, erwiderte einer der Männer barsch. „Der Vertrag ist unterschrieben, also müssen Sie das Sofa nehmen und bezahlen!“

Hilfe suchend sah Julia sich nach ihrer Mutter um, doch Christa hatte sich anscheinend in ihr Zimmer zurückgezogen. „Ich weiß auch nicht, was ich machen soll“, sagte Julia leise und schloss schnell die Tür.

„Das wird noch ein böses Nachspiel haben!“ hörte sie einen der Männer rufen. Wenig später fuhr der Möbelwagen davon.

In den nächsten Tagen fragte Julia ihre Mutter immer wieder, ob sie schon etwas wegen des Sofas unternommen hätte. Aber Christa machte jedes Mal eine wegwerfende Handbewegung und antwortete: „Herrgott, die sollen sich nicht so haben. Irgendwie regelt sich das …“

Doch Julia beruhigte die unbeschwerte Haltung ihrer Mutter keineswegs. Als sie eines Nachmittags im Supermarkt mit ihren Einkäufen an der Kasse stand, fiel ihr Blick auf einen Aushang. „Schüler gesucht zum Auffüllen der Regale“, stand darauf. Kurzerhand nahm sie den Zettel, fragte die Kassiererin, wo der Filialleiter sei, und ging durch den breiten Gang nach hinten zu einem kleinen Büro. Eine halbe Stunde später verließ sie stolz den Supermarkt. Ab dem nächsten Tag würde sie jeden Nachmittag drei Stunden hier arbeiten, und die Bezahlung war gar nicht mal so schlecht, fand sie. Ihrer Mutter wollte sie nichts davon sagen, dass sie von nun an die Haushaltskasse ein wenig aufbessern würde. Christa würde ohnehin nichts von Julias Nebenjob mitbekommen, da sie nachmittags oft unterwegs war. Und sollte sie doch einmal zu Hause sein, würde Julia ihr sagen, dass sie zu Patrick gehen würde, um mit ihm zu lernen.

Die Arbeit im Supermarkt machte Julia richtig Spaß. Gemeinsam mit ein paar anderen Schülern – alle trugen ein rotes T-Shirt mit dem Logo des Supermarktes und ein passendes Käppi dazu – füllte sie die Regale auf. Sicher, es war anstrengend, weil sie häufig recht schwere Kartons schleppen musste, aber Julia war stolz, endlich eigenes Geld verdienen zu können. Dass sie abends noch den Rest der Hausaufgaben machen musste, die sie vor der Arbeit nicht mehr geschafft hatte, störte sie nicht weiter.

An einem der nächsten Nachmittage, als Julia gerade zum Weinregal gehen wollte, um es aufzufüllen, entdeckte sie plötzlich ihre Mutter. Sie schob einen großen Einkaufswagen vor sich her, während ein Mann, den Julia noch nie zuvor gesehen hatte, mit weit ausholenden Gesten auf sie einredete. Sie kamen direkt auf Julia zu. Schnell versteckte sich Julia hinter dem Regal mit dem teuren Champagner und merkte, dass die beiden genau auf der anderen Seite des Regals stehen geblieben waren. Sie wagte kaum zu atmen.

Christa hatte eine Flasche aus dem Regal gezogen, und Julia hörte den Mann sagen: „Hase, was willst du denn mit dem billigen Zeug? Hat dir noch nie jemand erklärt, woran man einen guten Champagner erkennt?"

Julia zuckte zusammen, als sie mitbekam, wie der Mann ihrer Mutter in herablassendem Ton einen Vortrag über Champagner hielt. Sie ärgerte sich maßlos über die arrogante Art, mit der dieser Mann ihre Mutter behandelte. Sie konnte nur hoffen, dass das nicht Max war, denn er war ihr auf Anhieb unsympathisch.

Plötzlich spürte sie eine Hand auf ihrer Schulter und drehte sich erschrocken um. Der Filialleiter stand vor ihr und blickte sie fragend an. „Ist dir die Arbeit ausgegangen?" Er deutete auf das Regal mit dem Wein, vor dem sich die Kartons stapelten. „Kümmere dich bitte darum." Er lächelte sie an und ging weiter.

Julia blieb nichts anderes übrig, als zu dem Regal zu gehen. Schließlich wollte sie den Filialleiter nicht verärgern. Auch wenn er freundlich tat, wusste sie, dass mit ihm nicht zu spaßen war. Wenn sie Glück hatte, würde ihre Mutter mit dem Mann in einem anderen Gang verschwinden.

Julia hatte gerade zwei Schritte gemacht, als Christa mit dem Wagen um die Ecke bog und wie angewurzelt stehen blieb. „Julia, was machst du denn hier?“ rief sie überrascht. Ihr Blick glitt über das T-Shirt und das rote Käppi, das Julia über die hochgesteckten blonden Haare gestülpt hatte.

Peinlich berührt trat Julia von einem Fuß auf den anderen und wollte eben zu einer Erklärung ansetzen, als der Mann zu ihrer Mutter trat. „Was ist los?“ Er ging weiter, drehte sich jedoch im Glauben, Christa würde ihm folgen, immer wieder um.

Christa, die sichtlich verwirrt war, musterte Julia. „Ich glaube, du erklärst mir das lieber später zu Hause“, sagte sie ausweichend.

„Wer ist das denn?“ fragte der Mann, kam wieder zu ihnen und sah Julia von oben herab an. „Du willst dich doch wohl nicht mit dem Personal anlegen?“ fügte er mit Blick auf Christa hinzu. Er ergriff ihren Arm und wollte sie weiterziehen.

Christa schüttelte seinen Arm ab. „Lass das, du tust mir weh!“

Julia fuhr zusammen. Das durfte nicht wahr sein! Dieser eingebildete Kerl war tatsächlich der Mann, von dem ihre Mutter immer so schwärmte. Sie ballte die Hände zu Fäusten. „Lassen Sie meine Mutter in Ruhe“, sagte sie mit kaum verhohlener Wut in der Stimme.

„Mutter?" Max starrte Christa entgeistert an. Christa blickte schuldbewusst zu Boden. „Ich wusste ja gar nicht, dass du eine Tochter hast", bemerkte er in einem abschätzigen Ton.

„Du hast mich ja auch nie danach gefragt."

Max runzelte die Stirn und ging missmutig zur Kaviartheke hinüber.

Julia stand fassungslos und mit hängenden Schultern vor ihrer Mutter. Ihr war mit einem Mal bewusst geworden, dass Christa sie verheimlicht hatte. Schmerzhaft krampfte sich ihr Herz zusammen. Ihre eigene Mutter hatte sie verleugnet. Ihre Mutter, die immer wieder gesagt hatte, dass Julia der wichtigste Mensch auf dieser Welt für sie sei. „Liebst du mich denn nicht mehr, Mama?" fragte sie leise und versuchte krampfhaft, ihre Tränen hinunterzuschlucken.

Christa war blass geworden. Hilflos streckte sie die Hand aus, doch Julia wich zurück. „Entschuldige, Liebes", begann sie, und ihre Stimme zitterte. „Aber es ist nicht so, wie du denkst …" Sie umklammerte den Einkaufswagen so fest, dass ihre Knöchel weiß hervortraten. „Lass uns zu Hause darüber reden, ja?" fügte sie hinzu und sah ihre Tochter mit flehendem Blick an. „Ich muss jetzt weiter …" Hastig beugte sie sich vor und gab Julia einen Kuss auf die Wange. „Ich hab dich doch so lieb, mein Schatz", flüsterte sie, dann schob sie mit ihrem Einkaufswagen davon.

5. KAPITEL

Mit unendlich traurigem Blick sah Julia ihrer Mutter hinterher. Warum war sie nicht bei ihr geblieben? Stattdessen lief sie diesem Mann hinterher, der sie so unwürdig behandelt hatte. Und weshalb ließ ihre Mutter sich das überhaupt gefallen? War das Liebe, wenn man alles ertrug, nur um den anderen nicht zu verlieren? Obwohl, wie ein Liebespaar hatten ihre Mutter und dieser Max nicht gerade ausgesehen. Julia kannte sich nicht mehr aus. Doch eines war ihr klar geworden: Sie wollte nichts mit diesem Mann zu tun haben, mochte Christa noch so begeistert von ihm sein.

Wie in Trance füllte sie schließlich das Weinregal auf. Immer wieder musste sie an ihre Mutter denken. Warum hatte sie diesem Max nichts von Julia erzählt? Am liebsten hätte sie an diesem Tag noch länger gearbeitet, da sie keine große Lust hatte, nach Hause zu gehen. Vermutlich wäre sie sowieso nur wieder alleine.

Betrübt schlich sie zu dem kleinen Raum für die Angestellten und zog sich langsam um. Die anderen Schüler, die nachmittags auch im Supermarkt arbeiteten, waren schon längst nach Hause gegangen. In diesem Augenblick wünschte Julia sich nichts sehnlicher als ein gemütliches Zuhause und eine ganz normale Familie. Dann könnte sie mit ihren Lieben am Tisch sitzen, und sie würden sich während des Essens gegenseitig all das erzählen, was sie am Tag erlebt hatten. Später würde sie sich ins Bett kuscheln, geborgen und glücklich in dem Wissen, geliebt zu werden und nicht allein zu sein.

Julia schluckte schwer. Wenn sie jetzt nach Hause kam, wäre sie wahrscheinlich allein. Doch viel schlimmer war, dass sie nicht einmal mehr sicher war, ob ihre Mutter sie überhaupt noch lieb hatte.

Als Julia schließlich den Supermarkt verließ, regnete es in Strömen. Aber das war ihr egal. Sie ging einfach los, ohne zu merken, dass ihr der kühle Wind den Regen ins Gesicht peitschte.

„Julia, warte mal", hörte sie plötzlich eine Stimme. Sie drehte sich um und sah, dass Patrick mit einem großen Regenschirm in der Hand hinter ihr herlief.

Ein wenig atemlos blieb er neben ihr stehen und hielt ihr den Schirm über den Kopf. „Ich dachte ... na ja, weil es doch regnet. Und du hast keinen Schirm dabei." Er lächelte verlegen.

Julia wischte sich die Regentropfen aus dem Gesicht. Dass auch Tränen dabei waren, musste Patrick nicht wissen. „Du bist extra deswegen gekommen?" fragte sie. „Damit ich nicht nass werde?"

Patrick zuckte mit den Schultern. „Ich ... ja klar. Weil ... meine Oma sagt immer, dass man sich schnell was einfangen kann, wenn man nass wird." Er wich Julias Blick aus.

Julia sah ihn dankbar an. Seine Fürsorglichkeit rührte sie. Und mit einem Mal fühlte sie sich nicht mehr ganz so einsam. „Danke“, murmelte sie leise, bevor sie zusammen weitergingen.

Als sie schließlich an einer Zoohandlung vorbeikamen, sagte Julia: „Lass uns mal kurz nachschauen, ob mein kleiner Hund noch da ist.“ Jedes Mal, wenn Julia von der Arbeit im Supermarkt nach Hause ging, blieb sie vor dem Schaufenster des Tiergeschäftes stehen. Sehnsüchtig beobachtete sie dann die Hunde, die in ihren Körbchen im Fenster schliefen. Einer der Welpen hatte es ihr besonders angetan.

„Siehst du den da?“ Julia deutete auf einen kleinen weißen Terrier mit einem schwarz umrandeten Auge. „Ist der nicht süß?“ Behutsam klopfte sie gegen die Scheibe, und der Hund öffnete die Augen und wedelte mit dem Schwanz. „Siehst du, er erkennt mich“, rief Julia aufgeregt und sah Patrick mit glänzenden Augen an, bevor ihr Blick wieder zu dem Hund ging. Der Welpe richtete sich auf, drehte sich einmal um sich selbst und kuschelte sich wieder in sein Körbchen, um weiterzuschlafen.

Auch Patrick betrachtete begeistert den Hund. „Schade, dass meine Oma keine Tiere mag“, sagte er. „Sonst würde ich mir glatt so einen Hund zulegen.“

„Dann hast du wohl noch nie ein Haustier gehabt, oder?“ fragte Julia.

Patrick lachte. „Doch. Als ich noch kleiner war, hatte ich mal ein Kaninchen. Ich hab’s vom Spielen mit nach Hause gebracht. Aber meine Oma hat einen Anfall gekriegt, weil es die blöde Angewohnheit hatte, alle Kabel bei uns anzuknabbern." Mit trauriger Stimme fügte er schließlich hinzu: „Eines Tages bin ich aus der Schule gekommen, und das Kaninchen war weg. Meine Oma hatte es den Enkelkindern von irgendeiner komischen Freundin geschenkt. Ich hab eine ganze Woche nicht mehr mit ihr gesprochen."

Julia sah ihn mitfühlend an. Sie konnte sich nur zu gut vorstellen, wie traurig er gewesen sein musste. Bevor sie weitergingen, warf sie noch einen letzten, sehnsüchtigen Blick auf das Hundebaby.

„Vielleicht kannst du dir den Hund bald kaufen, jetzt, wo du Geld verdienst", überlegte Patrick, nachdem sie ein Stück gegangen waren. „Deine Mutter hat doch bestimmt nichts dagegen, oder?"

Kaum merklich fuhr Julia zusammen. „Ich weiß nicht", entgegnete sie ausweichend. „Ich hatte bisher nie ein Tier. Und wenn ich dann nachmittags arbeite, ist ja niemand zu Hause, der sich um den Hund kümmern könnte." Gedankenverloren starrte sie auf den nassen Asphalt. Wie gerne hätte sie so einen kleinen Welpen, mit dem sie herumtollen könnte und der nachts zusammengerollt bei ihr am Fußende des Bettes schlafen würde. Dann wäre sie nicht so allein, wenn ihre Mutter erst spät nachts nach Hause kam.

„Wahrscheinlich hast du Recht", erwiderte Patrick. Er schwieg einen Moment, bevor er sagte: „Vielleicht könnte *ich* ja ab und zu mit ihm spazieren gehen. Die drei Stunden, die du weg bist ... wäre doch gar keine schlechte Idee. Was meinst du?“ Als er keine Antwort bekam, sah er Julia von der Seite an und merkte, dass sie traurig auf den Boden blickte. „Was ist denn?“ fragte er vorsichtig. „Hab ich was Falsches gesagt?“

Langsam schüttelte Julia den Kopf. „Nein ... nein, du hast überhaupt nichts Falsches gesagt. Mir ist nur gerade was eingefallen.“

Schweigend gingen sie weiter. Julia spürte, dass Patrick gerne mehr erfahren hätte. Warum sollte sie ihm eigentlich nicht erzählen, was damals vorgefallen war. Er würde sie bestimmt verstehen. „Also, eigentlich hatte ich mal einen Hund. Fast jedenfalls“, begann sie leise zu erzählen. „Das war, als ich acht Jahre alt war.“

Julia ging inzwischen in die zweite Klasse und war sehr stolz darauf, dass sie am besten von allen Kindern lesen konnte. „Julia, wo bist du denn mit deinen Gedanken schon wieder?“ fragte Christa ihre kleine Tochter, während sie beim Abendessen saßen. „Ist irgendwas in der Schule passiert?“

Heftig schüttelte Julia den Kopf, sodass ihre blonden Zöpfe hin und her flogen. „Ich hab heute eine Geschichte vorlesen dürfen“, erwiderte sie aufgeregt. „Die von dem frechen Papagei, der bei der alten Frau immer die Sonnenblumenkerne vom Balkon klaut.“ Sie sah ihre Mutter mit großen Augen an. „Soll ich dir die Geschichte auch mal vorlesen, Mama?“

Christa lächelte. „Gerne, mein Schatz. Nur heute ...

du weißt ja. Ich muss gleich noch mal weg. Wir haben eine Vernissage in der Galerie, das hab ich dir doch gestern erzählt." Christa arbeitete, nachdem sie ihren Job beim Bodenpersonal einer Fluggesellschaft hingeworfen hatte, in einer Galerie. Sie liebte es, mit verrückten Künstlern zusammenzutreffen, die sie um ihre Lebensführung beneidete. „Heute hier – morgen da", hatte sie Julia oft genug vorgeschwärmt. Doch sie hatte eine Tochter, für die sie aufkommen musste und da war nicht viel von diesen Träumen übrig geblieben. Auch so beschlich sie immer wieder das schlechte Gewissen, weil sie ihr Kind häufig alleine lassen musste. Aber von irgendetwas musste man schließlich leben. Christa war froh, endlich wieder eine Arbeit gefunden zu haben, denn in den letzten Jahren hatte sie bei ihrer Jobsuche nicht immer nur Glück gehabt. Zwar versuchte Christa, sich in solchen Zeiten nichts anmerken zu lassen, weil sie ihre Tochter nicht mit ihren finanziellen Problemen belasten wollte, aber Julia bekam trotzdem mit, wenn es ihnen an Geld mangelte. Die kleine Julia hatte so etwas wie den sechsten Sinn entwickelt, wenn es um ihre finanzielle Situation ging. Aber man musste auch kein Hellseher sein, um zu bemerken, wenn es wieder einmal eng wurde, denn dann war Christa niedergeschlagen und bedrückt, nicht so ausgelassen und fröhlich wie sonst. In diesen Phasen gab es nur noch Spaghetti mit einer fertigen Tomatensoße, und das wochenlang. Julia bemühte sich dann, besonders nett zu ihrer Mutter zu sein, damit es ihr bald besser ging. Wenn endlich wieder Geld da war, gingen sie Pizza essen oder auch mal in ein teureres Restaurant. Julia durfte sich aussuchen, was sie wollte, ohne darauf achten zu müssen, was es kostete.

„Gut. Les ich eben Hugo die Geschichte vor“, sagte Julia und versuchte, ihre Enttäuschung zu verbergen.

Christa stand auf und räumte die Teller ab. „Ich komm ganz schnell zurück“, erwiderte sie. „Aber versprich mir, dass du rechtzeitig das Licht ausmachst und nicht wieder auf mich wartest.“ Wenn sie abends spät heimkam, lag Julia oft noch wach im Bett, mit ihrem großen Plüschbären Hugo im Arm.

„Versprochen, Mama“, sagte Julia, stand ebenfalls auf und half beim Abräumen.

Als Julia schließlich ins Bett kroch, setzte sie ihren Plüschbären neben sich. Doch sie las ihm nicht die Geschichte vor, denn es gab etwas viel Wichtigeres, was sie ihm unbedingt erzählen musste und das sie schon den ganzen Nachmittag beschäftigt hatte. Zunächst hatte sie ihrer Mutter davon berichten wollen, aber sie wusste, dass Christa nur halb bei der Sache war, wenn sie abends noch wegmusste. Außerdem wirkte sie in letzter Zeit häufig seltsam abwesend – so wie immer, wenn sie in Geldnöten steckten.

„Unsere Lehrerin hat uns heute von dem Tierheim erzählt“, begann Julia an ihren Plüschbären gewandt. „Da leben Tiere, die kein Zuhause mehr haben“, erklärte sie.

„Und sie hat gesagt, dass sie schon drei Katzen von da mitgenommen hat." Mit ernstem Gesicht sah sie den Bären an. „Ich geh morgen nach der Schule mal bei dem Tierheim vorbei. Ist gar nicht weit weg." Sie kuschelte sich unter die Decke und zog das Plüschtier neben sich. „Die Lehrerin hat gesagt, dass man sich um Tiere genauso kümmern muss wie um Menschen. Weil Tiere es nämlich – wie wir – spüren und darunter leiden, wenn sie allein sind." Sie drückte Hugo fest an sich. „Und auch sie brauchen jemanden, der sie lieb hat."

Am nächsten Tag konnte Julia es kaum erwarten, bis die Schulglocke endlich das Ende der letzten Stunde ankündigte. Hastig packte sie Buch und Heft in ihren Rucksack, rannte aus dem Schulgebäude und lief zum Tierheim, das nur drei Straßen entfernt von der Schule lag.

Als Julia schließlich die großen Zwinger sah, in denen die Tiere lebten, erschrak sie ein wenig. Laut bellend wurde sie von den Hunden begrüßt, die in den Käfigen hin und her liefen. Ein paar Katzen jagten über den Hof, während eine Frau in einer blauen Arbeitshose und kariertem Hemd mit einem Schlauch einen offen stehenden, leeren Zwinger ausspritzte. Sie entdeckte Julia und lächelte freundlich. „Na, junge Dame, was führt dich denn hierher?" rief sie.

Verlegen druckste Julia herum. „Ich ... ich wollte nur mal ein bisschen gucken", sagte sie stockend. „Darf ich?"

Die Frau nickte. „Aber natürlich. Schau dich nur um.

Ich mach nur noch eben sauber und komme anschließend zu dir."

Langsam ging Julia weiter und entdeckte in einem der Zwinger zwei große Schäferhunde, die sich gerade wild knurrend um die letzten Futterreste balgten. Julia verstand einfach nicht, wie man diese Tiere in einen so kleinen Käfig sperren konnte.

„Die beiden sind gestern hier abgegeben worden", erklärte die Tierpflegerin, die neben Julia aufgetaucht war. „Der Besitzer war ein älterer Mann, der anscheinend nicht viel von Hundeerziehung verstanden hat." Sie öffnete den Zwinger, packte mit sicherem Griff einen der Schäferhunde im Nacken und führte ihn hinaus, bevor sie die Gittertür wieder schloss. „Die beiden müssen unbedingt getrennt werden, sonst … na ja, du verstehst schon."

Julia sah, dass die Frau den Hund in den Käfig brachte, den sie gerade gesäubert hatte. Schnell lief sie zu ihr. „Aber die sind ja ganz allein jetzt", sagte sie und sah den Schäferhund durch das Gitter hindurch mit traurigem Blick an.

„Geht leider nicht anders", erwiderte die Frau. „Ich hätte sie lieber zusammen gelassen – nur manchmal ist es besser so." Aufmunternd lächelte sie Julia an. „Die beiden werden sich daran gewöhnen. Und wenn du willst, kannst du sie gern ab und zu besuchen. Da freuen sie sich bestimmt."

Julia strahlte. „Das werde ich machen", sagte sie, bevor sie sich von der Tierpflegerin verabschiedete. Fröhlich hüpfte sie davon. Am liebsten wäre sie sofort zu ihrer Mutter gelaufen, um ihr davon zu erzählen – doch die Galerie, in der Christa arbeitete, lag in der Stadt und war zu weit entfernt. Genau in diesem Augenblick hielt ein Stück weiter vorne ein Bus. Die Türen gingen auf, und ein paar der Fahrgäste stiegen aus. Julias Augen leuchteten auf. Sie wusste, dass der Bus in die Stadt fuhr.

„Ich muss in die Bergmannstraße", teilte sie dem Busfahrer mit ernster Miene mit, nachdem sie vorne eingestiegen war.

„Fünfte Station", antwortete er freundlich und sah sie fragend an. „Kannst du überhaupt schon zählen?"

Voller Stolz blickte Julia ihn an und nickte. „Ich bin schon in der zweiten Klasse", erwiderte sie.

Der Busfahrer lachte. „Dann kann ja gar nichts schief gehen", entgegnete er augenzwinkernd.

Julia war zu aufgeregt, um sich hinzusetzen. Und als der Bus schließlich an der Bergmannstraße hielt, stieg sie als Erste aus, wartete, bis die Ampel auf Grün umsprang und rannte über die Straße.

Als sie die Galerie betrat, staunte sie wieder über all die riesigen und farbenprächtigen Bilder, die dort hingen. Christa hatte sie schon einmal mitgenommen und ihr erklärt, dass die Bilder zum Teil von sehr bekannten Malern stammten und viel Geld kosteten.

Suchend sah Julia sich um. Endlich entdeckte sie ihre Mutter, die mit einer Frau zusammenstand und sich angeregt mit ihr unterhielt. Die sieht aus wie eine Hexe, dachte Julia und rümpfte die Nase. Die Frau hatte feuerrote lange Haare, die wild vom Kopf abstanden, trug ein dunkelrotes wallendes Samtkleid, das bis zum Boden ging und dazu einen schreiend bunten Schal in allen Regenbogenfarben. Protzige silberne Ringe steckten an ihren Fingern, und um ihren Hals baumelte ein riesengroßes Elfenbeinkreuz.

Langsam ging Julia auf Christa und die Fremde zu.

„Sie werden verzaubert sein", hörte Julia jetzt die Frau zu ihrer Mutter sagen. Julia zuckte zusammen. Zauberer und Hexen gab es doch eigentlich nur im Märchen. Fast war sie versucht, sich heimlich davonzustehlen, als Christa sie entdeckte.

„Julia", rief sie, „was machst du denn hier?"

Julia schluckte. „Ich ... ich wollte dich nur mal besuchen, Mama", erwiderte sie mit dünner Stimme.

Jetzt sah die „Hexe" sie mit blitzenden Augen an. „Ach, wie entzückend", rief sie. „Ist das Ihre Tochter? Nein, zu reizend!" Sie streckte die Hand aus, und ihre Ringe funkelten im Licht.

Julia schreckte zurück. Sie wollte dieser Frau nicht die Hand geben – sie hatte plötzlich Angst, durch die Berührung möglicherweise in irgendein schreckliches Tier verwandelt zu werden.

„Was ist los, mein Schatz?" fragte Christa, ging zu ihrer Tochter hinüber und legte den Arm um ihre Schultern. „Das ist Isabell", stellte sie mit Blick auf die Frau vor und deutete auf zwei große Gemälde, die an der Wand standen. „Isabell will hier demnächst ihre Bilder ausstellen. Ist das nicht wunderbar?"

Julia nickte zögerlich. Die Bilder mit den dunklen Farben gefielen ihr nicht, genauso wenig wie diese Frau.

Christa ging in die Hocke und umarmte ihre Tochter. „Du solltest wieder nach Hause fahren. Ich habe mit Isabell noch einiges zu besprechen, bevor sie wieder nach Ibiza fliegt. Das verstehst du doch, nicht wahr?" Sie drückte Julia einen Kuss auf die Wange und erhob sich wieder.

„Ja, Mama", erwiderte Julia und versuchte ein Lächeln, obwohl sie enttäuscht war. Diese Frau sollte wichtiger sein als das, was sie ihrer Mutter unbedingt hatte erzählen wollen?

„Ich komm heute auch nicht so spät nach Hause", fügte Christa hinzu, bevor sie wieder zu Isabell trat, die schon ein wenig ungeduldig wirkte.

„Bis bald, kleine Fee", sagte Isabell zu Julia. „Wir sehen uns bestimmt mal wieder."

Julia verspürte nicht die geringste Lust, dieser Frau noch einmal zu begegnen. Sie war ihr unheimlich. Und sie verübelte es ihr, dass sie ihre Mutter mit Beschlag belegte, obwohl sie ihr etwas Wichtiges mitzuteilen hatte.

Traurig winkte Julia ihrer Mutter und verließ langsam die Galerie. Im Hinausgehen hörte sie Christa noch sagen: „Ja, ich bin sehr stolz auf meine Kleine. Sie ist so vernünftig und selbstständig, ganz anders als die anderen Kinder in ihrem Alter."

Als Julia am Nachmittag in ihrem Zimmer saß und die Hausaufgaben machte, flüsterte sie ihrem Plüschbären zu: „Wenn Mama heute Abend nach Hause kommt, erzähl ich ihr alles.“ Aufmunternd nickte sie dem Bären zu. „Vielleicht will sie ja auch mal mitgehen ins Tierheim.“

Gegen Abend klingelte das Telefon. Julia hob ab und lauschte der Stimme ihrer Mutter: „Mein Kleines, es tut mir Leid, aber es wird wohl ein bisschen später. Isabell hat mich zum Essen eingeladen. Sie fliegt jetzt doch erst morgen.“

Enttäuscht umklammerte Julia den Hörer. Sie brachte kein Wort heraus.

„Liebling, bist du noch da?“ fragte ihre Mutter am anderen Ende besorgt.

Julia schluckte. „Ja, Mama.“ Mit verschleiertem Blick starrte sie auf den Boden. „Ist nicht so schlimm, Mama“, flüsterte sie.

„Wirklich nicht?“ fragte Christa, und Julia hörte, dass sie erleichtert aufatmete. „Bleib nicht zu lange auf“, fügte sie rasch hinzu und schickte ein Küsschen durch die Leitung.

„Nein, Mama“, erwiderte Julia, obwohl Christa den Hörer schon längst aufgelegt hatte.

An diesem Abend drückte sie den Plüschbären ganz fest an sich, als sie im Bett lag. „Weißt du, Mama muss so viel arbeiten, damit wir Geld haben“, erklärte sie. „Du darfst ihr nicht böse sein, Hugo“, fuhr sie nach einiger Zeit fort, bevor ihr schließlich die Augen zufielen.

Am nächsten Morgen verkündete Christa am Frühstückstisch: „Heute komme ich früher nach Hause. Und dann gehen wir beide in die Stadt zum Einkaufen.“ Gut gelaunt lächelte sie ihre Tochter an. „Freust du dich?“

Julia nickte. Ja, sie freute sich tatsächlich, auch wenn sie sich eigentlich vorgenommen hatte, nach der Schule zum Tierheim zu gehen. Aber vielleicht könnte sie ja nach dem Einkaufsbummel mit ihrer Mutter zusammen hingehen. „Super, Mama“, sagte sie und umarmte ihre Mutter.

Am frühen Nachmittag schlenderten die beiden Hand in Hand durch die Stadt. Schließlich blieben sie vor einem Geschäft mit teurer Kindermode stehen. Christa deutete auf ein Kleid in der Auslage. „Und, gefällt es dir? Ich hab's vor ein paar Tagen entdeckt, als ich hier vorbeigegangen bin. Am liebsten hätte ich es dir gleich gekauft, aber ... na ja, jetzt hab ich jedenfalls Geld bekommen.“ Sie strahlte und zog ihre Tochter hinter sich her in den Laden.

Julia hatte sich schon so manches Mal gewundert, dass ihre Mutter von einem Tag auf den anderen plötzlich Geld hatte, obwohl vorher kaum etwas da gewesen war. „Ich hab in der Galerie einen Extrabonus gekriegt“, erklärte Christa leichthin, und damit war das Thema für sie erledigt. Julia fragte nicht weiter nach, zumal sie an solchen Tagen oft einkaufen gingen und sie etwas Schönes bekam. Und auch Christa gönnte sich die Dinge, die sie sich seit Langem sehnlichst gewünscht hatte.

Als Julia wenig später in dem hellblauen Kleid aus der Umkleidekabine trat, klatschte Christa begeistert in die Hände. „Sieht sie nicht aus wie eine Prinzessin?“ fragte sie die Verkäuferin und musterte ihre Tochter voller Bewunderung. „Du bist das hübscheste kleine Mädchen der ganzen Welt“, fügte sie stolz hinzu.

Verlegen drehte Julia sich hin und her. Das Kleid gefiel ihr auch sehr gut, mit all der feinen weißen Spitze auf dem glockigen Rock und den aufgestickten Blümchen auf dem Oberteil.

In einem Schuhgeschäft kaufte Christa ihr noch die passenden dunkelblauen Lackschühchen dazu. Julia bestand darauf, die Tüten selbst nach Hause zu tragen.

„Wird dir das nicht zu schwer, mein Schatz?“ fragte Christa besorgt.

Julia lachte ausgelassen und schlenkerte mit den Tüten herum. „Aber Mama, ich bin doch schon groß.“ Sie stellte sich auf die Zehenspitzen. „Guck mal, fast so groß wie du.“

Überschwänglich nahm Christa sie in die Arme. Sie freute sich, wenn sie etwas mit ihrer Tochter unternehmen konnte und sie glücklich wusste. Dass sie nur viel zu selten Gelegenheit dazu hatte, schmerzte sie. Andererseits war Julia mit ihren acht Jahren kein kleines Kind mehr, beruhigte sie sich dann immer. Und sie, Christa, gab wirklich ihr Bestes, um ihrer Tochter all das zu geben, was sie brauchte.

In einem Feinkostgeschäft kaufte Christa schließlich

noch verschiedene Köstlichkeiten für den Abend – Entenleberpastete, Krabbensalat, verschiedene Käsesorten und einen dünn aufgeschnittenen spanischen Schinken, dazu ein frisch gebackenes Baguette. „Heute machen wir es uns mal so richtig gemütlich“, versprach Christa, als sie mit dem Bus nach Hause fuhren.

Julia strahlte. Dann kann ich Mama endlich von dem Tierheim erzählen, dachte sie glücklich.

„Sag mal, hast du eigentlich Angst vor Isabell?“ fragte Christa ihre Tochter während des Abendessens. „Sie vermutete gestern so was, nachdem du gegangen warst.“

Julia zuckte zusammen und schüttelte vehement den Kopf. Sie wollte nicht über diese Frau sprechen, schon gar nicht heute – schließlich hatte ihre Mutter endlich einmal wieder Zeit für sie. Außerdem gab es etwas viel Wichtigeres, über das sie mit ihr reden wollte. „Nein“, wiegelte sie hastig ab. „Ich wollte nur ...“

„Dann bin ich ja beruhigt“, unterbrach Christa und bestrich ein Stück Baguette mit Entenleberpastete. „Isabell ist ein bisschen eigen, ich weiß, aber das sind diese Künstler oft. Wenn du sie erst mal richtig kennen lernst, wirst du sehen, wie nett sie ist.“

Julia sah betreten auf ihren Teller. „Ich will sie gar nicht kennen lernen“, erwiderte sie leise. „Sie sieht aus wie die Hexe aus meinem Märchenbuch“, fügte sie mit trotzigem Unterton hinzu.

„Julia“, rief Christa empört. „Wie kannst du so was

sagen! Isabell ist mit Abstand der netteste Mensch, den ich bis jetzt in der Galerie getroffen habe.“ Sie biss von ihrem Baguette ab und erklärte: „Eigentlich lebt sie auf Ibiza. Sie hat eine große Finca und …“

Julia sah sie fragend an.

„Eine Finca“, erklärte Christa mit leuchtenden Augen, „ist ein Landhaus mit viel Garten drumherum. Isabell hat ihres wunderschön hergerichtet, mit wertvollen Möbeln aus der ganzen Welt. Sie hat mir gestern Fotos gezeigt.“

Enttäuscht sah Julia ihre Mutter an, die von dieser komischen Isabell offensichtlich vollkommen begeistert war.

„Weißt du, Isabell kommt in der ganzen Welt herum“, fuhr Christa fort. „Sie hat überall Ausstellungen, in New York, Tokio, Sydney … ach Gott, ich weiß nicht, wo sonst noch.“ Sie seufzte. „Isabell ist richtig zu beneiden. Sie hat ein so interessantes Leben. Und wir hocken hier in diesem Provinznest und versauern.“

Fragend sah Julia ihre Mutter an. „Wieso *versauern* wir, Mama?“ Sie konnte sich unter diesem Begriff nichts vorstellen.

„Weil wir nichts Neues erleben. Tagein, tagaus dasselbe.“ Sie nahm einen großen Schluck von ihrem Weißwein und stellte ihr Glas heftig auf dem Tisch ab.

„Aber Mama, das stimmt doch gar nicht. Ich hab nämlich was ganz Tolles erlebt in dem Tier…“

Christa lächelte gequält. „Ist schon gut, mein Schatz“,

unterbrach sie. „Ich weiß ja, dass du mich trösten willst. Manchmal ist mir das alles eben einfach zu viel. Außerdem gibt es nichts Schlimmeres im Leben als die immer gleiche Tretmühle und die Langeweile.“ Sie schüttelte sich, als wollte sie ein lästiges Insekt verscheuchen. „Wenn du mal groß bist, wirst du mich bestimmt verstehen.“

Schweigend beendeten die beiden ihr Abendessen, und Julia half hinterher noch beim Abwasch.

„Schlaf gut, mein Liebling“, flüsterte Christa, als Julia schließlich im Bett lag. „Wir beide schaffen das schon, wenn wir nur zusammenhalten.“

„Hallo, junge Dame. Schön, dass du mal wieder vorbeikommst“, wurde Julia am nächsten Tag nach der Schule im Tierheim von der Frau begrüßt, die sie bereits kannte. „Hast du Lust, dir mal alles anzuschauen? Bis jetzt hast du ja nur die Hunde gesehen. Ich hab gerade Mittagspause und könnte dich herumführen.“

Julia nickte begeistert. „Aber erst muss ich die beiden Schäferhunde begrüßen“, rief sie und hüpfte zu den Zwingern. Schwanzwedelnd empfingen die beiden Hunde sie. „Ich glaube, denen geht's heute schon besser“, bemerkte Julia, nachdem sie zu der Tierpflegerin zurückgelaufen war.

„Ganz bestimmt“, erwiderte sie. „Tiere brauchen – genau wie wir Menschen – viel Zuwendung.“

Geduldig führte sie Julia über das Gelände und erklärte ihr alles. Zunächst zeigte sie ihr das Katzenhaus, in dem mehrere Katzen herumtollten. „In der hinteren Wand gibt es einen Durchschlupf zu einem der Außengehege", erläuterte sie. „Da haben die Tiere eine kleine Wiese und Klettermöglichkeiten."

Im Kleintierzimmer bestaunte Julia die große Voliere für die Vögel und die Käfige für die Hasen, Meerschweinchen und Hamster. „Die suchen alle ein neues Zuhause?" fragte Julia überrascht.

Die Tierpflegerin nickte und führte Julia zu weiteren Kaninchenställen, die sich draußen befanden. „Hier haben die Tiere im Sommer viel Auslauf und können die Freiheit genießen", sagte sie und brachte Julia schließlich zu einem großen Waschbär-Gehege.

Lachend rümpfte Julia die Nase. „Der Waschbär stinkt aber ganz schön", meinte sie.

„Und jetzt habe ich noch einen ganz besonderen kleinen Liebling", sagte die Tierpflegerin. „Er war bis vor Kurzem in der Quarantänestation." Sie erzählte, dass jeder Neuankömmling in der Station zunächst von einem Tierarzt untersucht und geimpft wurde, bevor er mit den anderen Tieren in Kontakt kommen durfte. „Aber nun darf er auch raus." Sie nahm Julia mit zu einem kleineren Zwinger.

Andächtig stand Julia vor dem Käfig und starrte durch das Gitter hindurch den kleinen Hund an, der auf wackligen Beinen herumtapste.

„Ist der nicht süß?" sagte die Tierpflegerin leise.

Julia nickte stumm. Sie konnte die Augen nicht von

dem kleinen Welpen mit den wuscheligen braunen Locken wenden, der sie mit seinen großen schwarzen Knopfaugen aufmerksam beobachtete. „Darf ich ihn mal streicheln?“ fragte Julia und sah sehnsüchtig zu der Tierpflegerin auf.

„Warum nicht.“ Sie öffnete die Tür, trat in den Zwinger, hob den kleinen Hund behutsam vom Boden auf und drückte ihn an die Brust.

Julia ging zu ihr und strich vorsichtig über das weiche Fell, während der Welpe ihre Hand leckte. Julia lachte. „Das kitzelt“, sagte sie mit strahlendem Gesicht.

„Er mag dich“, stellte die Tierpflegerin fest und hielt Julia das kleine Fellknäuel hin.

Reglos stand Julia mit dem Hündchen auf dem Arm da, aus Angst, dass sie ihm wehtun könnte.

„Vielleicht hast du ja Lust, ihm einen Namen zu geben“, schlug die Pflegerin vor.

„Hat er denn noch keinen?“ fragte Julia erstaunt. Langsam entspannte sie sich und wiegte den Welpen in ihren Armen.

„Bis jetzt noch nicht“, erwiderte die Frau. Sie wollte Julia nicht erzählen, dass der kleine Mischling von seinem Besitzer auf der Fahrt in den Urlaub einfach an einer Raststätte zurückgelassen worden war, vermutlich deshalb, weil er nichts mehr mit dem Tier anfangen konnte. Ein älterer Herr, der das Ganze beobachtet hatte, hatte den Hund schließlich im Tierheim abgegeben.

„Ich denk mir bis morgen einen aus“, entgegnete Julia. Vor Freude machte ihr Herz einen Sprung.

„Sehr schön“, sagte die Tierpflegerin. „Und wenn du willst, kannst du morgen mitgehen auf die Auslaufwiese – da darfst du mit ihm spielen.“

An diesem Abend saß Julia aufgeregt und mit geröteten Wangen mit ihrem Plüschbären im Bett. Sie hatte ihm schon mindestens zwanzig Namen für den kleinen Hund vorgeschlagen, doch bis jetzt wirkte er wenig begeistert.

Plötzlich klatschte Julia in die Hände. „Ich weiß, wie wir ihn nennen. Tinki.“ Diesen Namen hatte sie einmal in einem Märchen gelesen. Ein armer Fischerjunge hatte ihn getragen, der allen Menschen nur Glück gebracht hatte. „Ja, Tinki soll er heißen.“

Auch ihr Plüschbär schien einverstanden zu sein, und Julia kuschelte sich mit ihm unter die Decke. „Und morgen besuche ich Tinki wieder“, murmelte Julia. Dann fielen ihr die Augen zu, und sie schlief mit einem seligen Lächeln auf dem Gesicht ein.

„Mama, Mama“, rief Julia am nächsten Morgen, riss die Tür zum Schlafzimmer ihrer Mutter auf und sprang auf ihr Bett. Sie hatte vor lauter Aufregung nicht mehr schlafen können und war früher aufgestanden als sonst. „Er soll Tinki heißen!“

Verschlafen öffnete Christa die Augen. „Wer soll Tinki heißen?“

Mit vorwurfsvollem Blick sah Julia ihre Mutter an. „Na, mein Hund.“ Plötzlich fiel ihr ein, dass sie bis jetzt noch gar keine Gelegenheit gehabt hatte, ihrer Mutter von dem Welpen zu erzählen. Na, das würde sie nachholen. Schnell kuschelte sie sich zu ihr unter die Decke. „Die Frau hat gesagt, er hat noch keinen Namen, und heute geh ich mit auf die Auslaufwiese, weil bis jetzt war er in Quan… ach, ich weiß auch nicht mehr, wie das heißt, wegen der Krankheiten und so und außerdem müssen kleine Hunde genauso viel Liebe haben wie wir Menschen, hat sie gesagt", plapperte sie und schnappte nach Luft, da die Worte nur so aus ihr heraussprudelten.

„Was ist denn das für ein Hund und wo ist diese Auslaufwiese?" fragte Christa lachend.

Julia sah ihre Mutter verständnislos an, weil Christa anscheinend überhaupt nicht verstanden hatte, was ihre Tochter ihr gerade erzählt hatte. Sie atmete tief durch und berichtete ihrer Mutter von Anfang an. „Meinst du, dass ihm der Name gut gefällt?" wollte sie schließlich wissen.

Christa nickte. „Da bin ich mir ganz sicher. Tinki ist ein wunderschöner Name für einen kleinen Hund."

„Er soll Tinki heißen", rief Julia am Nachmittag der Tierpflegerin zu, als sie auf den Hof gerannt kam.

„Toller Name", erwiderte sie und öffnete schnell den Zwinger.

Schwanzwedelnd sprang der Welpe auf Julia zu, und sie nahm ihn vom Boden auf und drückte einen Kuss auf seine kleine Hundeschnauze. „Hallo, Tinki", flüsterte sie. „Jetzt gehören wir beide zusammen." Sie drückte ihn an sich und folgte der Tierpflegerin dann auf die Auslaufwiese. Nur schweren Herzens setzte sie den kleinen Hund schließlich in das Gras, denn am liebsten hätte sie ihn gar nicht mehr losgelassen.

Den ganzen Nachmittag tollte sie mit dem Welpen auf der Wiese herum, genau wie die folgenden Nachmittage. Kaum war die Schule vorbei, lief Julia zum Tierheim, um mit Tinki zu spielen. Und sie vergaß bei keinem ihrer Besuche, bei den beiden Schäferhunden vorbeizuschauen, die sich inzwischen recht gut eingelebt hatten.

Eines Abends, als Julia mit ihrer Mutter beim Abendessen saß, bemerkte sie beiläufig: „Mama, die Tierpflegerin hat gesagt, ich kann gern das Körbchen mitnehmen, wenn ich will."

Fragend betrachtete Christa ihre Tochter. „Was für ein Körbchen?"

„Das von Tinki natürlich. Er muss hier schließlich einen Platz zum Schlafen haben."

Entgeistert starrte Christa ihre Tochter an. „Sag mal, Julia, du hast den Hund nicht etwa schon mitgebracht?" Ihr Blick schweifte durch die Küche, als ob sie erwartete, den Welpen jeden Augenblick hinter einem Schrank hervorspringen zu sehen.

„Aber Mama, ich muss dich doch erst fragen", erwiderte Julia und fuhr schnell fort: „Und ich weiß auch genau, was er frisst. Das gibt's bei uns im Supermarkt, hab ich da gesehen. Ist gar nicht teuer."

Abwehrend hob Christa die Hand. „Jetzt mal langsam, Julia. Wir können hier wirklich keinen kleinen Hund gebrauchen ..."

„Können wir doch", unterbrach Julia trotzig. „Der braucht *uns* nämlich. Die Pflegerin hat gesagt, dass Hunde es merken und darunter leiden, wenn sie allein sind."

Christa lächelte. Anscheinend hatte ihre Tochter bereits alles geplant. „Aber bei uns ist er vormittags völlig ohne Aufsicht. Du bist in der Schule und ich ..."

„Bin ich nicht", rief Julia. „Wir haben ab nächster Woche Sommerferien. Da bin ich immer zu Hause. Und ich hab endlich jemanden, mit dem ich spielen kann." Julia war aufgestanden und hatte sich vor ihrer Mutter aufgebaut. „Sag ja, Mama, bitte."

Christa zog ihre Tochter auf den Schoß und strich ihr über die Haare. „Ist dir das denn wirklich so wichtig, mein Kleines?"

Julia nickte und schaute ihre Mutter mit ernstem Gesicht an. „Ich hab Tinki wahnsinnig lieb", murmelte sie. „Und er hat sonst niemanden auf der Welt."

Liebevoll strich Christa ihr über die Wange. „Na gut, ich werde es mir überlegen."

„Bald darfst du zu uns", erzählte Julia dem Welpen am nächsten Tag, nachdem sie mitgeholfen hatte, seinen Zwinger sauber zu machen. „Und du kannst sogar nachts bei mir im Bett schlafen, wenn du willst." Sie drückte den kleinen Hund an sich und blickte ihn mit ernstem Gesicht an. „Mama hat gesagt, sie überlegt es sich noch, aber das tut sie jedes Mal, bevor sie mir was erlaubt.“ Sie lächelte. „Mama wird dich bestimmt auch ganz lieb haben. Dann bist du nie mehr allein.“

Der Welpe leckte ihr mit seiner Zunge übers Gesicht. Julia lachte laut auf. „Das darfst du aber bei Mama nicht machen, sonst verschmiert ihre Schminke.“

Als sie sich später von der Tierpflegerin verabschiedete, sagte Julia: „Meine Mama kommt sicherlich auch mal mit. Sie will Tinki doch kennen lernen, bevor wir ihn zu uns holen.“

An diesem Abend lag Julia schon in ihrem Bett und las in einem Märchenbuch, als ihre Mutter nach Hause kam. Julia richtete sich in ihrem Bett auf, während Christa sich zu ihr setzte. „Ich hab Tinki erzählt, dass du ihn bald besuchen kommst“, sagte Julia aufgeregt. „Du musst ihn schließlich kennen lernen, bevor wir ihn bei uns zu Hause aufnehmen.“

Christa ergriff die Hände ihrer Tochter. „Ich weiß ja, wie sehr du an dem kleinen Hund hängst.“

Eifrig nickte Julia. „Und er hängt an mir“, erwiderte sie stolz. „Darf ich mein neues Kleid anziehen und die Schuhe, wenn wir ihn abholen? Ich pass auch auf, dass es nicht dreckig wird.“ Mit großen Augen betrachtete sie ihre Mutter. „Wann holen wir ihn denn ab, Mama?“

Christa senkte den Blick. „Gar nicht“, sagte sie leise.

„Du meinst, ich soll ihn allein abholen, weil du arbeiten musst, Mama?“ Sie zuckte mit den Schultern. „Das kann ich. Ich fahre mit dem Bus, und wenn ich das Körbchen nicht gleich mitnehmen kann, fahr ich eben noch mal.“ Sie unterbrach sich, als sie den traurigen Blick ihrer Mutter bemerkte. Und plötzlich verstand sie, was Christa eben gesagt hatte. Sie würden Tinki nicht abholen, weil ihre Mutter sich gegen den Hund entschieden hatte.

Christa schaute zur Seite, da sie den verzweifelten Ausdruck auf dem Gesicht ihrer Tochter nicht ertragen konnte. „Ich muss einfach weg hier“, sagte sie leise. „Isabell hat mir von einem Freund erzählt, der eine Galerie in der Schweiz hat. Da kann ich viel mehr verdienen als hier. Wäre das nicht schön?“ fügte sie mit zitternder Stimme hinzu, selbst wenn ihr im gleichen Augenblick bewusst wurde, wie unwichtig ihrer Tochter das sein musste.

Julia saß wie erstarrt in ihrem Bett. Ihre Wangen, die vorher noch vor Aufregung gerötet gewesen waren, wirkten mit einem Mal aschfahl. Langsam sank sie in ihr Kissen zurück, zog die Decke über sich und drehte sich zur Wand. Als ihre Mutter die Hand ausstreckte und ihr übers Haar strich, zuckte Julia zusammen und zog sich noch weiter zurück.

„Es tut mir so Leid“, murmelte Christa. „Vielleicht können wir ja später einmal …“ Sie brach ab, denn sie wusste, dass es nichts auf der Welt gab, das ihre Tochter in diesem Augenblick trösten konnte.

Julia merkte nicht, dass ihre Mutter am Bett sitzen

blieb, bis sie eingeschlafen war. Nur ein Gedanke kreiste immer wieder in ihrem Kopf herum. Sie würde Tinki nie wiedersehen, ihn nie mehr in ihrem Arm halten können, nie mehr mit ihm herumtollen und miterleben können, wie unendlich er sich freute, wenn sie da war. Nie mehr.

6. KAPITEL

Julia war mit Patrick vor dem kleinen Gartenhaus stehen geblieben. Sie hatte den Blick abgewandt. Auch jetzt noch, nach all den Jahren, tat es ihr weh, wenn sie an den kleinen Hund dachte. Oft hatte sie sich überlegt, wie es ihm ergangen sein mochte und ob er schließlich doch noch ein Zuhause gefunden hatte, in dem man ihn liebte.

Patrick räusperte sich. „Hast du … ich meine, Tinki … hast du ihn je wiedergesehen?"

Langsam schüttelte Julia den Kopf. „Nein, nie mehr. Ich hab's einfach nicht geschafft, wieder zu dem Tierheim zu gehen. Ich weiß, das war gemein von mir, weil ich ihn im Stich gelassen habe und …"

„Nein, war es nicht", unterbrach Patrick. „Kann ich gut verstehen. Ich hätte es auch nicht geschafft, da noch mal hinzugehen."

Dankbar sah Julia ihn an. Jetzt war sie froh, dass sie ihm davon erzählt hatte, denn sie fühlte sich erleichtert. All die Jahre hatte sie immer wieder ein schlechtes Gewissen gehabt, wenn sie an den Welpen gedacht hatte. Mit ihrer Mutter hatte sie nicht darüber reden wollen, weil Christa sicher nicht verstanden hätte, dass sie wegen eines Hundes, den sie zurückgelassen hatte, noch nach Jahren Gewissensbisse verspürte. Man sollte sein Herz nie an etwas hängen, hatte Christa einmal gesagt, sonst ist man nicht frei und unabhängig in seinen Entscheidungen.

Julias Blick schweifte zu den dunklen Fenstern des Gartenhauses. Es brannte kein Licht, ihre Mutter war also nicht da. Julia seufzte, sie wusste, dass sie jetzt den Abend allein verbringen und immer wieder über den Vorfall im Supermarkt nachgrübeln würde.

„Hast du Lust reinzukommen?“ fragte sie Patrick, ohne darüber nachgedacht zu haben. „Wir könnten vielleicht noch was zusammen essen.“

Patrick nickte. „Klar, gerne. Ich muss nur kurz meine Oma anrufen, damit sie sich keine Sorgen macht.“

Julia schloss auf und verschwand in der Küche, während Patrick im Flur telefonierte. „Ja, es ist alles in Ordnung, Oma“, hörte sie ihn sagen. „Wird nur ein bisschen später.“ Er schwieg einen Augenblick, bevor er fortfuhr: „Nein, Oma, mir ist nichts passiert. Ich bin nur … äh … bei einer Schulfreundin. Wir wollen zusammen essen … ja, erzähl ich dir hinterher.“

Nachdem er aufgelegt hatte, betrat er lachend die Küche. „Meine Oma ist echt komisch manchmal“, sagte er. „Erst hat sie sich Sorgen gemacht, dass ich im Krankenhaus gelandet bin, und zum Schluss hat sie mich ermahnt, dir nicht alles wegzuessen.“

Jetzt musste auch Julia lachen, während sie den Kühlschrank öffnete und einen skeptischen Blick hineinwarf. „Na ja, viel zum Wegessen gibt’s hier sowieso nicht.“ Sie nahm Schinken, Eier und einen kleinen Kopfsalat heraus. In einem Vorratsfach im Schrank fand sie schließlich noch eine Packung Nudeln. „Damit könnten wir doch was machen, oder?“ überlegte sie und betrachtete ein wenig hilflos die Lebensmittel – vom Kochen verstand sie ungefähr genauso wenig wie ihre Mutter.

Patrick grinste verschmitzt. „Lass mich nur machen. Ich koche oft für meine Oma und mich. Ist echt ein richtiges Hobby von mir.“

Überrascht sah Julia ihn an. „Wirklich? Dann mach ich den Salat. Den krieg ich auf jeden Fall hin.“

Patrick hatte tatsächlich nicht zu viel versprochen. Als sie am Tisch saßen und Julia die erste Gabel Schinkennudeln probiert hatte, sagte sie anerkennend: „Die sind wirklich lecker. Du musst mir irgendwann mal zeigen, wie du die gemacht hast.“ Während des Essens erzählte Patrick von seiner Großmutter, die seit dem Geigenwettbewerb peinlich darauf achtete, dass er jeden Tag übte. „Sie ist wie ausgewechselt seitdem“, erklärte er lachend. „Ich soll sogar ihrer Freundin zum Geburtstag ein Ständchen spielen, damit sie mit mir angeben kann“, sagte er und versuchte, sich nicht anmerken zu lassen, wie stolz er war. „Am liebsten würde meine Oma gleich eine Tafel bei uns unten am Haus anbringen lassen: ‚Hier lebte von dann bis dann der weltberühmte Geiger Patrick Koppers (bitte einen anderen Familiennamen wählen, keinen von unseren Schauspielern)‘, oder so ähnlich.“

Julia lächelte. „Du wirst bestimmt mal ganz berühmt. Und dann flieg ich mit deiner Oma nach Amerika, um einen deiner Auftritte mitzuerleben.“

Patrick lachte schallend. „Da musst du sie aber vorher erst betäuben. Freiwillig steigt meine Oma nämlich in kein Flugzeug", fügte er grinsend hinzu.

„Dann nehmen wir meine Mutter mit", erwiderte Julia. „Die war früher Stewardess und hat sicherlich ein Rezept auf Lager, wie wir deine Oma beruhigen können."

Patrick nahm einen Schluck Saft. „Super", sagte er. „Das erzähl ich sofort meiner Oma, wenn ich zu Hause bin, damit sie sich wegen der Fliegerei keine Sorgen mehr machen muss." Fragend sah er Julia an. „Kommt deine Mutter heute später nach Hause?"

Julia schluckte. Einen Augenblick war sie versucht, Patrick zu erzählen, was sich am Nachmittag zugetragen hatte. Wie schön wäre es, sich endlich einmal alles von der Seele reden zu können. Sicher, sie hatte ihre Mutter, mit der sie über alles sprechen konnte, aber Julia war oft genug davor zurückgeschreckt, da sie ihre Mutter nicht zusätzlich belasten wollte, wo sie ohnehin schon genügend Probleme hatte. Aber Patrick würde sie bestimmt verstehen. Und sie wäre nicht mehr allein mit der Ungewissheit, ob ihre Mutter sie überhaupt noch lieb hatte. Aber vielleicht würde Patrick dann einen ganz falschen Eindruck von ihrer Mutter bekommen, wenn sie ihm sagte, dass sie anscheinend diesen schrecklichen Max liebte. Und das wollte Julia auf keinen Fall.

„Meine Mutter trifft sich mit einer Freundin", sagte sie stattdessen, auch wenn sie ein schlechtes Gefühl dabei hatte, Patrick anlügen zu müssen.

Nach dem Essen half Patrick ihr noch beim Aufräumen. Er sah Julia ein wenig hilflos an. „Ich muss jetzt leider gehen. Hab meiner Oma versprechen müssen, dass ich um neun zu Hause bin."

Julia lächelte. Das Zusammensein mit Patrick hatte ihr gut getan. Sie hatte sich nicht mehr allein gefühlt, weil sie gespürt hatte, wie sehr er um sie besorgt war. „Ist schon in Ordnung, wirklich", erwiderte sie. „Meine Mutter kommt ja bald."

Doch Julia wartete an diesem Abend vergeblich auf ihre Mutter. Sie hörte nicht mehr, dass gegen Mitternacht ihre Schlafzimmertür leise geöffnet wurde, denn sie war in einen tiefen Schlaf gefallen. Und sie merkte auch nicht, dass Christa sich über sie beugte und ihr vorsichtig einen Kuss auf die Stirn drückte.

Am nächsten Morgen erwachte Julia von einem lauten Krachen. Sie schreckte im Bett hoch und sah, dass ihre Mutter am Boden kniete und Scherben aufsammelte. „Was machst du denn da, Mama?" fragte sie.

Christa zuckte entschuldigend mit den Schultern und deutete auf ein Tablett mit Frühstück, das sie auf dem kleinen Schreibtisch abgestellt hatte. „Die Tasse ist mir heruntergerutscht", erwiderte sie zerknirscht. „Na, wenn ich was in die Hand nehme, geht's garantiert daneben." Mit schiefem Lächeln blickte sie ihre Tochter an.

Julia sprang sofort aus dem Bett, hockte sich zu ihrer Mutter auf den Boden und half ihr, die vielen Scherben einzusammeln. „Aber das stimmt doch gar nicht,

Mama“, versuchte sie, ihre Mutter zu trösten. Sie war gerührt, dass Christa ihr das Frühstück ans Bett hatte bringen wollen.

Plötzlich brach Christa in Tränen aus. „Ich mach alles falsch“, schluchzte sie. „Das gestern mit Max ... es tut mir so Leid.“

Hilflos sah Julia ihre Mutter einen Augenblick lang an. Sie wollte nicht, dass sie weinte, griff nach ihren Händen und zog sie aufs Bett. „Hab ich längst vergessen“, beruhigte sie Christa – obwohl es nicht stimmte. Gestern Abend hatte sie mit einem Mal wieder eine schmerzliche Leere in sich gespürt und sich in den Schlaf geweint. Jetzt fühlte sie sich jedoch schon viel besser, weil ihre Mutter da war und sich ganz offensichtlich Vorwürfe machte, dass sie Julia gestern hatte stehen lassen.

Julia zog ein rundes Tischchen vor ihr Bett, nahm das Tablett und stellte es darauf ab. Unwillkürlich musste sie lächeln. Ihre Mutter hatte sogar Rührei gemacht, obwohl Kochen für sie ein rotes Tuch war – bis auf ihr Chili con Carne natürlich.

„Jetzt essen wir erst mal“, sagte Julia aufmunternd. „Ich hol nur eben eine neue Tasse.“ Sie nahm die Scherben mit, lief in die Küche, warf die Scherben in den Mülleimer und griff sich eine Tasse aus dem Schrank.

„Du hast bestimmt gedacht, dass ich dich nicht mehr lieb habe“, murmelte Christa betreten, als sie nebeneinander auf dem Bett saßen und frühstückten.

Julia hätte sich beinahe an ihrem Kakao verschluckt.

Ihre Mutter hatte also offenbar genau mitbekommen, was in ihr vorgegangen war. „Ich … na ja, ich war nur so überrascht, als du plötzlich aufgetaucht bist", versuchte sie auszuweichen.

„Keine Lügen", unterbrach Christa. „Wir wollen doch ehrlich zueinander sein."

Julia schluckte. Ihre Mutter hatte Recht. Wo würde es hinführen, wenn sie einander nicht mehr die Wahrheit sagten. „Ich hab gedacht, dass dir dieser … dieser Max jetzt wichtiger ist als ich", gab sie kleinlaut zu.

Schnell setzte Christa ihre Tasse ab und nahm die Hände ihrer Tochter. „Julia, was auch immer passiert, du bist und bleibst der wichtigste Mensch für mich." Eindringlich sah sie Julia an. „Versprichst du mir, nie mehr daran zu zweifeln?"

„Ja, Mama", erwiderte Julia leise. Sie fühlte sich mit einem Mal unbeschwert und leicht, so als ob eine allzu schwere Last von ihren Schultern genommen worden wäre, die sie schier erdrückt hatte. „Ja, Mama", wiederholte sie mit fester Stimme und drückte die Hände ihrer Mutter.

Erleichtert atmete Christa auf. „Und nun erzähl mir mal, was du in dem Supermarkt eigentlich machst. Ich bin ja fast in Ohnmacht gefallen, als ich dich gesehen habe", fügte sie augenzwinkernd hinzu. „Obwohl rot dir wirklich gut steht." Plötzlich war sie wieder blendender Laune, als hätte es nie ein Problem gegeben.

„Ach, ich arbeite da ein paar Stunden in der Woche",

antwortete Julia leichthin. „Macht richtig Spaß. Und verdienen tu ich auch 'ne Menge."

Christa hob die Augenbrauen. „Das ehrt dich, mein Schatz, aber du solltest dich lieber auf die Schule konzentrieren. Arbeiten musst du später sowieso noch genug." Sie verdrehte die Augen. „Manchmal mehr, als dir lieb sein wird." Mit Schwung bestrich sie eine Scheibe Toast mit Marmelade. „Außerdem musst du kein Geld verdienen. Ich sorge für uns beide."

Ein wenig verlegen zupfte Julia an ihrer Schlafanzughose. „Weiß ich doch, Mama. Ich dachte nur … wegen dem Sofa. Du hast mal gesagt, dass man es in Raten zahlen kann."

Christa warf die Hände in die Luft. „Ach Gott, das Sofa. Das brauchen wir nicht mehr", erklärte sie, ohne näher darauf einzugehen. „Und Max hat sich inzwischen darum gekümmert, dass ich ungeschoren aus dem Vertrag herauskomme. Als Rechtsanwalt war das ein Klacks für ihn."

Julia wusste, dass sie diesem Max eigentlich dankbar sein müsste, aber sie empfand nichts als Ablehnung ihm gegenüber. „Willst du ihn heiraten?" stieß sie plötzlich hervor und sah ihre Mutter ängstlich an. Selbst das würde sie irgendwie ertragen, wenn es ihre Mutter nur glücklich machte.

„Heiraten?" rief Christa so laut, dass Julia zusammenzuckte. „Max ist doch kein Mann zum Heiraten!"

Julia hätte ihre Mutter vor lauter Freude am liebsten

an sich gedrückt. Stattdessen sagte sie: „Finde ich auch. Er ist kein Mann zum Heiraten." Sie wusste zwar nicht so recht, was sie sich darunter vorstellen sollte, aber das war egal. Hauptsache, Mama heiratet ihn nicht, dachte sie glücklich.

An diesem Tag hüpfte sie ausgelassen auf dem Weg zur Schule, so wie sie es als Kind manchmal gemacht hatte.

„He, Julia, alles klar heute?" rief Patrick, als sie auf ihn zulief.

„Alles klar", sagte sie fröhlich und blieb vor ihm stehen. „Und bei dir?"

„Auch", erwiderte er und strahlte. „Meine Oma hat sogar ein bisschen Geld gespart, damit ich nächste Woche mitfahren kann." Ihr Klassenlehrer hatte ihnen vor einiger Zeit angekündigt, dass sie im Oktober für eine Woche zusammen wegfahren würden. Patrick war sehr traurig gewesen, weil er befürchtete, dass seine Großmutter das nötige Geld nicht würde aufbringen können. „Vielleicht hat sie eine Bank überfallen", fügte er verschmitzt hinzu. „Meiner Oma ist alles zuzutrauen." Er lachte glücklich. „Jetzt können wir zusammen mitfahren. Ist das nicht super?"

Julia nickte. Sie freute sich wahnsinnig auf die Klassenfahrt – zum einen, weil sie gern mit Patrick zusammen war, und zum anderen, weil sie wusste, dass er ohne sie die ganze Woche allein sein würde, da sonst ja niemand in der Klasse etwas mit ihm zu tun haben wollte.

In der letzten Stunde erklärte der Klassenlehrer, dass

die Reise in die Berge gehen würde. „Jeder von euch sollte unbedingt ein Paar feste Wanderschuhe mitnehmen", bemerkte er. „Und natürlich das Übliche, was man so braucht." Er verteilte Zettel. „Da steht alles drauf. Gebt den Zettel am besten euren Eltern, damit auch nichts vergessen wird."

„Feste Wanderschuhe", sagte Patrick nach der Schule zu Julia. „So was hab ich nicht." Bedrückt sah er sie an. „Jetzt kann ich wahrscheinlich doch nicht mitfahren. Die Wanderschuhe kosten bestimmt 'ne Menge Geld. Und noch mehr kann meine Oma mit Sicherheit nicht locker machen." Er zuckte mit den Schultern. „Na ja, dann muss ich eben hier bleiben. Ist ja nichts Neues für mich."

Julia merkte, wie traurig er mit einem Mal war. Sie stupste ihn an und lächelte aufmunternd. „Natürlich fährst du mit. Das wäre ja noch schöner."

„Aber ohne die Schuhe ...", warf Patrick geknickt ein.

„Komm", sagte Julia und zog ihn mit sich. „Ich hab eine Idee."

Eine halbe Stunde später fand Patrick sich mit Julia in einem Secondhandladen wieder. „Und was machen wir hier?" fragte er erstaunt und blickte sich neugierig um.

„Na, was wohl? Schuhe kaufen für dich", erwiderte Julia. Sie kannte den Laden, weil ihre Mutter hier schon öfter Sachen verkauft hatte, um an Geld zu kommen, wenn sie knapp bei Kasse waren.

Patrick stülpte die Taschen seiner Jeans nach außen. „Und wovon? Ich hab nicht einen müden Pfennig."

„Aber ich“, entgegnete Julia. „Ich hab sogar ein paar müde Pfennige, die alle nur darauf warten, endlich ausgegeben zu werden“, sagte sie überschwänglich, auch wenn sie eigentlich überhaupt nicht dazu neigte, Geld mit vollen Händen auszugeben.

Entgeistert starrte Patrick sie an. „Das kommt gar nicht in Frage …“

Doch Julia ließ ihn einfach stehen und ging zu dem Regal mit den Schuhen. „Welche Größe hast du eigentlich?“ rief sie über die Schulter und zog ein paar feste Wanderschuhe heraus.

Patrick war ihr gefolgt. „Julia, das geht nicht“, flüsterte er eindringlich.

Julia hielt ihm die Schuhe hin. „Probier erst mal“, schlug sie vor. „Dann sehen wir schon, ob es nicht geht.“

Vehement schüttelte Patrick den Kopf. „Kommt nicht in die Tüte. Ich lass mir von dir doch nicht meine Schuhe bezahlen …“

Julia deutete auf das Preisschild. „Guck mal. Zwanzig Mark. Und das Geld ist ja nur geliehen. Du musst es mir selbstverständlich zurückzahlen – in Raten“, fügte sie hinzu, obwohl sie es natürlich so nicht meinte. Sie würde Patrick die Schuhe sogar schenken, nur damit er mitfahren könnte. Aber sie wusste genau, dass er solch ein Geschenk nie annehmen würde.

Patrick sträubte sich immer noch. „Ich kann das nicht …“

„Doch, du kannst“, unterbrach Julia, drückte ihn kurzerhand auf einen der Stühle und stellte die Schuhe vor ihn auf den Boden. „Ich will nämlich nicht alleine fahren. Und wenn du nicht mitfährst, bleib ich eben auch zu Hause."

Patrick senkte den Blick. Er war zu gerührt, als dass er Julia in diesem Moment hätte anschauen können. Umständlich zog er seine Schuhe aus, um ein bisschen Zeit zu haben, sich wieder fassen zu können. Dann schlüpfte er in die Wanderschuhe und knotete die Schnürsenkel zu. Langsam stand er auf und ging ein paar Schritte hin und her.

„Und?" fragte Julia. „Passen sie dir?"

Ein strahlendes Lächeln erschien auf Patricks Gesicht. „Wie angegossen", antwortete er und blickte glücklich auf die Schuhe hinunter. „Und du willst wirklich, ich meine …" Er schaute auf, doch Julia war nicht mehr da. „Julia?" rief Patrick und lief durch den Laden. Er fand sie schließlich an der Kasse. Sie hielt schon die zwanzig Mark in der Hand.

„Halt mal eben einen Fuß hoch", bat Julia Patrick, der ihr ohne zu fragen gehorchte.

„Stimmt", sagte der Verkäufer lächelnd, nachdem er einen Blick auf das Preisschild unter den Schuhen geworfen hatte, und Julia reichte ihm das Geld.

Patrick sah den Verkäufer verlegen an. „Darf ich die Schuhe gleich anbehalten?"

Der Verkäufer nickte. „Klar, sie gehören jetzt dir, und du kannst damit machen, was du willst. Und selbst wenn du sie als Sonntagsbraten in den Ofen schiebst, wäre ich der Letzte, der was dagegen hätte." Er hielt eine leere Papiertüte hoch. „Da kannst du deine anderen Schuhe reinstecken."

Patrick schlug sich mit der flachen Hand gegen die Stirn. „Die hätte ich fast vergessen", murmelte er und rannte los, um die Schuhe zu holen.

„Danke", sagte Patrick zu Julia, als sie wieder draußen waren. „Und ich zahl es dir so schnell wie möglich zurück."

Keine Stunde später stand er bereits vor dem Gartenhäuschen und überreichte Julia zwei Zehnmarkscheine. „Meine Oma hat natürlich gleich gemerkt, dass ich andere Schuhe anhabe. Und dann musste ich ihr alles beichten." Er grinste. „Zuerst habe ich gedacht, sie würde mich umbringen." Er breitete die Arme aus. „Aber wie du siehst, lebe ich noch."

Julia lachte. „Gott sei Dank. Sonst wäre ja die ganze Aufregung umsonst gewesen."

Julia freute sich sehr auf die Woche in den Bergen. Sie ließ zwar ihre Mutter nicht gern allein, da sie immer das Gefühl hatte, auf sie aufpassen zu müssen, aber Christa würde die paar Tage auch einmal ohne sie zurechtkommen. Wenigstens wünschte sich Julia das.

Sie konnte nur hoffen, dass sie ihren Job im Supermarkt nicht verlieren würde. Doch als sie dem Filialleiter Bescheid gab, lächelte er freundlich und erklärte, Julia würde so gut arbeiten, dass er sie auch nach der Klassenfahrt gern weiter beschäftigen würde.

Ihre Mutter war in der letzten Zeit wieder öfter abends zu Hause, und Julia vermutete, dass es Ärger mit Max gegeben hatte. Ihr konnte es nur recht sein, denn je eher ihre Mutter von diesem Mann loskam, desto besser. Traurig stimmte Julia nur, dass Christa so bedrückt und niedergeschlagen wirkte. Und langsam kamen Julia Bedenken, ob sie ihre Mutter tatsächlich eine Woche lang allein lassen könnte.

„Mama, was ist denn?" fragte sie eines frühen Nachmittags, nachdem sie aus der Schule gekommen war und ihre Mutter immer noch im Bett vorfand.

„Ach, nichts", erwiderte Christa, „ich hab nur Kopfschmerzen." Sie versuchte ein Lächeln, aber es wollte ihr nicht gelingen.

Julia setzte sich zu ihrer Mutter aufs Bett und nahm deren Hand. „Was hältst du davon, wenn ich dir heute mal ein Chili koche", schlug sie vor. „Das hilft doch gegen jeden Kummer, hast du gesagt."

Christa umklammerte mit ihrer freien Hand die Decke. „Lieb von dir", sagte sie leise und fügte nach einer Weile hinzu: „Aber manchmal hilft selbst das beste Chili der Welt nichts." Sie löste ihre Hand aus Julias Griff und kroch tiefer unter die Decke. „Lass mich nur ein bisschen ausruhen. Und wenn du vom Supermarkt zurück bist, ist alles wieder gut."

Julia ließ ihre Mutter nur schweren Herzens zurück,

doch Christa hatte noch einmal ausdrücklich darauf bestanden, dass sie gehen und ihre Arbeit nicht vernachlässigen solle. „Nimm dir kein Beispiel an mir", hatte sie mit kläglicher Stimme zu bedenken gegeben. „Du hast ein besseres Leben verdient."

Diese letzten Worte gingen Julia während der Arbeit ständig im Kopf herum. Was konnte ihre Mutter damit gemeint haben? Eigentlich führten sie ein glückliches Leben zusammen. Und wenn ihre Mutter nicht immer dem Traum hinterherjagen würde, endlich einmal viel Geld zu besitzen, würde sie sicherlich auf Dauer auch zufriedener sein.

Als Julia gegen Abend nach Hause kam, stand ihre Mutter im Flur vor dem Spiegel und drehte sich hin und her. Sie trug das nachtblaue Kleid, das Max ihr geschenkt hatte. Auf ihrem Gesicht lag ein verlegenes Lächeln.

„Julia, gut, dass du kommst. Ich hab gestern irgendwo meine Geldbörse liegen lassen. Max wartet in der Stadt auf mich, und jetzt hab ich kein Geld fürs Taxi." Verschämt blickte sie ihre Tochter an. „Kannst du vielleicht … ich gebe es dir gleich morgen zurück.

Sofort zog Julia ihre Geldbörse aus dem Rucksack. Sie hätte ihrer Mutter alles gegeben, denn sie war einfach nur froh, dass es ihr wieder besser ging. Sie öffnete ihre Börse, zog einen Fünfzigmarkschein heraus und hielt ihn ihrer Mutter hin.

„Aber das ist doch viel zu viel", wehrte Christa ab. Sie hatte sich noch nie Geld von ihrer Tochter geliehen, und es war ihr peinlich, es überhaupt tun zu müssen. Aber jetzt schien sie keine andere Wahl zu haben.

„Was anderes hab ich nicht“, erwiderte Julia, die gerade im Supermarkt ihr Geld für die letzte Woche bekommen hatte. „Und heute Abend brauch ich sowieso nichts mehr.“

Nur widerwillig steckte Christa das Geld in ihre Handtasche. Dann gab sie Julia einen Kuss auf die Wange. „Danke, mein Schatz. Du hast mir gerade das Leben gerettet.“

Julia lachte. „Jetzt übertreibst du. Ich hab dich nur davor bewahrt, mit diesen Schuhen“, sie deutete auf Christas Pumps, „eine halbe Stunde lang in den Straßen herumzulaufen.“ Sie selbst konnte sich nicht vorstellen, wie man mit solch atemberaubend hohen und dünnen Absätzen auch nur einen Schritt machen konnte.

„Warte nicht auf mich“, sagte Christa an der Tür. „Du weißt ja, Max findet nie ein Ende, wenn wir unterwegs sind.“ Lächelnd stieg sie ins Taxi, das Julia ihr gerufen hatte und das auf der Straße wartete.

Als das Taxi davongefahren war, schloss Julia langsam die Tür. Sie konnte einfach nicht verstehen, warum ihre Mutter sich nun doch wieder mit diesem Max traf. Was hatte er, das Christa so faszinierte? Ob es sein Geld war, das sie seine überhebliche und selbstgefällige Art aushalten ließ? Julia wusste es nicht. Und sie konnte ihre Mutter ja wohl kaum davon abhalten, sich mit diesem Mann zu treffen, selbst wenn sie nichts lieber als das tun würde.

Als Julia am nächsten Morgen die Küche betrat, hatte ihre Mutter schon das Frühstück vorbereitet und saß mit einer Tasse Kaffee am Tisch. Obwohl sie verschlafen aussah, wirkte sie seltsam aufgekratzt.

Julia gab ihr einen Kuss auf die Wange. „Hast du heute was Besonderes vor, Mama?“ fragte sie, weil sie sich wunderte, dass ihre Mutter so früh bereits wach war. Denn sonst schlief sie meist bis in den späten Vormittag, wenn sie nachts unterwegs gewesen war.

Christa schwieg. Sie deutete auf das Frühstück auf dem Tisch. „Willst du denn nichts essen?“ fragte sie ausweichend.

Widerwillig setzte Julia sich – sie spürte genau, dass etwas anders war als sonst. Ihre Mutter hatte sie bis jetzt nicht ein Mal angeschaut. „Wenn es wegen der fünfzig Mark ist, die ich dir gestern gegeben habe ... ich brauch sie nicht mehr“, begann sie und hielt abrupt inne, als ihre Mutter sie plötzlich mit flackerndem Blick ansah.

„Fünfzig Mark?“ Christa lachte bitter auf. „Wenn es nur das wäre ...“ Sie senkte den Kopf und strich fahrig mit den Fingern über die Tischplatte. „Ich ... wollte es dir eigentlich nicht sagen, aber ... du musst es wissen. Max ... er hat mir immer mal wieder Geld zugesteckt, weil ich ja im Moment keine Arbeit habe. Ich wollte es erst nicht annehmen, doch er meinte, er hätte genug und wüsste ohnehin nicht, was er mit all dem Geld anfangen soll. Also hab ich ab und zu was von ihm genommen.“ Entschuldigend zuckte sie mit den Schultern. „Wir müssen schließlich von irgendwas leben, verstehst du? Ich habe das nicht aus reinem Vergnügen gemacht, mein Liebling."

Julia nickte stumm. Was hätte sie darauf auch sagen sollen? Dass ihre Mutter nicht in der Rechtsanwaltskanzlei hätte kündigen sollen, nur weil sie mit dieser älteren Frau dort ein paar kleine Probleme gehabt hatte?

Christa stand auf und ging unruhig in der Küche hin und her. „Ich habe tatsächlich gedacht, dass er es gerne gemacht hat", fuhr sie gequält fort. „Aber vor ein paar Tagen hat er zu mir gesagt, dass er das ganze Geld zurückhaben will." Heftig schüttelte sie den Kopf. „Ich versteh das nicht. Wie kann dieser Mann nur so selbstsüchtig sein?"

Julia hatte es für einen Moment die Sprache verschlagen. Auch wenn sie diesen Max nicht ausstehen konnte, musste sie doch einräumen, dass es gewiss nicht selbstsüchtig von ihm war, wenn er sein Geld zurückverlangte. „Hast du ... viel von ihm bekommen?" fragte sie langsam, da sie sich vor der Antwort fürchtete. Der verzweifelte Blick ihrer Mutter ließ sie zusammenzucken, und Julia schluckte schwer. Nein, versuchte sie sich einzureden, Mama wird sicher nicht so viel Geld von ihm genommen haben. Sie weiß ja, dass sie es nicht zurückzahlen kann. Und plötzlich fiel ihr der Schulausflug in der nächsten Woche ein. Vielleicht war ihre Mutter ja so bedrückt, weil sie kein Geld mehr für die Woche in den Bergen hatte. Und sie wusste, wie sehr Julia sich auf den Ausflug freute. Sicher, sie, Julia, wäre traurig, wenn sie doch nicht mitfahren könnte, aber davon würde die Welt nicht untergehen. „Mama, es ist nicht schlimm, wenn ich nächste Woche nicht mit in die Berge fahren kann“, sagte sie schnell, mehr um sich selbst einzureden, dass dies Christas ganzes Problem war.

Entgeistert starrte ihre Mutter sie an. „Wieso Berge? Was für Berge?“

Hilflos ließ Julia die Schultern sinken. „Dann ... dann geht es nicht um den Schulausflug nächste Woche ... und das wir kein Geld dafür haben?“

Christa setzte sich auf ihren Stuhl und stützte den Kopf in die Hände. Tränen schimmerten in ihren Augen. „Ich hab alles versucht, um es ihm zurückgeben zu können, aber ... ich hatte einfach kein Glück. Dabei hat es am Anfang so gut ausgesehen.“

Julia verstand jetzt überhaupt nicht mehr, wovon ihre Mutter sprach. „Was meinst du, Mama? Wobei hattest du kein Glück?“

Christa fuhr sich mit dem Handrücken über die Augen. „Max ... er hat mich vor ein paar Wochen mal mitgenommen ... in ein Spielkasino. Er meinte, es würde mir bestimmt Spaß machen. Und ich ... zu Anfang habe ich ja tatsächlich gewonnen.“ Für einen kurzen Moment leuchteten ihre Augen auf. „Weißt du, es ist schon toll, wenn man plötzlich von einer Minute auf die andere um ein paar Tausender reicher ist.“ Schlagartig umwölkte sich ihr Blick wieder. „Doch dann hatte ich eine richtige Pechsträhne. Max meinte, das wäre immer so. Mal gewinnt man, mal verliert man. Wie im richtigen Leben." Sie schlug mit der Hand auf den Tisch. „Ich will aber nicht immer verlieren. Das verstehst du, oder?" Mutlos sah sie ihre Tochter an.

Mit wachsendem Entsetzen hatte Julia ihr zugehört. „Bist du öfter mit Max ins Spielkasino gegangen?" fragte sie zögernd, obwohl sie es eigentlich gar nicht wissen wollte. Sie wollte nichts mehr über diesen Mann hören, der ihre Mutter anscheinend zum Spielen verleitet hatte. Sie wollte nichts mehr über all das Geld hören, das ihre Mutter nun zurückzahlen musste. Alles sollte wieder so sein wie vorher, als dieser Mann noch nicht das Leben ihrer Mutter bestimmte.

Christa schwieg einen Moment. „Na ja, ich war ab und zu mit ihm da. Aber dann bin ich auch mal allein hingegangen. Er musste ja nicht unbedingt alles mitkriegen. Außerdem ist der Kerl mir auf die Dauer zu lästig geworden ..."

„Du hast mir doch immer gesagt, dass du dich mit *ihm* triffst", unterbrach Julia. „Das stimmte gar nicht?" Sie konnte und sie wollte nicht glauben, dass ihre Mutter sie angelogen hatte.

Christa warf die Hände in die Luft. „Ach Julia, ich wollte dich damit nicht belasten. Max ... nun ja, er ist mir ein bisschen zu aufdringlich geworden. Sicher, er ist ganz nett, aber er wollte viel mehr von mir als ich von ihm." Wütend starrte sie vor sich hin. „Ich hab ihm letzte Woche klar gemacht, dass ich nicht bereit bin, mich mit ihm einzulassen. Und daraufhin hat er gesagt, dass er das ganze Geld, das er mir gegeben hat, sofort zurück will." Für einen Augenblick wirkte sie schuldbewusst. „Irgendwie habe ich gewusst, dass er eine Gegenleistung erwartet für all das, was er mir gegeben hat", räumte sie ein. „Aber warum kann man eigentlich nicht einfach so mit einem Mann befreundet sein, ohne dass er gleich … alles will", brauste sie erneut auf. „Ich wollte doch nur ab und zu ein bisschen Gesellschaft, damit ich nicht allein bin." Sie schüttelte den Kopf. „Ich versteh Max nicht. Wie kann man so kleinkariert sein?"

Julia schwieg. Selbstverständlich wollte dieser Mann sein Geld zurück, und Julia verstand das natürlich. Unabhängig davon, ob sie ihn nun mochte oder nicht – das Geld stand ihm zu. „Wir könnten es ihm doch nach und nach zurückzahlen", schlug sie schließlich vor. „Ich verdiene ja auch im Supermarkt. Und vielleicht kann ich noch ein paar Stunden mehr dort arbeiten …"

„Er will es bis nächste Woche zurück", rief Christa aufgebracht. „Und ich weiß, dass mit diesem Mann nicht zu spaßen ist. Er hat mir oft genug voller Stolz erzählt, wie er als Anwalt vor Gericht die Gegenpartei mit den übelsten Methoden zur Strecke gebracht hat."

Julia zuckte erschrocken zusammen. Plötzlich überfiel sie das ungute Gefühl, als ob ihnen etwas Schreckliches bevorstehen würde. „Wie viel Geld ist es?" fragte sie leise.

Christa stieß ihren Stuhl zurück und sprang auf. „Viel zu viel! Ich hab ja gedacht, dass ich endlich mal einen großen Gewinn absahne im Spielkasino. Immer wieder hab ich es versucht, aber …“ Abrupt hielt sie inne.

Julia war blass geworden. „Du hast also all das Geld, das er dir gegeben hat, verspielt?“

Plötzlich begann Christa, hektisch den Tisch abzuräumen, obwohl Julia bisher noch keinen Bissen gegessen hatte. „Ich … natürlich nicht. Was denkst du von mir?“ Heftig stellte sie den Brotkorb auf die Anrichte.

„Aber wo ist dann das ganze Geld?“ wollte Julia wissen. Sie hatte das Gefühl, als ob sich ihr der Magen umdrehen würde.

„Ach, was weiß denn ich?“ rief Christa. „Du weißt doch genau, dass ich noch nie ein Pfennigfuchser war, der peinlich genau darauf achtet, wo das Geld hingeht. Es ist eben weg. Mehr gibt's dazu nicht zu sagen.“

Julia saß einen Augenblick wie gelähmt da und starrte vor sich hin. Was hatte ihre Mutter nur mit all dem Geld gemacht? Langsam stand Julia auf und ging zu ihr. „Dann müssen wir es irgendwie beschaffen. Du *musst* Max das Geld zurückgeben …“

Aufgebracht drehte Christa sich zu ihrer Tochter um. „Ach, jetzt hältst du zu ihm? Und ich dachte, du magst ihn nicht. Sind dir die paar Mark von ihm wichtiger als ich?“ Wütend drehte sie sich auf dem Absatz um, lief aus der Küche und verschwand in ihrem Zimmer.

Julia zuckte zusammen, als die Tür laut ins Schloss fiel. Sie spürte, dass Tränen in ihr aufstiegen. Warum hatte ihre Mutter sich plötzlich gegen sie gewandt? War es nicht richtig, dass man Geld zurückgab, das einem eigentlich gar nicht gehörte? Julia wusste, dass ihre Mutter oft zu sorglos mit Geld umging: Auf der einen Seite wollte sie im Überfluss leben und keine Geldsorgen mehr haben, auf der anderen Seite tat sie jedoch zu wenig dafür, um diesen Traum zu verwirklichen. Und jetzt hatte sie sich offensichtlich auf Kosten eines anderen Menschen ein schönes Leben gemacht und war nicht bereit, dafür zu zahlen. Dann fiel Julia wieder ein, dass ihre Mutter immer versucht hatte, ihnen das Leben so angenehm wie möglich zu gestalten – vielleicht hatte sie gedacht, dass sie es mit Hilfe dieses Mannes leichter erreichen könnte. Bis sie schließlich festgestellt hatte, dass Max Absichten hegte, die sie nicht erfüllen wollte. War es ihr, Julia, nicht vor Wochen mit Anne selbst so ergangen? Auch sie hatte geglaubt, dass Anne ihre Freundin war, hatte ihr vertraut – und war schmählich hintergangen worden.

Mit einem Mal war Julia erfüllt von Mitleid für ihre Mutter. Sie brauchte jetzt ihre Unterstützung und keine Vorwürfe – denn eigentlich hatte sie nur versucht, ihnen beiden zu einem sorglosen Leben zu verhelfen.

Julia klopfte an die Schlafzimmertür und öffnete sie langsam einen Spaltbreit. „Mama …“ Wie angewurzelt blieb sie stehen. Christa stand vor ihrem geöffneten Kleiderschrank, riss gerade einen Stoß Pullover aus einem Seitenfach und warf ihn auf das Bett zu all den anderen Kleidern, die in einem wilden Durcheinander darauf herumlagen. „Was … was machst du da?“ stieß Julia fassungslos hervor.

Christa schob einen Stuhl zum Schrank, stieg drauf und zog einen Koffer herunter. „Ich packe“, erwiderte sie bissig, als sie wieder vom Stuhl sprang.

Mit einem Mal keimte Angst in Julia auf. „Wo … wo willst du denn hin?“ Eine schreckliche Vorstellung ergriff plötzlich Besitz von ihr, und Julia hatte das Gefühl, nicht mehr atmen zu können. Ihre Mutter wollte weggehen – ohne sie. Weil sie, Julia, sich gegen sie gestellt hatte.

„Nicht *ich*“, entgegnete Christa kurz angebunden. „*Wir.* Wir beide.“

Wir beide, hatte sie gesagt. Ihre Mutter wollte also nicht ohne sie weg. Erleichtert atmete Julia auf. Der Gedanke, allein zu sein, hatte ihr für einen kurzen Moment die Luft geraubt. Denn ohne ihre Mutter hätte sie nicht leben können. Sie war alles, was Julia auf dieser Welt hatte. Aber dann wurde ihr schlagartig bewusst, was ihre Mutter eigentlich damit gemeint hatte. „Nein, Mama, bitte nicht. Lass uns nicht weggehen … nicht schon wieder“, flüsterte sie.

Völlig ungerührt räumte Christa die letzten Kleidungsstücke aus dem Schrank.

Julia ging zu ihr und umklammerte die Schultern ihrer Mutter. „Mama, ich will hier nicht weg. Endlich hab ich mich mal ein bisschen … zu Hause gefühlt. Ich kann Geld verdienen für uns im Supermarkt. Und …“, sie schluckte, „und ich will Patrick nicht im Stich lassen …“

„Patrick! Patrick!“ rief Christa entnervt. „Ist der dir wichtiger als deine Mutter?“ Sie löste sich aus Julias Umklammerung. „Ich dachte immer, dass ich für dich der wichtigste Mensch bin.“ Sie ließ sich auf das Bett fallen, ohne darauf zu achten, dass ihre teuren Kleider zerknitterten. „Ich habe geglaubt, dass wir zusammenhalten, selbst wenn es mal schwierig wird.“ Plötzlich brach sie in Tränen aus. „Ohne … ohne dich kann ich nicht leben“, schluchzte sie und sah mit verzweifeltem Blick zu ihrer Tochter auf. „Bitte, nur dieses eine Mal noch.“ Sie schlug die Hände vors Gesicht und weinte hemmungslos.

Hilflos betrachtete Julia ihre Mutter. Ihre Gedanken überschlugen sich, ohne dass sie in der Lage gewesen wäre, bei klarem Verstand nachzudenken oder Entscheidungen zu fällen. Alles war überlagert von ihrer Mutter und deren Verzweiflung darüber, dass Julia sich von ihr abwenden könnte. Ohne noch weiter zu überlegen setzte Julia sich zu ihr auf das Bett und schlang die Arme um Christa. „Ich geh mit dir, Mama“, sagte sie leise und versuchte, nicht an den Schmerz zu denken, der sich immer stärker in ihr ausbreitete. „Ich lass dich nicht allein.“ Wie in Trance schüttelte sie den Kopf. „Nie im Leben würde ich dich allein lassen, Mama.“

Mit verschleiertem Blick sah Christa ihre Tochter an. Ein verhaltenes Lächeln lag mit einem Mal auf ihrem Gesicht. „Danke“, flüsterte sie und fuhr sich über die Augen. „Wir beide“, sie räusperte sich, „wir beide suchen uns ein neues Zuhause. Dann wird alles gut.“ Sie lächelte ihrer Tochter aufmunternd zu. „Und du wirst all das hier ganz schnell vergessen."

„Ja, Mama", erwiderte Julia und lächelte ebenfalls, obwohl es ihr unendlich schwer fiel. Sie *musste* all das hier ganz schnell vergessen – ihr Gartenhäuschen, in dem sie ein Jahr gelebt hatten und in dem sie sich so wohl gefühlt hatte, den Ausflug in der nächsten Woche, auf den sie sich so gefreut hatte, und Patrick, der ihr inzwischen zu einem Freund geworden war ... Julia musste sich einen Augenblick abwenden, denn es zerriss ihr beinahe das Herz, als sie daran dachte, dass sie Patrick zurücklassen würde.

Julia hatte nicht gemerkt, dass ihre Mutter inzwischen aufgestanden war und die ersten Kleidungsstücke in den Koffern verstaute. Wie von ferne drang ihre Stimme an Julias Ohr. Christa klang nun wieder zuversichtlich. „Ich wusste, dass ich mich auf dich verlassen kann", sagte sie, während sie eines ihrer Kleider zusammenlegte. „Weißt du, dieser Max macht mir einfach Angst. Und ich will mich nicht seinem Zorn aussetzen. Man weiß ja nie, wozu so ein Mann fähig ist ..."

„Ja, Mama", erwiderte Julia apathisch, stand auf und ging zur Tür.

„Wo willst du hin, mein Schatz?" fragte Christa, die inzwischen mit Begeisterung dabei war, ihr Leben hier hinter sich zu lassen.

„Packen, Mama", entgegnete Julia. Langsam ging sie in ihr Zimmer. Sie merkte nicht, wie sie ihren Schrank öffnete und ihre Kleider in den Koffer packte, der immer neben ihrem Schreibtisch gestanden hatte, als hätte sie jeden Tag damit gerechnet, wieder einmal Hals über Kopf ihr Zuhause verlassen zu müssen. Julia spürte nichts mehr – als ob jedes Gefühl mit einem Schlag in ihr ausgelöscht worden wäre.

7. KAPITEL

In dieser Nacht hatte Julia einen schrecklichen Albtraum. Sie war mit ihrem Fahrrad unterwegs gewesen und plötzlich in dichten Nebel geraten. Obwohl sie die Hand nicht mehr vor Augen hatte sehen können, war sie weitergefahren. Mit einem Mal hatte sie keinen Boden mehr unter sich gespürt und war gefallen – in eine unendliche schwarze Leere. „Hilfe!“ hatte sie voller Verzweiflung aufgeschrieen. „Warum hilft mir denn keiner?“ Plötzlich hatte sich der Nebel vor ihr gelichtet, und das lächelnde Gesicht ihrer Mutter war vor ihr aufgetaucht. „Du schaffst das schon, Julia“, hatte sie gesagt, dann war sie wieder verschwunden, als ob sie nie da gewesen wäre.

Schweißgebadet war Julia mitten in der Nacht aufgewacht und erst nach einer endlos lang erscheinenden Zeit in einen unruhigen Schlaf zurückgefallen.

Nun saß sie müde am Frühstückstisch, immer noch in Erinnerung an diesen Albtraum.

„Erinnerst du bitte deinen Lehrer noch mal daran, dass du ab morgen nicht mehr zur Schule kommst?“ sagte Christa, die schon fertig angezogen in der Tür stand.

Julia sah von ihrem Brot auf, das sie bis jetzt nicht angerührt hatte.

„Und was soll ich Patrick sagen?“ fragte sie leise.

Christa strich ihren Rock glatt. „Ach, Julia, ich muss jetzt wirklich los. Ich hab so vieles zu regeln, bevor wir losfahren. Und es kann doch nicht so schwer sein, mit Patrick zu reden. Sag ihm einfach, dass wir umziehen müssen, weil ich ... na ja, weil ich aus beruflichen Gründen in eine andere Stadt muss." Ein wenig ungehalten sah sie ihre Tochter an. „Es kommt schließlich oft genug vor, dass man von einer Stadt zur anderen geschickt wird. Heutzutage muss man eben ein bisschen flexibel sein, sonst kommt man zu nichts." Sie lächelte aufmunternd. „Du schaffst das schon, mein Schatz."

Du schaffst das schon – das hatte ihre Mutter in dem Albtraum in dieser Nacht auch gesagt, als Julia in einen tiefen Abgrund gefallen war. Und wenn sie es nicht schaffte, aus eigener Kraft wieder herauszufinden aus dem Loch, in das sie immer wieder fiel, wenn sie weiterzogen? Aber sie wagte es nicht, sich gegen ihre Mutter zu stellen, aus der namenlosen Angst heraus, nicht mehr von ihr geliebt zu werden. Christa war manchmal so unberechenbar, und Julia wusste oft nicht, wie sie in ihrer Verärgerung reagieren würde. Deshalb schluckte sie vieles hinunter, in der Hoffnung, dass ihre Mutter eines Tages einsehen würde, dass Julia nichts anderes wollte als ein Zuhause und ein Leben, in dem es nicht ständig auf und ab ging.

Christa ging zu ihrer Tochter und gab ihr einen Kuss auf die Wange. „Ich muss jetzt los, Fahrkarten kaufen. Und heute Nachmittag brechen wir auf." Sie sah Julia mit aufgeregt leuchtenden Augen an. „Freust du dich denn wenigstens ein bisschen? Du wirst schon sehen, wenn wir das alles hier erst mal hinter uns gelassen haben, werden wir beide zusammen die glücklichsten Menschen sein. Ich finde bestimmt schnell Arbeit, und wir können uns ein großes Haus mieten mit wunderschönem Garten. Und du kriegst das schönste Zimmer. Ist das nichts?"

„Doch, toll", erwiderte Julia leise.

„Na siehst du", fuhr Christa fort. „Hier hält uns wirklich nichts mehr."

„Nein, Mama", sagte Julia und war froh, dass ihre Mutter sich bereits abgewandt hatte und zur Tür ging. Denn ihr unendlich trauriger Blick strafte jedes ihrer Worte Lügen.

„Dann ist ja alles klar", stellte Christa fröhlich fest. „Bis später, mein Schatz."

Als ihre Mutter gegangen war, schob Julia den Teller mit dem Brot zur Seite, stand auf und lief in ihr Zimmer, um sich anzuziehen. Die Jeans und den Pullover für diesen Tag hatte sie über den Stuhl gehängt, alles andere war schon im Koffer. Wieder einmal. Wie oft würden sie noch umziehen müssen, bis ihre Mutter endlich zur Ruhe kommen würde? Warum konnte sie es nie an einem Ort aushalten, wenigstens mal für zwei oder drei Jahre? Stattdessen befiel sie jedes Mal diese seltsame Unruhe, wenn sie länger an einem Ort waren. Julia hatte immer gespürt, wenn ihre Mutter wieder umgetrieben wurde von dem unerklärlichen Bedürfnis, die Zelte abzubrechen. Auf diese Weise hatte Julia kaum jemals richtige Freunde gefunden – sie wusste, dass sie ohnehin über kurz oder lang wieder wegziehen würden. Und jetzt hatte sie den Fehler gemacht, sich mit Patrick anzufreunden, hatte gespürt, wie schön es sein konnte, jemanden zu haben, dem sie vertrauen konnte. Ja, es ist ein Fehler gewesen, dachte sie voller Wehmut. Denn sie ahnte, dass sie Patrick wehtun würde.

Nachdem sie sich angezogen hatte, packte Julia ihre Schulsachen in den Rucksack und machte sich auf den Weg.

Von den fünf Schulstunden bis zum Schluss bekam Julia kaum etwas mit. Ab und zu schweifte ihr Blick verstohlen zu Patrick, der ihr vergnügt zuzwinkerte. Mach es mir doch nicht noch schwerer, bat sie im Stillen.

Und nach der letzten Stunde stand sie plötzlich vor ihrem Klassenlehrer, ohne zu wissen, wie sie eigentlich dorthin gekommen war, und verabschiedete sich mit stockender Stimme von ihm. Der Lehrer bedauerte sehr, dass sie nicht mehr kommen würde und wünschte ihr für die Zukunft alles Gute.

„Danke“, murmelte Julia und verließ mit gesenktem Kopf das Klassenzimmer.

Patrick wartete draußen schon auf sie. „Ich hab Superneuigkeiten!“ rief er, als Julia langsam zu ihm kam. „Meine Oma hat erlaubt, dass ich auch im Supermarkt arbeite. Dann können wir zusammen die Regale auffüllen, und du musst nicht mehr allein die schweren Kartons schleppen. Und wenn es regnet, hast du gleich jemanden mit Schirm da …" Er stockte, weil er bemerkte, dass Julia keinerlei Begeisterung zeigte. „Ist alles okay bei dir?" fragte er und runzelte die Stirn.

Julia stand mit ausdruckslosem Gesicht vor ihm. Noch an diesem Morgen hatte sie den Gedanken kaum ertragen können, mit Patrick reden zu müssen. Und jetzt fühlte sie mit einem Mal nichts mehr. Nicht einmal mehr die quälende Leere, die sie während der Schulstunden verspürt hatte. „Ich geh weg mit meiner Mutter", sagte sie, ohne Patrick anzusehen. Sie schaffte es einfach nicht, ihm dabei in die Augen zu schauen. Die Worte waren über ihre Lippen gekommen, ohne dass es ihr bewusst gewesen wäre.

Patrick starrte sie einen Moment lang fassungslos an. „Du gehst …" Er blickte auf den Boden. „Und … und meine Wanderschuhe … ich meine, wir wollten doch …"

„Ich geh weg mit meiner Mutter", wiederholte Julia und stand reglos da.

Patrick sah sie stumm an, so als würde er darauf warten, dass sie ihm erklärte, warum. Aber Julia brachte kein Wort heraus. „Wann denn?" stieß Patrick schließlich mit brüchiger Stimme hervor.

„Heute Nachmittag", erwiderte sie und schaute Patrick endlich an. Und mit einem Mal erkannte sie ihren Schmerz in seinen Augen, erkannte die Leere und die tiefe Traurigkeit, die sie selbst empfunden hatte.

Unbeholfen streckte Patrick ihr die Hand entgegen. „Ich … na ja … dann alles Gute für dich …" Er drehte sich um und lief davon.

Julia sah ihm traurig hinterher. „Patrick“, sagte sie leise, „es tut mir so Leid.“

An diesem Tag war Julia zum ersten Mal in ihrem Leben froh über die hektische Stimmung, die ihre Mutter wie so oft vor einer Abreise verbreitete. „Schau bitte nach, ob wir auch nichts vergessen haben, mein Schatz“, bat sie ein ums andere Mal und lief selbst ziellos in dem Gartenhäuschen herum.

Julia guckte in jedem Zimmer nach, froh um alles, was sie von ihren Gedanken ablenkte.

In letzter Sekunde erreichten sie schließlich den Bahnhof und stiegen in den Zug.

„Alles Gute für dich, Patrick“, flüsterte Julia, als der Zug sich schnaufend in Bewegung setzte.

„Julia, ist alles in Ordnung?“ fragte Christa. Sie machte sich Sorgen um ihre Tochter, die seit einer halben Stunde schweigend aus dem Fenster geschaut hatte.

Endlich drehte Julia sich zu ihrer Mutter um. „Ja, Mama. Mir ist nur gerade eingefallen, dass ich vergessen habe, im Supermarkt Bescheid zu sagen.“ Sie wollte ihrer Mutter nicht verraten, dass sie an Patrick gedacht hatte, der nun im Supermarkt arbeiten würde – ohne sie.

Christa ergriff die Hand ihrer Tochter. „Ach, mein Schatz, die werden schon ohne dich zurechtkommen. Nimm’s nicht so schwer.“ Sie stand auf. „Weißt du was? Ich hol uns mal was zu trinken, ja?“

Wenig später kehrte sie mit zwei großen Plastikbechern Limonade zurück.

„Wo fahren wir eigentlich hin?“ fragte Julia, da sie sich bis jetzt noch gar nicht danach erkundigt hatte.

„Lass dich überraschen“, antwortete Christa. „Jedenfalls weit genug weg, damit Max uns nicht finden kann“, fügte sie mit ernstem Gesicht hinzu.

„Er wird dir doch nichts antun, oder?“ Julia merkte in diesem Augenblick, dass sie an all das gar nicht mehr gedacht hatte. Erst jetzt wurde ihr wieder bewusst, dass sie wegmussten, weil ihre Mutter Angst vor diesem Mann hatte. Auch wenn Julia unsagbar traurig war, weil sie Patrick im Stich gelassen hatte, überwog in diesem Moment die Sorge um ihre Mutter – und die Erleichterung, dass Christa es geschafft hatte, sich von diesem Mann zu trennen, wenn auch unter höchst seltsamen Umständen. Sie wollte nicht danach fragen, ob ihre Mutter daran dachte, diesem Mann jemals das Geld, das sie von ihm bekommen hatte, zurückzugeben. Wichtig war nur, dass ihre Mutter wieder zufrieden war.

Christa legte den Arm um Julia. „Mach dir mal keine Sorgen, Liebes. Ich lass nicht zu, dass uns irgendwas passiert.“

Julia lehnte den Kopf an die Schulter ihrer Mutter. Sie hatte schon fast vergessen, wie stark Christa sein konnte. Und wie tröstlich es war, sich einfach wie ein Kind zu fühlen, beschützt und geliebt. Lange saßen sie so da, aneinander gelehnt.

Zärtlich strich Christa ihrer Tochter über die Haare. „Patrick", sagte sie schließlich leise. „Ich weiß, dass du die ganze Zeit an ihn gedacht hast. Er war ein richtig guter Freund, nicht wahr?"

Stumm nickte Julia, und die Tränen, die sie seit dem Abschied zurückgehalten hatte, liefen über ihre Wangen.

Christa hielt sie in den Armen, bis Julia sich wieder beruhigt hatte. „Weißt du was, wir schicken ihm was Schönes, wenn wir angekommen sind. Dann hat er etwas, das ihn immer an dich erinnert."

Julia fuhr sich über die Augen und blickte Christa dankbar an. Sie war gerührt, dass ihre Mutter daran gedacht hatte. Und sie wusste, dass es eine Entschuldigung war für ihren Ausbruch am Vortag, als Christa sich darüber ereifert hatte, dass Patrick ihrer Tochter anscheinend wichtiger sei als ihre eigene Mutter.

In diesem Augenblick betrat ein junges Paar mit einem Kleinkind das Abteil. Sie waren offenbar an der letzten Station zugestiegen.

„Ist hier noch frei?" fragte der Mann freundlich und deutete auf die leeren Sitzplätze.

„Aber selbstverständlich", entgegnete Christa und lächelte die junge Frau an, die das Kind auf ihrem Arm trug. Als sie bemerkte, wie der junge Mann sich mit dem Koffer abmühte, sprang sie auf, um ihm zu helfen.

„Das ist nicht nötig …", wiegelte er ab, aber Christa hatte bereits das andere Ende des Koffers gepackt und hievte ihn zusammen mit dem Mann in die Ablage.

„Ist das schon alles?“ fragte sie lachend. „Sie haben doch bestimmt noch mehr Gepäck. Wenn man mit einem kleinen Kind verreist, muss man ja fast immer den gesamten Hausrat mitnehmen.“

Die junge Frau nickte und erzählte, dass sie für drei Tage zu ihrer Freundin fahren würden. „Ich glaube, sie hat ein paar Teller und Kochtöpfe im Haus“, schloss sie vergnügt, während das Kind die Ärmchen nach Christa ausstreckte.

„Darf ich?“ fragte Christa und nahm das Baby auf ihren Schoß. Die Kleine zupfte an Christas Bluse und brabbelte dabei fröhlich vor sich hin.

Julia wunderte sich wieder einmal, wie schnell ihre Mutter Kontakt zu anderen Menschen knüpfte. Innerhalb kürzester Zeit konnte sie sich mit Wildfremden anfreunden, und man hatte den Eindruck, als ob sie schon lange miteinander bekannt seien.

Auch jetzt erzählte ihr das junge Paar freimütig über ihre Reise, die Schwierigkeiten, die sie vorher gehabt hatten, weil der Mann vor einigen Monaten seine Arbeit verloren hatte, und ihre Hoffnung, dass es ihnen finanziell bald besser gehen würde.

Julia hatte sich oft gewünscht, genauso aufgeschlossen und unbeschwert mit Menschen umgehen zu können wie ihre Mutter. Sie selbst war eher zurückhaltend und brauchte eine Weile, bis sie Vertrauen zu Fremden gefasst hatte.

„Das wird wieder“, sagte Christa nun und lächelte

das Pärchen aufmunternd an. „Solange man zusammenhält, kann man jede Schwierigkeit meistern.“ Sie warf Julia ein dankbares Lächeln zu. „Wenn ich meine Tochter nicht hätte, wäre ich mit Sicherheit so manches Mal verzweifelt.“

Julia spürte, dass sie rot anlief. Es machte sie immer verlegen, wenn ihre Mutter sie offen vor anderen lobte.

Christa drückte ihr schnell einen Kuss auf die Wange. „Keine falsche Bescheidenheit, mein Schatz“, flüsterte sie ihr ins Ohr. „Du bist und bleibst mein Ein und Alles.“

Eine Stunde später stieg das Paar mit seinem Kind aus, und Christa verabschiedete sich von ihnen wie von alten Freunden. „Die beiden verstehen sich wirklich gut“, bemerkte sie, nachdem sie sich gesetzt hatte und fügte versonnen hinzu: „Wenn man sieht, wie glücklich die zwei trotz aller Schwierigkeiten miteinander sind, kann man doch noch Hoffnung haben.“ Sie lächelte ihre Tochter an. „Irgendwo auf dieser Welt wartet vielleicht das große Glück. Wer weiß.“

Als sie schließlich ausstiegen, war es längst dunkel, und ein leichter Nieselregen fiel.

Christa winkte ein Taxi heran, das ein Stück vom Bahnhofseingang entfernt auf dem Vorplatz stand. „Können Sie uns eine Pension empfehlen?“ fragte sie den Fahrer, nachdem sie und Julia eingestiegen waren.

Der Fahrer musterte Christa, die in ihrem hellen Mantel ausgesprochen elegant wirkte. „Für Sie wäre wohl das beste Hotel am Platz angemessen“, erwiderte er.

Christa lächelte geschmeichelt. „Natürlich. Aber meine Tochter und ich sind eher für das Bescheidene."

Julia musste sich ein Lachen verkneifen – so konnte man die Tatsache, dass sie kaum noch Geld hatten, natürlich auch umschreiben.

„Wie Sie meinen", antwortete der Fahrer ein wenig konsterniert.

Eine Viertelstunde später hielt er vor einer kleinen Pension, die am Stadtrand lag. „Ich hoffe, Sie werden sich hier wohl fühlen", sagte der Taxifahrer, während er die beiden Koffer ins Haus trug.

Mit skeptischem Blick sah Christa sich anschließend in dem Doppelzimmer um, das die Pensionswirtin ihnen zugewiesen hatte. „Ist ja nicht für lange", wiegelte sie ab und betrachtete die klobigen dunklen Möbel, die das Zimmer fast zu erdrücken schienen. „Morgen gehen wir gleich los und suchen uns eine hübsche, helle Wohnung. Du wirst schon sehen, wir finden bestimmt schnell etwas Passendes."

Doch Christas Optimismus bekam einen Dämpfer. Kein Vermieter wollte sich darauf einlassen, einer Frau ohne festes Einkommen eine Wohnung zu vermieten.

„Ich hab mir das so schön vorgestellt hier", sagte Christa bedrückt. „Ein neues Leben. Endlich einmal richtig glücklich sein." Sie seufzte schwer. „Und nun sitzen wir in diesem deprimierenden Zimmer."

Tröstend legte Julia den Arm um die Schultern ihrer Mutter, deren Energie und Lebensfreude mit jeder Absage mehr verpufft war. „Wir schaffen das, Mama. Jetzt brauchen wir erst mal eine Arbeit für dich. Und dann kriegen wir sicherlich auch eine Wohnung."

Aber Christa war an diesem Tag nicht mehr dazu zu bewegen, aus dem Bett aufzustehen, obwohl es beinahe Mittag war. Daher machte Julia sich allein auf den Weg. Sie wusste zwar nicht, wie sie es anstellen sollte, für ihre Mutter einen Job zu finden, doch irgendwie musste sie es schaffen. In der nächsten Woche würde für sie wieder die Schule beginnen, und dann wäre Christa auf sich gestellt. Und in ihrer derzeitigen Verfassung war sie unter keinen Umständen in der Lage, sich selbstständig nach einer Arbeitsstelle umzuschauen.

Julia lächelte gequält, als ihr bewusst wurde, dass sie wie so oft die Rollen getauscht hatten – sie fühlte sich, als ob sie die Mutter wäre, die dafür sorgte, dass ihr Kind anständig untergebracht wurde.

Am Bahnhofskiosk kaufte sie eine Zeitung, setzte sich auf eine Bank und ging die Stellenanzeigen durch. Es gab etliche Angebote für Sekretärinnen, aber Julia wusste, dass ihre Mutter nach der letzten Erfahrung ganz sicher keinen Job als Sekretärin annehmen würde.

Schließlich stieß sie auf die Anzeige eines Hotels. „Empfangsdame gesucht", stand dort, mit dem Zusatz „gepflegte Erscheinung, freundlich, aufgeschlossen". Das ist es, dachte Julia. Die Stelle war wie geschaffen für ihre Mutter. Ihr erster Impuls war, zurück in die Pension zu laufen, um ihrer Mutter die Anzeige zu zeigen. Doch dann entschied sie, selbst hinzugehen – sie befürchtete, dass Christa in ihrer gedrückten Stimmung vielleicht ablehnen würde.

Sie fragte einen Passanten nach dem Weg und lief durch die Straßen. Als sie schließlich vor dem kleinen Hotel stand, atmete sie tief durch. „Wir *brauchen* die Stelle“, sagte sie laut. „Und wir *kriegen* sie auch!“

„Na, dann viel Glück“, hörte sie hinter sich eine männliche Stimme. Sie konnte gerade noch überrascht „danke“ murmeln, bevor der Mann mit eiligen Schritten im Hotel verschwand. Zumindest die Gäste scheinen ja hier sehr nett zu sein, dachte sie und betrat die Lobby.

Hinter der Rezeption stand eine ältere Frau, die Julia missmutig musterte, als diese auf sie zukam. „Wir sind ausgebucht“, sagte die Frau kurz angebunden und beschäftigte sich wieder mit ihrem Kreuzworträtsel, das vor ihr auf dem Tisch lag.

Julia ärgerte sich über den barschen Ton, aber sie wollte sich nicht beirren lassen. Denk dran, was du Mama immer sagst, schoss es ihr durch den Kopf. Nicht gleich aufgeben, wenn's mal schwierig wird.

„Ich möchte gar kein Zimmer“, entgegnete Julia freundlich. „Ich bin wegen der Annonce hier. Sie suchen eine Empfangsdame …“

Wütend warf die Frau ihren Kugelschreiber auf den Tisch. „Das ist eine bodenlose Unverschämtheit! Wie kann er es nur wagen …“ Sie straffte die Schultern, machte auf dem Absatz kehrt und verschwand ohne ein weiteres Wort hinter einer Holztür.

Sprachlos starrte Julia ihr hinterher.

„Was ist denn das für ein Lärm?“ hörte sie in diesem Augenblick eine Stimme. Erschrocken wandte sie sich um und sah sich dem Mann gegenüber, der ihr draußen vor dem Hotel viel Glück gewünscht hatte.

Julia zuckte verlegen mit den Schultern. „Ich weiß auch nicht ... ich hab nur gesagt, dass ich wegen der Stelle als Empfangsdame hier bin, und da ...“

„Verstehe“, unterbrach sie der Mann und sah Julia eindringlich an. „Ein bisschen zu jung scheinst du mir dafür zu sein.“

„Aber es ist ja nicht für mich“, erwiderte Julia schnell, da der Mann Anstalten machte, wieder zu gehen. „Es ist für meine Mutter.“

Der Mann hob die Augenbrauen und schaute Julia einen Moment mit seltsamem Blick an. „Na, dann komm mal mit.“ Er winkte Julia, ihm zu folgen, und führte sie in ein geräumiges, modern eingerichtetes Büro. Wie sich herausstellte, war er der Besitzer des Hotels.

„Deine Mutter sucht also eine Stelle“, begann er, nachdem er hinter seinem Schreibtisch Platz genommen hatte. Julia hatte er den bequemen Sessel angeboten, der davor stand. „Und warum kommt sie nicht selbst?“

Julia schluckte. Auf diese Frage war sie nicht vorbereitet. Krampfhaft überlegte sie, was sie diesem Mann erzählen sollte. Sie könnte zu einer Lüge greifen, ihm erklären, dass ihre Mutter wegen eines wichtigen Termins verhindert sei. Aber dieser Mann würde sofort merken, wenn sie schwindelte, da war sie sich sicher. „Meiner Mutter geht's heute nicht so gut“, sagte sie daher ein wenig zögernd, aber wahrheitsgemäß.

„Ist sie denn öfter krank, deine Mutter?“ wollte der Hotelbesitzer wissen.

„Ja, nein, eigentlich nicht“, antwortete Julia und merkte, dass sie rot anlief.

Der Mann runzelte die Stirn und lehnte sich in seinem breiten Lederstuhl zurück. *„Eigentlich* genügt mir nicht“, entgegnete er. „Ich brauche jemanden, der absolut zuverlässig ist, und da scheinen mir bei deiner Mutter Zweifel angebracht.“

Julia sackte immer tiefer in ihrem Sessel zusammen.

„Unsere Gäste sind es gewohnt, gleich bleibend freundlich und zuvorkommend behandelt zu werden.“ Zweifelnd sah er sie an. „Meinst du, dass deine Mama tatsächlich dazu in der Lage ist?“

Mit einem Mal spürte Julia Wut in sich aufsteigen. Was bildete dieser Hotelbesitzer sich eigentlich ein, so über Christa zu sprechen. Sie straffte die Schultern und blickte den Mann eindringlich an. „Meine Mutter ist der freundlichste, zuvorkommendste und liebevollste Mensch, den es gibt“, rief sie aufgebracht. „Und mit dieser ... dieser unverschämten Person an der Rezeption kann sie es tausend Mal aufnehmen.“ Sie hielt einen Augenblick inne, um Luft zu holen. Die Stelle konnte sie vermutlich sowieso abschreiben, daher fügte sie noch hinzu: „Wenn ich hier der Hotelbesitzer wäre, würde ich eine

Frau, die während der Arbeit Kreuzworträtsel löst, jedenfalls nicht beschäftigen!"

Ein Lächeln huschte über das Gesicht des Mannes. „Ich werde es meiner Mutter ausrichten", erwiderte er leichthin und lachte schallend, als er Julias entsetzten Gesichtsausdruck bemerkte. „Aber irgendjemand muss ja die Arbeit machen, bis wir Ersatz gefunden haben – auch wenn meine Mutter denkt, sie wäre die einzig Richtige für diesen Posten, und wir bräuchten keine andere Empfangsdame." Er zuckte mit den Schultern und seufzte. „Wenn sie will, kann sie tatsächlich manchmal ganz nett sein."

Julia wollte schon aufstehen und sich mit einer Entschuldigung verabschieden, als der Hotelbesitzer fortfuhr: „Meinst du, dass deine Mutter morgen wieder auf dem Damm ist? Dann könnte sie gleich anfangen."

Julia schluckte. „Sie wollen sagen ..."

„Mit so einer großartigen Tochter kann die Mutter ja nicht ganz verkehrt sein", entgegnete er augenzwinkernd. „Also, morgen um zehn. Und wie gesagt ..."

„Zuverlässig, freundlich, zuvorkommend", rief Julia und sprang auf. An der Tür drehte sie sich noch einmal um. „Danke. Sie werden es bestimmt nicht bereuen."

Christa fiel aus allen Wolken, als Julia eine halbe Stunde später in dem kleinen Pensionszimmer stand und berichtete. „*Was* hast du?" Sie konnte es immer noch nicht glauben.

Julia nickte und strahlte vor Freude. „Also abgemacht?"

fragte sie ihre Mutter. „Morgen um zehn?“ Die Spannung, die sie die letzten Stunden gespürt hatte, löste sich nun.

Christa sprang aus dem Bett und umarmte ihre Tochter gerührt. „Abgemacht.“ Sanft löste sie sich von Julia, ging zum Schrank und nahm ein Kostüm heraus. „Und jetzt gehen wir in die Stadt und kaufen was Schönes für Patrick. Dann bekommt er sein Geschenk noch, bevor er nächste Woche in die Berge fährt.“

Julia lächelte dankbar. Wenn es ihrer Mutter gut ging, war sie immer bestrebt, auch andere glücklich zu sehen.

Fröhlich plaudernd schlenderten sie wenig später Richtung Innenstadt.

„Ich hab dich so lieb, Mama“, sagte Julia strahlend.

„Und ich dich erst“, erwiderte Christa und breitete ihre Arme aus.

„Aber ich hab dich noch viel lieber“, sagte Julia und sprang lachend hoch. „Bis zum Himmel.“

Christa rannte ein Stück voraus. „Und ich dich eine Million Mal um die ganze Erde“, rief sie und wirbelte im Kreis herum.

Ausgelassen liefen sie durch die Straßen und amüsierten sich über die Passanten, die sie erstaunt ansahen. „Ist das Leben nicht wunderschön?“ fragte Christa einen alten Mann, der ihr Treiben lächelnd beobachtet hatte.

In einem großen Kaufhaus durchstöberten sie die Abteilungen, auf der Suche nach einem passenden Geschenk für Patrick. Julia blieb in der Lederwarenabteilung stehen und deutete auf einen hellen Rucksack. „Ich glaube, darüber würde er sich freuen", sagte sie. Patrick hatte immer ein bisschen verschämt gewirkt mit seiner abgegriffenen Aktentasche, die noch von seinem Großvater stammte. „Er wünscht sich schon lange einen Rucksack, aber seine Oma hat nicht viel Geld."

Christa fischte den Rucksack aus dem Regal. „Dann soll er ihn haben."

Julia schrieb noch einen Brief dazu, in dem sie ihm all das erklärte, was sie ihm beim Abschied nicht hatte sagen können. Schließlich brachten sie das Paket zur Post.

„Jetzt behält er dich ganz bestimmt in guter Erinnerung", sagte Christa leise und drückte Julia an sich.

Wie Julia gehofft hatte, machte ihrer Mutter die Arbeit als Empfangsdame in dem Hotel tatsächlich Spaß. Und bald hatten sie auch eine hübsche Wohnung gefunden, die sogar eine kleine Terrasse hatte. „Da könnte ich ja Kräuter züchten, in diesen schönen, großen Terrakottatöpfen", überlegte Christa begeistert. „So hätten wir immer etwas Frisches."

Julia lachte. „Dann musst du aber ein Glashaus aufstellen, Mama. Bald ist Winter."

Christa runzelte die Stirn. „Vielleicht hast du Recht. Na gut – warten wir damit bis zum nächsten Sommer."

Julia nickte. Ihre Mutter schien sich hier wirklich wohl zu fühlen. Und möglicherweise würden sie es ja diesmal schaffen, für längere Zeit an einem Ort zu bleiben. „Ich helfe dir im Sommer mit den Kräutern", schlug sie vor. „Und abends sitzen wir zusammen auf unserer Terrasse …“

„Gut. Also muss ich nur noch kochen lernen“, fügte Christa hinzu und lächelte verschmitzt.

Der erste Tag in der neuen Schule war furchtbar gewesen. Kaum einer von Julias Mitschülern hatte Notiz von ihr genommen, als der Lehrer sie mit freundlichen Worten vorgestellt hatte. Und in der Pause hatten viele der Mädchen sie mitleidig von oben herab gemustert. „Todschick, diese Jeans“, hatte eines der Mädchen spitz angemerkt. Sie schien das Sagen zu haben und trug wie die anderen teure Designermodelle.

„Und das T-Shirt“, hatte eine weitere Mitschülerin kichernd hinzugefügt. „So was trägt unsere Putzfrau auch immer.“ Die Mädchen hatten verächtlich geschnaubt und sich demonstrativ abgewandt.

Die Jungen aus ihrer Klasse hatten sie erst gar nicht beachtet.

Zwar kränkte die Zurückweisung Julia sehr, doch sie war auch zu stolz, sich anzubiedern. Zudem hatte sie sich vorgenommen, sich nicht mehr auf eine Freundschaft einzulassen, denn der Abschied von Patrick war einfach zu schmerzlich gewesen.

Ihrer Mutter wollte sie nichts von der ablehnenden Haltung ihrer Mitschüler erzählen – sie sollte sich keine Sorgen machen. Endlich hatte sie eine Arbeit gefunden, die sie glücklich machte, und Julia wollte um keinen Preis ihre gute Laune trüben. Das Wichtigste auf der Welt war, dass es ihrer Mutter gut ging.

Im Gegensatz zu Julia hatte Christa schnell Anschluss gefunden. Sie hatte sich mit dem Koch des Hotels angefreundet. „Du glaubst gar nicht, was der aus einer einfachen Kartoffel alles zaubern kann“, schwärmte sie. Und auch von seiner Freundin, die als Zimmermädchen in dem Hotel arbeitete, war Christa völlig begeistert. „Ich lade die beiden mal zu uns ein“, schlug sie Julia vor. „Du musst sie unbedingt kennen lernen.“

Julia hingegen verbrachte ihre Nachmittage allein. Sie las viel, schaute sich ab und zu im Fernsehen Tierfilme an oder streifte durch die Stadt, wenn ihr die Decke zu Hause auf den Kopf fiel und sie nicht länger allein sein wollte. In solchen Augenblicken dachte sie oft an Patrick und hoffte, dass wenigstens er irgendwann einmal Freunde finden würde.

Als der Winter sich dann mit den ersten Schneeflocken ankündigte, fand auch Julia einen Platz, an dem sie, zumindest für ein paar Stunden, ihre Sorgen vergessen konnte. Per Zufall war sie bei einem ihrer Spaziergänge am Nachmittag auf ein Plakat gestoßen, das einen kleinen Schimpansen zeigte, der im Gras herumtollte. Und darunter stand: „Besuch mich doch mal.“ Julia überlegte nicht lange, stieg in den Bus und fuhr zum Zoo. Fasziniert bestaunte sie die Fische im Aquarium, die in den buntesten Farben schillerten, lachte über die Paviane, die sich gierig auf Äpfel und Karotten stürzten und sah dem älteren Tierpfleger im Elefantenhaus zu, der gerade die gewaltigen Dickhäuter mit einem Schlauch abspritzte.

„Du strahlst ja heute über das ganze Gesicht", sagte Christa am Abend zu ihrer Tochter. „Hast du was Schönes in der Schule erlebt?"

Julia schüttelte den Kopf. „Nein, ich war im Zoo." Mit leuchtenden Augen erzählte sie ihrer Mutter, was sie dort alles erlebt hatte. „Wir können doch mal zusammen hingehen, wenn du frei hast", schlug sie vor.

Christa stellte die Aluminiumschale mit dem Essen, das der Koch des Hotels ihr mitgegeben hatte, in die Mikrowelle. „Sehr gern, Schatz." Fragend blickte sie ihre Tochter an. „Also scheint es dir hier zu gefallen, hab ich Recht?" Sie wartete erst gar nicht auf eine Antwort, sondern fuhr fort: „Ich glaube, hier könnte ich endlich mal heimisch werden. Ich hab mich schon lange nicht mehr so wohl gefühlt. Eine tolle Arbeit, nette Freunde, ein schönes Zuhause … und du hast dich auch schon eingelebt", fügte sie hinzu, als sie sah, dass Julia nickte.

Versonnen sah Julia ihre Mutter an. Sie freute sich natürlich, dass Christa endlich einmal vorhatte, Wurzeln zu schlagen. Nichts hatte sie sich sehnlicher gewünscht all die Jahre, in denen sie von einem Ort zum anderen gezogen waren. Dass sie sich nun ausgerechnet in dieser Stadt einrichten wollte, in der Julia, was ihre Mitschüler betraf, bisher nur auf Ablehnung gestoßen war, schmerzte sie – aber sie würde sich schon zurechtfinden, irgendwie. Bis jetzt hatte sie es immer geschafft.

Doch ihre Mitschüler machten weiterhin einen großen Bogen um sie. Und so verbrachte Julia die meiste Zeit im Zoo. Die afrikanischen Elefanten mit den riesigen Ohren, die einen Durchmesser von fast zwei Metern hatten, waren ihre besonderen Lieblinge. Und manchmal war sie sogar vor der Schule im Tierpark, um dem älteren Tierpfleger zuzusehen, wenn er die Dickhäuter mit Futter versorgte.

„Hast du kein Zuhause?“ fragte der Mann sie eines Morgens, als Julia wieder einmal mit leuchtenden Augen im Elefantenhaus stand und die Tiere beobachtete.

Erschrocken fuhr Julia zusammen.

„Wenn du schon jeden Tag kommst, könntest du mir ruhig ein bisschen helfen“, fügte er ein wenig barsch hinzu und drückte Julia einen Reisigbesen in die Hand. „Mein Rücken tut mir heute wahnsinnig weh. Und du weißt ja, was gemacht werden muss. Hast mir ja oft genug zugeschaut.“

Julia beobachtete, wie der kleine, dünne Mann die Elefanten ins Freie ließ, dann kehrte sie das Rondell aus, in dem die Tiere vorher gefressen hatten. Als der Tierpfleger zurückkam, sah Julia ihn verlegen an. „Wenn Sie wollen … ich meine, ich komm gern wieder, wenn Sie Hilfe brauchen“, druckste sie herum. Sie hatte schon seit einiger Zeit bemerkt, dass ihm die Arbeit schwer fiel, und er eigentlich dringend jemanden brauchte, der ihm unter die Arme griff und ein bisschen mit anpackte.

„Falls du auf Geld aus bist … ich kann dir nichts zahlen“, erwiderte der Tierpfleger. „Krieg ja selbst kaum was.“

Julia schüttelte den Kopf. „Nein, nein, ich will kein Geld“, warf sie hastig ein. „Ich … ich bin nur so gern hier, bei den Elefanten.“

Einen Augenblick musterte der Mann sie eindringlich. „Verstehe“, murmelte er schließlich.

Als Julia eine halbe Stunde später ihr Klassenzimmer betrat und sich auf ihren Platz setzte, rümpfte ihre Banknachbarin die Nase. „Sag mal, habt ihr keine Dusche zu Hause?“ fragte sie und verzog angewidert das Gesicht. „Du stinkst ja grässlich!“ Sie nahm ihre Tasche, stand auf und bat den Lehrer, der gerade hereingekommen war, sich auf einen anderen Platz setzen zu dürfen, da es ihr bei Julias Gestank übel würde.

„Der Geruch ist tatsächlich ein bisschen streng“, bemerkte der Lehrer, nachdem er zu Julia gegangen war.

Die Schüler lachten spöttisch, während der Lehrer mit einem teilnahmslosen Achselzucken zu seinem Pult ging. Julia wusste, dass sie nicht mit seiner Hilfe rechnen konnte, denn er vertrat den Standpunkt, dass die Schüler ihre Zwistigkeiten untereinander regeln sollten.

Julia war froh, als die letzte Stunde endlich vorbei war. Nur mit Mühe hatte sie ihre Tränen zurückhalten können, die immer wieder in ihr aufgestiegen waren. Noch nie hatte sie sich so gedemütigt gefühlt wie an diesem Morgen.

Schnell lief sie nach Hause, warf ihren Rucksack mit den Schulsachen in die Ecke und machte sich auf den

Weg zum Zoo. Dort würde ihr keiner wehtun mit boshaften Sticheleien und verächtlichen Blicken.

Zunächst schaute Julia im Elefantenhaus vorbei. Vielleicht könnte sie dem älteren Mann wieder ein bisschen helfen und sich damit zumindest eine Zeit lang von den Gedanken ablenken, die sie quälten. Doch der Tierpfleger war nirgends zu entdecken. Und so streifte Julia ziellos umher. Aber nichts konnte sie an diesem Tag aufheitern, selbst die Schimpansen nicht mit ihren lustigen Späßen, die sie sonst immer zum Lachen brachten.

Am Abend, nachdem Christa nach Hause gekommen war, hatte Julia einen Entschluss gefasst. Sie schluckte. „Ich geh nicht mehr in diese Schule", stieß sie hervor.

Christa sah sie verwirrt an. „Aber warum denn nicht? Ich dachte, alles läuft bestens." Hektisch bereitete sie einen Salat zu und hätte beinahe die Flasche mit dem Öl fallen lassen. „Lass uns morgen darüber reden, mein Schatz, ja? Ich mach nur schnell was zu essen für dich und muss wieder weg. Der … der Nachtportier im Hotel ist krank, und ich … nun ja, ich habe versprochen, für ihn einzuspringen." Sie senkte den Blick, als sie bemerkte, wie traurig Julia sie anschaute.

„Kann das nicht jemand anders machen?" fragte Julia leise. „Ich würde so gern mit dir …"

Christa zuckte mit den Schultern. „Na ja, vielleicht … darum geht's ja nicht. Ich dachte, wir könnten ein bisschen Extrageld ganz gut gebrauchen." Entschuldigend sah sie ihre Tochter an. „Sei mir nicht böse, ich muss jetzt wirklich los. Lass uns morgen reden, dann nehm ich mir alle Zeit der Welt, versprochen."

Julia seufzte. Sie wünschte sich so sehr, dass ihre Mutter zu Hause blieb. Auch wenn Julia sich vorgenommen hatte, sie nicht mit ihren Problemen zu belasten, spürte sie, dass sie die ständigen Kränkungen in der Schule nicht mehr allein ertragen konnte. Und nun ließ ihre Mutter sie im Stich, weil ihr das Geld anscheinend wichtiger war als die Sorgen ihrer Tochter.

Christa drückte ihr einen Kuss auf die Wange. „Das kriegen wir schon wieder hin", sagte sie und verschwand.

Du weißt doch noch nicht mal, um was es eigentlich geht, Mama, dachte Julia verzweifelt. *Warum bist du nicht für mich da, wenn ich dich brauche?* Sie nahm die Schüssel mit dem Salat und stellte sie mit einem lauten Knall in die Spüle, denn Hunger hatte sie ohnehin nicht mehr. Wozu braucht man eine Mutter, wenn sie nie da ist, dachte sie voller Wut. Plötzlich zuckte sie erschrocken zusammen – ihr wurde bewusst, was sie eben gedacht hatte. Ihre Mutter war ganz sicher nicht schuld daran, dass sie mit den anderen in der Schule nicht zurechtkam. „Entschuldige, Mama", murmelte sie leise. Seit sie hier waren, tat Christa alles, um ihnen ein angenehmes Leben zu ermöglichen. Sie arbeitete sogar nachts, damit sie sich mehr leisten konnten. Und nun hatte sie keine ruhige Minute und machte sich bestimmt die ganze Nacht Sorgen wegen Julia. Geplagt vom schlechten Gewissen legte Julia sich schließlich ins Bett. Es dauerte lange, bis sie endlich eingeschlafen war.

Kurz bevor Julia am nächsten Morgen zur Schule aufbrechen wollte, kam ihre Mutter nach Hause. „Entschuldige, Mama. Wegen dem, was ich gestern über die Schule gesagt habe“, begann Julia kleinlaut.

Verwirrt sah Christa sie an. „Was meinst du denn, mein Schatz?“ Sie ging zur Kaffeemaschine, nahm die Glaskanne und füllte sie an der Spüle mit Wasser. „Erklär's mir später, ja? Ich brauch jetzt erst mal einen starken Kaffee.“

„Ach, war sowieso nicht so wichtig, Mama“, warf Julia ein. In diesem Augenblick nahm sie sich fest vor, ihre Mutter nicht weiter mit ihren Sorgen zu behelligen. Schließlich brauchte Christa all ihre Kraft, weil sie nun Tag und Nacht arbeiten musste.

Am Nachmittag ging Julia wieder in den Zoo. Diesmal lächelte der ältere Tierpfleger sogar ein wenig, als sie das Elefantenhaus betrat. „Die Tiere scheinen es dir ja wirklich angetan zu haben“, bemerkte er. „Kann ich gut verstehen.“

Julia nickte. Wenn sie sich um die Tiere kümmerte, konnte sie tatsächlich alles vergessen.

„Die Elefanten halten jedenfalls zusammen“, erklärte der Mann. „Es kommt so gut wie nie vor, dass ein Mitglied der Herde ausgestoßen wird.“

Verlegen senkte Julia einen Moment den Blick, denn es schien, als ob der Mann wüsste, was sie beschäftigte.

Der Mann deutete auf eine Elefantenkuh. „Unsere Lissy kriegt im Frühjahr Nachwuchs. Das Kleine solltest du dir unbedingt ansehen.“ Er erklärte Julia, dass Elefantenkühe zwischen zwanzig und zweiundzwanzig Monaten tragen würden und dass das Kalb schon nach wenigen Tagen in der Lage sei, der Herde zu folgen. „Und wir Menschen brauchen ewig, bis wir selbstständig durchs Leben gehen können“, fügte er mit einem schiefen Lächeln hinzu.

Später sah Julia noch bei der Fütterung zu und staunte über die Unmengen an Wasser und Futter, die ein einzelner Elefant jeden Tag brauchte – bis zu zweihundert Kilo Nahrung und hundert Liter Wasser, hatte der Tierpfleger erzählt. „Na ja, wenn du siebentausend Kilo wiegen würdest, müsstest du auch ein bisschen mehr essen und trinken“, sagte er lächelnd.

Erst als Julia an diesem Abend im Bett lag, wurde ihr bewusst, dass sie den ganzen Nachmittag nicht an ihre Probleme mit den anderen Schülern gedacht hatte. Und sie nahm sich vor, gleich am nächsten Tag vor der Schule in den Zoo zu gehen, um dem Tierpfleger bei seiner Arbeit zu helfen – mochten ihre Mitschüler sich noch so sehr darüber lustig machen, wie seltsam sie roch.

Für das Wochenende kündigte Christa den Besuch ihrer Freunde aus dem Hotel an. Franz, der als Koch in dem Hotel arbeitete, wollte für das Essen sorgen. Und seine Freundin hatte angekündigt, dass sie noch einen Bekannten mitbringen wollten, der Christa bestimmt gefallen würde.

„Als ob ich einen Mann suchen würde“, sagte Christa und machte eine wegwerfende Handbewegung, als sie Julia davon erzählte. „Ich hab endgültig genug von Männern. Die bringen auf die Dauer nur Ärger. Und wenn die Liebe erst mal vorbei ist, steht man da, mit ihrer schmutzigen Wäsche.“ Heftig schüttelte sie den Kopf. „Nein, da bleib ich lieber allein.“ Sie sah Julia an. „Wir beide kommen auch ohne Mann zurecht, oder nicht?“

Julia nickte stumm. Es stimmte sie traurig, dass ihre Mutter offenbar beschlossen hatte, nicht mehr an die Liebe zu glauben. Denn das bedeutete, dass auch sie den Traum von einem richtigen Familienleben aufgeben müsste, mit einem Mann an Christas Seite, der für Julia wie ein Vater sein würde. Den sie um Rat fragen könnte, wenn sie nicht weiterwusste, der sie beschützte und liebte. Und der ihr ein bisschen von all der Verantwortung abnehmen würde, die sie tragen musste, wenn ihre Mutter bedrückt und niedergeschlagen war und sich außer Stande fühlte, für Julia zu sorgen.

Zwei Tage später standen die Gäste dann pünktlich um sieben Uhr vor der Tür. Christa begrüßte sie überschwänglich, stellte Julia vor und ging in die Küche voraus.

„Peter konnte leider doch nicht kommen“, sagte Elvira, die Freundin des Kochs.

„Wahrscheinlich hat er Fracksausen gekriegt, als ich ihm erzählt habe, was für ein tolles Schätzchen unsere Christa ist“, fügte Franz grinsend hinzu, während er die Lebensmittel aus der Tüte nahm, die er mitgebracht hatte.

Der anzügliche Blick, mit dem er ihre Mutter ansah, gefiel Julia überhaupt nicht. Und auch seine Hand, die nun an Christas Rücken entlangstrich, während er sie fragte, wo die Töpfe und Pfannen seien, behagte ihr ganz und gar nicht. Wie konnte er vor den Augen seiner Freundin nur so dreist mit ihrer Mutter flirten?

Elvira schien das jedoch nicht im Geringsten zu stören. Christa hingegen löste sich schnell von Franz und sagte: „Ich deck schon mal den Tisch. Dann könnt ihr beide euch am Herd so richtig austoben." Sie bedeutete Julia, ihr ins Wohnzimmer zu folgen.

„Die zwei sind wirklich sehr nett", erklärte sie ihrer Tochter leise – Julias irritierter Blick war ihr natürlich nicht entgangen. „Franz gehört nun mal zu den Männern, die ihre Finger nicht bei sich behalten können. Von der Sorte wirst du auch noch einige kennen lernen."

Julia fuhr zusammen. Ihre Mutter klang mit einem Mal verbittert, und ein schmerzlicher Zug lag um ihren Mund, obwohl sie noch Augenblicke zuvor ausgelassen gelacht hatte. Was mochte sie erlebt haben, dass sie so enttäuscht war von der Liebe? Julia wagte es nicht, ihre Mutter danach zu fragen, denn sie hatte Angst, dass sie das, was Christa ihr dann möglicherweise erzählen würde, nicht verkraften könnte. Zudem wollte sie die Vergangenheit ihrer Mutter am liebsten in hellen, lichten Farben sehen und nicht in einem bedrückenden Grau oder Schwarz. Denn es wäre allzu schmerzlich für sie, sich vorstellen zu müssen, dass ihre Mutter vielleicht gelitten hatte, ohne dass sie ihr hatte helfen können. Denn sie wünschte sich nichts sehnlicher, als Christa immer beizustehen.

Julia war froh, als ihre Mutter ihr einen Stapel Teller in die Hand drückte und sie damit aus ihren Gedanken riss.

„Schluss jetzt mit Trübsal blasen", sagte Christa und klang wieder gut gelaunt. „Schließlich haben wir Gäste. Und Franz wird mit Sicherheit was Tolles zaubern."

Christa hatte nicht zu viel versprochen – die Lammkoteletts mit dem Kartoffelgratin und den grünen Bohnen waren einfach köstlich! Trotzdem verabschiedete Julia sich nach dem Essen recht bald von Franz und seiner Freundin, mit der Begründung, dass sie am nächsten Tag eine schwierige Klassenarbeit zu bewältigen habe. Als sie allein in ihrem Zimmer war, atmete sie erst einmal auf. Was fand ihre Mutter nur an den beiden, die sich in ihren anzüglichen Bemerkungen überboten hatten, ohne darauf Rücksicht zu nehmen, dass Julia ein ums andere Mal tief errötet war. Christa hatte zwar halbherzig versucht, ihre Gäste in die Schranken zu weisen, hatte aber nur lautes Gelächter geerntet. „Deine Tochter ist doch kein kleines Kind mehr", hatte Franz erwidert und Julia zugezwinkert.

Julia zog ihren Schlafanzug an, schlüpfte ins Bett und zog sich die Decke über den Kopf. Sie wollte mit diesen Menschen nichts mehr zu tun haben.

Mitten in der Nacht schreckte sie plötzlich aus dem Schlaf auf. Ein lautes Geräusch hatte sie geweckt, auch wenn sie nicht sagen konnte, was es gewesen war. Einen

Augenblick blieb sie reglos liegen und lauschte in die Stille hinein. Schließlich stand sie auf, aus Sorge, dass vielleicht etwas passiert sein könnte. Vorsichtig öffnete sie ihre Schlafzimmertür und schlich auf Zehenspitzen in den Flur.

Aus dem Wohnzimmer, dessen Tür halb offen stand, drang die Stimme ihrer Mutter. „Wir müssen ein bisschen leiser sein. Julia braucht ihren Schlaf", sagte sie.

Erleichtert atmete Julia auf. Auch wenn es ihr ganz und gar nicht gefiel, dass die Gäste immer noch da waren, war sie froh, dass es ihrer Mutter offenbar gut ging. Gerade wollte sie sich wieder zurück in ihr Zimmer stehlen, als sie den unterdrückten Aufschrei ihrer Mutter vernahm: „Royal Flush! Die Runde geht an mich!" Christa lachte ausgelassen.

„Du hast doch bestimmt geblufft", erwiderte Franz missmutig.

Julia ging leise bis zur Wohnzimmertür und spähte vorsichtig in das Zimmer. Ihre Mutter saß mit den Gästen am Tisch und spielte Karten. Poker, wie Julia vermutete. Christa hatte ihr das Spiel einmal erklärt.

„Ich setze hundert", stieß Christa aufgeregt hervor. Vor ihr lagen mehrere große Münzstapel.

„Du kannst den Hals wohl nie voll kriegen", entgegnete Franz und setzte ebenfalls.

Christa winkte ab. „Ich hab ja auch schon oft genug verloren", sagte sie achselzuckend. „Jetzt erwischt es eben mal euch."

Julia fuhr zusammen. Was meinte ihre Mutter damit,

dass sie schon oft genug verloren hatte? Doch bevor sie sich noch weiter darüber den Kopf zerbrechen konnte, hörte sie Elviras Stimme: „Ich passe."

„Dann erhöhe ich um fünfzig", sagte Christa.

„Wie du willst", erwiderte Franz. „Aber pass auf, dass ich dir nicht wieder das letzte Hemd ausziehe."

Christa lachte auf. „Nur weil ich die letzten beiden Nächte verloren habe?"

Julia stand wie erstarrt da. Sie glaubte, ihren Ohren nicht trauen zu können. *Die letzten beiden Nächte?* Ihre Mutter hatte ihr doch erzählt, dass sie für den erkrankten Nachtportier einspringen würde. Doch offensichtlich war sie bei ihren Freunden gewesen, um Poker zu spielen.

Mit einem Mal hatte Julia das Gefühl, als ob ihr jemand den Boden unter den Füßen wegziehen würde. Langsam lief sie in ihr Zimmer zurück, legte sich in ihr Bett und umklammerte die Decke. Warum hatte ihre Mutter sie angelogen? Warum hast du mich im Stich gelassen, Mama, dachte sie verzweifelt. Ich hätte dich so sehr gebraucht.

8. KAPITEL

Am nächsten Morgen schlief Christa noch, als Julia zur Schule aufbrach. Sonst freute sie sich immer auf das gemeinsame Frühstück mit ihrer Mutter, aber heute war sie froh, allein zu sein. Sie hätte ihrer Mutter nicht in die Augen blicken können, hätte nicht gewusst, was sie sagen sollte.

Die Schulstunden brachte sie mit Mühe hinter sich. Und die Ermahnung ihres Klassenlehrers nach der letzten Stunde, ihre Hausaufgaben ein wenig ernster zu nehmen, ließ sie stumm über sich ergehen. Sie wusste ja selbst, dass sie sich seit ihren Besuchen im Zoo nicht mehr viel Mühe mit den Aufgaben gemacht hatte. Doch all das war ihr egal – ihre Gedanken kreisten immer wieder um die gleichen Fragen. Warum hatte ihre Mutter sie angelogen und im Stich gelassen an dem Abend, an dem sie sie so verzweifelt gebraucht hatte? Und hatte Christa sie schon öfter angelogen? Julia erinnerte sich, dass sie als Kind häufig allein gewesen war, da ihre Mutter arbeiten musste. Aber im Augenblick war sie sich nicht mehr sicher, ob das nicht vielleicht auch eine Ausrede gewesen war. Und wenn ja, wo war ihre Mutter dann tatsächlich gewesen?

Nach der Schule fuhr Julia zum Zoo. Noch immer quälte sie die Angst, ihrer Mutter gegenübertreten zu müssen. Möglicherweise war sie, Julia, ja selbst schuld daran, dass ihre Mutter nicht die Wahrheit gesagt hatte, schoss es ihr mit einem Mal durch den Kopf. Wahrscheinlich hatte sie einfach zu viel von ihr erwartet. Christa hatte sich nach dem harten Arbeitstag vermutlich einfach nur einen ruhigen Abend gönnen wollen und nicht die Kraft gehabt, sich Julias Probleme anzuhören. Zudem hatte ihre Mutter ja auch niemanden, dem sie ihre Sorgen anvertrauen konnte, außer ihrer Tochter. Doch war sie, Julia, tatsächlich in der Lage, ihrer Mutter zu helfen? War es nicht möglich, dass sich Christa von ihr manchmal genauso im Stich gelassen fühlte?

Trotz all ihrer Erklärungsversuche blieb ein bitteres Gefühl der Leere in Julia zurück. Dort, wo einmal bedingungsloses Vertrauen gewesen war, spürte sie jetzt nur noch einen dumpfen Schmerz.

„Heute scheint nicht unbedingt dein Tag zu sein", stellte der ältere Tierpfleger fest, als Julia das Elefantenhaus betrat.

Julia schluckte schwer und zuckte mit den Schultern. „Kann schon mal vorkommen", erwiderte sie und versuchte, möglichst unbeteiligt zu klingen.

„Na dann." Der Mann wies mit einem Kopfnicken auf den Reisigbesen, der an einem Pfeiler lehnte. „Wenn du willst, kannst du sauber machen."

Julia stellte ihren Rucksack auf eine Bank und begann, das Elefantenhaus auszufegen. Sie merkte nicht, dass Tränen über ihre Wangen liefen.

Nach einer Weile nahm der Tierpfleger ihr sanft den Besen aus der Hand und führte sie zu der Bank, auf der ihr Rucksack lag. Er setzte sich neben sie, öffnete einen Plastikbehälter, der auf seinem Schoß stand, und hielt ihn Julia entgegen. „Jetzt nimm dir erst mal ein Brot", sagte er freundlich. „Du hast doch bestimmt noch nichts zu Mittag gegessen." Aufmunternd lächelte er Julia an.

„Danke", entgegnete sie leise und griff nach einem Käsebrot.

Eine Zeit lang aßen sie schweigend.

„Haben Sie eigentlich Kinder?" fragte Julia den Mann unvermittelt.

Der Tierpfleger schüttelte den Kopf. „Leider nein. Ich war auch nie verheiratet. Mich wollte irgendwie keine", fügte er mit schiefem Lächeln hinzu.

Julia spürte einen Hauch von Traurigkeit in seiner Stimme. „Sind Sie immer allein gewesen?" hakte sie behutsam nach.

Der Tierpfleger nickte. „Man gewöhnt sich daran, irgendwann. Und es hat ja auch Vorteile. Zumindest muss man sich mit niemandem herumärgern."

Gedankenverloren starrte Julia vor sich hin. Vielleicht würde ihre Mutter ja auch lieber allein leben wollen, ohne sie. Dann könnte sie tun und lassen, was sie wollte, und niemand hielte ihr vor, zu viel Geld auszugeben, ständig die Arbeit zu wechseln oder immer wieder umzuziehen – so wie Julia es machte, um wenigstens ein bisschen Ruhe und Beständigkeit in ihr Leben zu bringen. Doch genau das schien ihre Mutter nicht zu wollen. Sie wollte das Leben in vollen Zügen genießen, durch die Welt ziehen, immer auf der Suche nach einem anderen Ort, der ihr all das Glück bescheren würde, das sie sich ersehnte – und das sie trotzdem nicht fand, weil sie im Grunde ihres Herzens nicht wusste, was das war.

„Das stimmt“, wiederholte Julia schließlich leise. „Wenn man allein ist, muss man sich mit niemandem herumärgern.“

Der Tierpfleger sah sie eindringlich an. „Sag mal, bist du nicht ein bisschen zu jung für eine so pessimistische Haltung? Du hast das ganze Leben noch vor dir. Und lass es dir von niemandem madig machen, wer auch immer es versuchen sollte.“ Kurz tätschelte er ihre Hand. „Du hast es verdient, glücklich zu werden. Vergiss das nie.“

Gemeinsam fütterten sie nach ihrer Pause die Elefanten, und Julia durfte sogar einen der kleineren Dickhäuter mit dem Schlauch abspritzen.

„Danke für alles“, sagte sie, als sie sich am Nachmittag von dem Tierpfleger verabschiedete.

Er lächelte. „Versuch nur, dir treu zu bleiben, dann bist du auf dem richtigen Weg.“

An diesem Tag ging Julia zu Fuß vom Zoo nach Hause, weil sie über die Worte des Tierpflegers nachdenken wollte. Zunächst hatte sie nicht ganz verstanden, was er gemeint hatte, doch schließlich hatte sie begriffen. Sie sollte zu ihren Gefühlen stehen, wie auch immer diese aussehen mochten.

Seit dem gestrigen Abend hatte sie versucht, die Verzweiflung, die Trauer und die Wut über das Verhalten ihrer Mutter wegzuschieben, in der Hoffnung, sie könne alles auf diese Weise schnell vergessen. Doch das Gegenteil war der Fall gewesen – die Gefühle waren immer stärker geworden und hatten sie mit eisernem Griff umklammert, sodass sie fürchtete, daran zu ersticken.

Bleib dir treu, hatte der Tierpfleger gesagt. Und das hieß nichts anderes, als dass sie ihrer Mutter erklären musste, wie enttäuscht sie war, von ihr angelogen worden zu sein.

Als sie in die Wohnung kam, hörte sie Christa in der Küche singen. Sonst hatte sie immer über die schrägen Töne ihrer Mutter gelacht, doch diesmal stimmten sie Julia nur noch trauriger.

„Ich muss mit dir reden, Mama", begann Julia mit ernster Stimme, kaum dass sie die Küche betreten hatte. Denn sie wusste, dass der Mut sie verlassen würde, wenn sie auch nur einen Augenblick zögerte.

Christa, die am Herd stand und eine weiße Schürze trug, rief über die Schulter: „Na, was gibt's denn so Schlimmes, mein Schatz? Kann das nicht bis nach dem Essen warten?" Sie wandte sich um. „Franz hat mir so ein tolles Nudelrezept …" Doch als sie Julias ernste Miene bemerkte, unterbrach sie sich. „Um Gottes willen, ist jemand gestorben?" Sie lief zu ihrer Tochter und zog sie in die Arme. „Was ist denn, Kind? So schlimm wird es schon nicht sein." Tröstend wollte sie ihr über die Haare streichen, aber Julia löste sich aus der Umarmung.

„Du hast mich angelogen, Mama“, stieß sie hervor und sah ihre Mutter fest an, auch wenn es ihr schwer fiel. „Du hast gesagt, dass du arbeiten gehst, weil der Nachtportier krank ist. Stattdessen bist du bei dem Koch gewesen und hast Poker gespielt.“

Christa war blass geworden. „Wie kommst du darauf? Das stimmt nicht ...“

„Ich hab es gestern gehört, als ihr gespielt habt“, warf Julia ein – sie wollte sich nicht noch einmal von ihrer Mutter anlügen lassen, sie wollte die Sache klären.

Christa wich einen Schritt zurück. „Du hast uns also belauscht“, rief sie plötzlich aufgebracht. „Und jetzt reimst du dir irgendwas zusammen und bezichtigst deine Mutter der Lüge.“ Sie drehte sich zum Herd um und wischte mit fahrigen Bewegungen über die Arbeitsplatte. „Ich hatte gedacht, wir machen es uns gemütlich heute Abend. Ich habe mir extra das Nudelrezept erklären lassen, weil ich dir mal was Leckeres kochen wollte ...“ Ihre Stimme verlor sich.

Julia merkte, dass ihr Mut allmählich schwand. Doch sie durfte sich jetzt nicht beirren lassen. Diesmal würde sie nicht klein beigeben, so wie sonst immer. „Du bist die letzten beiden Nächte bei Franz gewesen, zum Kartenspielen“, fuhr sie fort und hoffte, dass ihre Mutter das Zittern in ihrer Stimme nicht bemerkte. „Das hast du gestern Abend selbst gesagt. Und ich ... ich möchte wissen, warum du mich angelogen hast. Habe ich dir irgendeinen Grund gegeben, mir nicht zu vertrauen, Mama?"

Christa wandte sich langsam um. Sie war einen Augenblick lang so perplex, dass sie Julia nur stumm anstarrte. Plötzlich brach sie in Tränen aus und schlug die Hände vors Gesicht. „Jetzt stellst du dich auch noch gegen mich", schluchzte sie. „Gönnst du mir nicht mal dieses kleine bisschen Spaß? Was hab ich denn überhaupt vom Leben?" Sie schniefte und sah ihre Tochter mit flehendem Blick an. „Lass uns wieder gut sein, ja?" Sie streckte die Hände aus, und Julia war einen Moment lang versucht, zu ihr zu gehen, sie in die Arme zu nehmen, sie zu trösten und alles zu vergessen – so wie sie es allzu oft schon getan hatte. „Nein, Mama", brachte sie schließlich hervor. „Ich will erst wissen, warum du das gemacht hast."

Christa schien völlig aus der Fassung zu sein. Doch mit einem Mal spiegelte sich Ärger in ihrer Miene wider. „Ich habe dir gerade gesagt, warum. Aber offensichtlich hört meine Tochter mir ja nicht zu." Mit einem Ruck riss sie ihre Schürze ab und warf sie auf die Anrichte. „Ich habe keine Lust mehr auf diese Diskussion." Sie lief zur Tür und drehte sich noch einmal um. „Vielleicht kann man ja morgen wieder vernünftig mit dir reden." Ohne ein weiteres Wort verschwand sie.

Lange stand Julia da und wusste nicht, was sie denken oder fühlen sollte. Schließlich ging sie in ihr Zimmer. Diesmal würde sie ihrer Mutter nicht hinterherlaufen.

Julia versuchte, sich auf ihre Hausaufgaben zu konzentrieren. Und tatsächlich gelang es ihr zunächst, den Gedanken an ihre Mutter in den Hintergrund zu drängen. Doch als Christa nach drei Stunden immer noch nicht zurück war, begann sie sich allmählich Sorgen zu machen. Und mit ihrer Sorge schwand langsam der Vorsatz, sich selbst treu zu bleiben.

Gedankenverloren stand Julia von ihrem Schreibtisch auf und trat ans Fenster. Es war schon lange dunkel. Wenn ihrer Mutter nun etwas zugestoßen war? Vielleicht irrte sie ziellos durch die Kälte und wusste nicht wohin. Und sie, Julia, würde sich hinterher bittere Vorwürfe machen, da ihr Vorsatz, nicht klein beizugeben, sie daran gehindert hatte, ihrer Mutter beizustehen. Ohne länger zu überlegen griff sie nach ihrer Jacke, die über dem Stuhl hing, und verließ wenig später die Wohnung. Jetzt zählte nur noch, ihre Mutter zu finden. Alles andere hatte sie in den Hintergrund gedrängt und würde es bald vergessen haben – so wie sie schon so vieles vergessen hatte.

Julia fand ihre Mutter schließlich in einem gemütlichen Lokal. Sie hatte eigentlich nur durch die Fenster geschaut, weil der anheimelnde Kerzenschein sie für einen kurzen Augenblick verzaubert hatte. Und da entdeckte sie Christa, die zusammen mit ein paar anderen Gästen an einem Tisch saß.

Einen Moment lang überlegte Julia, ob sie überhaupt hineingehen sollte. Jetzt, da sie gesehen hatte, dass es ihrer Mutter gut ging, könnte sie auch nach Hause zurückkehren, damit Christa nicht den Eindruck gewann, sie würde ihr hinterherspionieren. Doch Julia musste ihr einfach erklären, dass sie ihr nicht mehr böse war.

Also betrat Julia das Lokal und lief langsam zu dem Tisch, an dem ihre Mutter saß und sich lebhaft mit den anderen unterhielt. In dieser Sekunde bemerkte Christa sie und hob die Hand, hielt jedoch mitten in der Bewegung inne – sie schien verunsichert und wusste offenbar nicht, wie sie sich nach dem heftigen Streit ihrer Tochter gegenüber verhalten sollte.

Julia ging zu ihr, setzte sich auf den freien Platz neben sie und blickte ihre Mutter erleichtert an. „Ich hatte Angst, dass dir was passiert ist", begann sie leise, da sie nicht wollte, dass die anderen etwas mitbekamen.

Christa sah sie dankbar an. „Ach, mein Schatz, mach dir bloß nicht so viele Sorgen um mich. Mir geschieht schon nichts." Verschämt senkte sie den Blick. „Entschuldige, dass ich dir nichts gesagt habe", flüsterte sie, „wegen dem Abend bei Franz …"

„Das ist doch jetzt nicht mehr wichtig, Mama", unterbrach Julia und war unsagbar froh, dass Christa ihr nicht mehr böse war – immerhin hatte sie ihr schlimme Vorwürfe gemacht. Jetzt verstand sie selbst nicht mehr, warum sie wegen einer so harmlosen Flunkerei derart aus der Fassung geraten war. Ihre Mutter hatte sich nur ein bisschen amüsieren wollen. Und war das nicht auch ihr gutes Recht?

„Dann ist alles wieder in Ordnung?“ fragte Christa kleinlaut.

Julia nickte. „Aber ja, Mama.“

Christa drückte ihr schnell einen Kuss auf die Wange. Erleichtert und gut gelaunt stellte sie Julia den anderen vor und bestellte für sie ein Nudelgericht mit Lachs und eine Limonade. „Hier schmeckt's dir bestimmt auch besser, als wenn ich dieses Nudelrezept verbrochen hätte“, sagte sie lächelnd. „Doch ich gebe die Hoffnung nicht auf – irgendwann lerne ich das Kochen!“

„Ja, spätestens wenn unsere Kräuter auf der Terrasse stehen“, fügte Julia hinzu. „Dann werde ich dich vom Herd gar nicht mehr wegkriegen.“

„Das wäre aber schade“, bemerkte die Frau, die rechts neben Christa saß, augenzwinkernd. „Ich hatte nämlich gehofft, dass ich Sie überreden kann, öfter zu unserem Stammtisch zu kommen.“

Christa lachte. „Da müssen Sie mit meiner Tochter verhandeln, ob sie mir Ausgang gibt.“

Auch Julia lachte. Sie fühlte sich wohl bei diesen Menschen, die sie so freundlich aufgenommen hatten, ohne aufdringlich zu sein. Während sie ihre Nudeln aß, schaute sie immer wieder einmal verstohlen zu dem Mann, der am Kopfende des Tisches Platz gefunden hatte und sie besonders freundlich angelächelt hatte, als sie gekommen war. Julia war nicht entgangen, dass er Christa ab und an einen Blick zuwarf. Nur ihre Mutter schien davon nichts mitzubekommen. Angeregt unterhielt sie sich mit der Frau, die neben ihr saß. Julia merkte, dass der Mann zwar interessiert zuhörte, sich jedoch nicht in die Unterhaltung einmischte.

„In Singapur bin ich auch schon gewesen“, erzählte Christa gerade. „Allerdings nur für eine Nacht. Dann mussten wir wieder zurückfliegen.“

„Haben Sie als Stewardess gearbeitet?“ fragte die Frau neugierig.

Christa nickte. „Es war eine wunderschöne Zeit. Man sieht so viel von der Welt, wenn auch immer nur für ein oder zwei Tage.“ Sie nickte Julia zu. „Aber wenn meine Tochter mit der Schule fertig ist, machen wir bestimmt mal eine Weltreise. Ich möchte Julia zu gern zeigen, wo ich überall gewesen bin.“

Es ging bereits auf Mitternacht zu, als Julia und ihre Mutter sich von den anderen verabschiedeten. „Kommt bald mal wieder, ihr beiden“, sagte die Frau, die Christa und ihre Tochter offenbar ins Herz geschlossen hatte.

Als sie schließlich draußen vor der Tür standen, fiel Christa erst auf, dass sie ohne Mantel die Wohnung verlassen hatte. „Ist ja nicht so weit“, wiegelte sie ab, fröstelte jedoch, als sie in das Schneetreiben hinausblickte. „Ich kann zu Hause ein heißes Bad nehmen und mich wieder aufwärmen.“ Sie wollte schon losgehen, als der Mann, der ihr den Abend über verstohlene Blicke zugeworfen hatte, zu ihr trat.

„Entschuldigen Sie, ich wollte auch gerade gehen und habe zufällig mitbekommen, dass Sie keinen Mantel haben." Er zog seinen dunkelblauen weichen Kaschmirmantel aus. „Ich weiß, ein bisschen zu groß für Sie", bemerkte er achselzuckend. „Aber bevor Sie erfrieren …"

Überrascht sah Christa ihn an. „Danke", erwiderte sie ein wenig verlegen, „doch das kann ich nicht annehmen – dann frieren Sie ja."

„Ich halte einiges aus", entgegnete er lächelnd und hielt ihr seinen Mantel hin. „Bitte, tun Sie mir doch den Gefallen."

Christa schlüpfte in den Mantel und zog ihn fest um ihre Schultern. „Und wie bekommen Sie ihn wieder zurück?" fragte sie. „Ich könnte Ihnen den Mantel morgen bringen …"

„Nur keine Umstände", antwortete er. „Verraten Sie mir einfach Ihre Adresse, damit ich ihn morgen abholen kann. Sollten Sie nicht da sein, können Sie ihn vor die Tür legen. Wird schon keiner wegnehmen, den Mantel."

Schließlich verabschiedete er sich mit einem freundlichen Lächeln und stapfte davon. Innerhalb weniger Sekunden hatte der Schnee ihn verschluckt.

„Das ist wirklich nett von ihm", sagte Julia zu ihrer Mutter, während sie nach Hause gingen. Sie schwieg eine Weile und setzte hinzu: „Er sieht gut aus, oder?" Ihr hatten sein herzliches Lächeln, der warme Blick und die zurückhaltende Art gleich gefallen. Abgesehen davon sah er mit seinen dunklen kurzen Haaren und den tiefblauen Augen tatsächlich sehr gut aus.

„Kann sein", murmelte Christa. „Ich hab nicht so genau hingeschaut. Lass uns etwas schneller gehen, damit wir ins Warme kommen."

Julia lächelte verschmitzt. „Dafür hat er dich aber den ganzen Abend beobachtet. Ich hab's genau gesehen."

Entschieden schüttelte Christa den Kopf. „Du musst dich getäuscht haben, mein Schatz. So ein Mann interessiert sich für ganz andere Frauen."

Julia lachte leise. Na, das werden wir ja sehen, dachte sie.

„Musst du heute auch um zehn im Hotel sein?" fragte Julia ihre Mutter am nächsten Morgen beim Frühstück.

Stirnrunzelnd blickte Christa sie an. „Ja, natürlich, mein Schatz. Warum fragst du?" Plötzlich überzog eine leichte Röte ihr Gesicht. „Ich lüg dich nie wieder an ..."

„Nein, Mama, das meine ich doch gar nicht", unterbrach Julia. „Es ist nur ... na ja, wegen dem Mantel. Vielleicht schafft der Mann es ja nicht, vor zehn vorbeizukommen, und dann ..."

„Legen wir ihn säuberlich eingepackt vor die Tür, so wie er es vorgeschlagen hat", vollendete Christa den Satz.

Julia wirkte etwas enttäuscht. „Wenn du meinst."

Als Julia gegen Mittag von der Schule nach Hause kam, hielt gerade eine große Limousine vor dem Haus, in dem sie wohnten. Kurz darauf stieg der Mann aus, den sie und ihre Mutter am gestrigen Abend in dem Lokal kennen gelernt hatten. „Hallo, Julia", rief er und deutete mit dem Kopf auf den Rucksack, der über ihrer Schulter hing. „Kommst du direkt aus der Schule?“ Er streckte ihr die Hand hin. „Ich heiße übrigens Robert.“

Julia erwiderte sein freundliches Lächeln. „Meine Mutter ist leider nicht da“, platzte sie ohne nachzudenken heraus.

„Das macht doch nichts“, entgegnete Robert. „Du kannst mir den Mantel ja auch geben. Ich warte so lange hier draußen.“

Julia ging ins Haus, griff nach dem Mantel, der in einer Papiertüte steckte, und lief wieder hinaus auf die Straße. „Danke noch mal, dass Sie ihn meiner Mutter geliehen haben. Sie hat sich sehr darüber gefreut“, fügte sie hinzu, obwohl Christa nichts dergleichen gesagt hatte.

„Dann bestell deiner Mutter bitte schöne Grüße von mir“, bat Robert. Damit stieg er in seinen Wagen und fuhr davon.

Verwirrt sah Julia ihm hinterher. Sie hatte sich gewünscht, dass er ihre Mutter vielleicht zum Essen einladen würde oder dass er zumindest gesagt hätte, dass er Christa gern einmal wiedersehen würde. Aber nichts von alldem hatte sich erfüllt. Nur schöne Grüße ließ er Christa ausrichten.

„Robert war heute Mittag da“, erzählte Julia, kaum dass ihre Mutter am Abend die Wohnung betreten hatte. „Und ich soll dir schöne Grüße von ihm sagen.“

Christa runzelte die Stirn. „Wer ist denn Robert?“ Sie zog ihre Jacke aus und hängte sie an die Garderobe.

„Er hat dir doch gestern seinen feinen Mantel geliehen", erklärte Julia. „Und er war mit einem ziemlich teuren Auto hier", betonte sie. Vielleicht würde das ja Christas Interesse wecken, denn sie begeisterte sich normalerweise für Menschen mit *genügend Kleingeld,* wie sie sich immer ausdrückte.

„So? Na dann ist ja alles erledigt", erwiderte Christa. „Und wie war dein Tag heute? Ist alles gut gelaufen?"

Verdutzt blickte Julia ihre Mutter an. Robert war endlich einmal ein Mann, der auch ihr gefiel und der bestimmt gut zu Christa passen würde. Und ihre Mutter hatte nicht viel mehr als ein paar belanglose Worte für ihn übrig. „Ich glaube, er ist ungefähr so alt wie du", versuchte Julia es weiter und folgte ihrer Mutter in die Küche.

Christa stellte die Plastiktüte, die sie mitgebracht hatte, auf die Anrichte und nahm zwei kleinere Aluminiumschalen heraus. „Franz hat die Tagliatelle mit Hasenragout für uns gekocht", sagte Christa, ohne auf Julias Bemerkung einzugehen. „Ist das nicht nett von ihm?"

„Ja, sehr nett", entgegnete Julia. Offenbar war ihre Mutter tatsächlich nicht an Robert interessiert. Schade, dachte Julia. Sie hatte sich schon ausgemalt, wie sie alle zusammen an einem Tisch sitzen, essen und lachen würden, fast wie eine richtige Familie.

Doch daraus würde nun leider nichts werden.

Stattdessen saß sie wenig später mit ihrer Mutter am Tisch und aß die Tagliatelle von Franz, den sie ganz und gar nicht mochte.

Eine Woche später klingelte es abends an der Tür. Christa stand gerade am Spülbecken und wusch ab, während Julia abtrocknete.

„Wer kann das sein?“ murmelte Christa, trocknete sich die Hände ab und ging in den Flur, um zu öffnen.

Robert, schoss es Julia sofort durch den Kopf. Doch die männliche Stimme, die gedämpft von der Haustür zu ihr drang, kannte sie nicht.

Wenig später kam Christa zurück. In der Hand hielt sie einen kleinen Terrakottatopf, in dem Basilikum wuchs. Er war in durchsichtiges Cellophan eingeschlagen, und an einer bunten Schleife baumelte eine Karte.

„Das hat gerade ein Mann vom Blumenladen abgegeben“, erklärte Christa verwundert, öffnete den Umschlag und nahm die Karte heraus. Ein kaum merkliches Lächeln huschte über ihr Gesicht, als sie las.

„Und?“ fragte Julia neugierig. „Von wem ist sie?“

Christa betrachtete versonnen den Topf mit dem Basilikum. „Robert lädt uns beide ein – zur Adventsfeier des Stammtisches.“

Julias Herz machte vor Freude einen Sprung, aber sie versuchte, sich nichts anmerken zu lassen. „Du willst bestimmt nicht hingehen, oder?“ fragte sie möglichst unbeteiligt und warf ihrer Mutter einen verstohlenen Blick zu.

Christa zuckte mit den Schultern. „Ich weiß noch nicht. Vielleicht.“

Julia schwieg. Sie wusste, dass ihre Mutter sich nicht gerne bedrängen ließ. Zudem neigte sie dazu, wenn sie sich zu etwas gezwungen fühlte, genau das Gegenteil zu machen – selbst wenn sie eigentlich nicht davon überzeugt war, das es die bessere Lösung für sie sei.

Christa legte die Karte auf den Tisch, ging zum Fenster und stellte den Terrakottatopf auf die Fensterbank. „Sieht richtig hübsch aus hier“, sagte sie lächelnd. „Wirklich, eine nette Idee.“

Glücklich ging Julia am Freitagabend mit ihrer Mutter zu dem Lokal, in dem sie vor mehr als einer Woche schon einmal gewesen waren. Alle anderen saßen bereits am Tisch, als sie eintraten. Sie wurden herzlich begrüßt, und Robert stand auf und reichte Christa die Hand. „Schön, dass Sie es einrichten konnten!“ Freundlich nickte er Julia zu.

Christa bedankte sich bei ihm für den Terrakottatopf und setzte sich neben Robert auf den freien Stuhl, während Julia auf der gegenüberliegenden Seite Platz nahm.

Der Tisch war geschmückt mit frischen grünen Tannenzweigen, kleinen gelben und orangefarbenen Kürbissen und cremefarbenen Kerzen, die ein warmes Licht verbreiteten.

Julia sah, dass die Augen ihrer Mutter vergnügt funkelten, als Robert ihr die Speisekarte anbot. „Vielleicht können Sie mir ja etwas empfehlen“, sagte sie zu ihm, nachdem sie einen Blick in die Karte geworfen hatte.

„Gerne“, erwiderte er lächelnd. „Ich nehme meistens den Lammbraten. Der ist einfach köstlich!“ Er zuckte mit den Schultern. „Zumindest, wenn man sich sonst nur von Mikrowellengerichten ernährt." Als er Christas verwirrten Gesichtsausdruck bemerkte, fügte er schnell hinzu: „Nein, wirklich, die Küche hier ist fantastisch." Er sah Julia an. „Magst du auch Lamm? Oder möchtest du lieber etwas anderes?"

Julia schüttelte den Kopf. „Nein, Lamm ist super", antwortete sie begeistert. Sie fühlte sich gelöst und zufrieden, nicht so angespannt wie sonst manchmal, wenn sie mit Menschen zusammentraf, die sie kaum kannte.

Während des Essens unterhielt Christa sich angeregt mit Robert über dessen Arbeit. Er war Architekt und hatte gerade einen Entwurf für eine Parksiedlung fertig gestellt. „Die ist besonders für Familien mit vielen Kindern gedacht", sagte er und erklärte, dass die einzelnen Häuser, die alle großzügig geschnitten waren, um einen Park angelegt würden, der eine Begegnungsstätte für die Menschen sein sollte. „Damit soll gewährleistet werden, dass die Leute dort ganz unproblematisch in Kontakt miteinander kommen, damit niemand vereinsamt. Es ist doch viel schöner, wenn man in einer intakten Gemeinschaft lebt, nicht wahr?"

„Darf man da auch Tiere halten?" fragte Julia.

Robert, der Julia immer wieder in das Gespräch mit einbezogen hatte, lachte. „Und ob. Ich habe ja selbst einen halben Zoo zu Hause", fügte er verschmitzt hinzu. „Seit ich denken kann, habe ich Tiere gehabt."

Auf seine Frage erzählte Christa anschließend von ihrer Arbeit im Hotel, und er hörte ihr interessiert zu.

Julia merkte, dass die anfängliche Zurückhaltung ihrer Mutter gegenüber Robert einer gelösten und fröhlichen Stimmung gewichen war. Zwischendurch unterhielt Christa sich auch mal mit den anderen Gästen, während Julia Robert von ihren Besuchen im Zoo berichtete.

„Ich war seit einer Ewigkeit nicht mehr im Tierpark", überlegte Robert versonnen.

„Kommen Sie doch einfach mal vorbei", schlug Julia vor. „Ich bin fast jeden Nachmittag im Elefantenhaus."

Später am Abend begleitete Robert sie nach Hause. Als er sich draußen vor ihrer Wohnung von ihnen verabschiedete, sagte er: „Danke für den schönen Abend. Vielleicht haben Sie beide ja Lust, am Sonntag mit mir in den Zoo zu gehen. Julia hat mich so richtig auf den Geschmack gebracht."

Diesmal zögerte Christa nicht lange mit ihrer Zusage. Und Julia nickte nur glücklich.

„Er ist wirklich sehr sympathisch", bemerkte Christa, als sie ihre Wohnung betreten hatten und sie ihren Mantel an die Garderobe hängte. „Ich freue mich schon auf Sonntag." Sie sah Julia mit glücklichem Lächeln an. „Dann kannst du mir endlich auch mal deine großen Freunde vorstellen."

Am Sonntagmittag holte Robert sie mit seinem Wagen ab und hielt Christa und Julia mit einer leicht angedeuteten Verbeugung die Tür auf.

„Und das richtige Wetter haben Sie gleich mitgebracht",

sagte Christa fröhlich, denn am späten Vormittag war die Sonne durch die dichte Wolkendecke gebrochen und verbreitete nun eine angenehme Wärme.

Im Tierpark führte Julia ihre Mutter und Robert zuerst in das großzügig angelegte Aquarium, das gleich hinter dem Eingang lag. Gemeinsam bestaunten sie die Fische aus aller Welt, wie die gefleckten Dornaugen aus Südostasien, den japanischen Koi mit seiner roten Musterung auf dem weißen Untergrund oder die Zebrafische aus Pakistan. Danach spazierten sie weiter ins Elefantenhaus, und Julia stellte jeden einzelnen der Dickhäuter mit Namen vor.

„Ist das nicht gefährlich, wenn du den Tieren zu nahe kommst?“ fragte Christa ihre Tochter ein wenig besorgt.

„Ach was, Mama, die Elefanten kennen mich inzwischen. Außerdem ist ja immer der Tierpfleger dabei.“ Sie winkte dem älteren Mann zu, der wenige Augenblicke vorher durch die rückwärtige Tür hereingekommen war, um die Tiere in das Außengehege zu lassen. Julia merkte, dass er gebückt ging und erschöpft wirkte. Fragend blickte sie ihre Mutter an. „Kann ich ihm ein bisschen helfen, Mama? Ich glaube, sein Rücken tut ihm wieder weh. Ihr könnt ja schon mal vorgehen, und ich komm später nach.“ Noch ehe ihre Mutter etwas erwidern konnte, war Julia bereits zu dem Tierpfleger gelaufen. Aus dem Augenwinkel sah sie, dass Christa und Robert gemeinsam das Elefantenhaus verließen. Zufrieden lächelte sie in sich hinein. Jetzt würden die beiden Zeit für sich haben, um sich besser kennen zu lernen. Schwungvoll wandte sie sich dem Tierpfleger zu. „Ich helfe Ihnen“, bot sie an.

„Aber doch nicht heute, wo du mit deinen Eltern da bist“, wehrte er ab. „Nein, das kann ich auf keinen Fall annehmen.“

Er redete weiter, doch Julia hörte gar nicht mehr zu. *Mit deinen Eltern,* hatte er gesagt. Ihr wurde bewusst, dass sie dieses Wort noch nie in Verbindung mit sich selbst gehört hatte. Vorsichtig und fast andächtig wiederholte sie es im Stillen. *Mit deinen Eltern.*

„Julia? Ist alles in Ordnung mit dir?“ fragte der Tierpfleger ein wenig irritiert.

Verträumt blickte sie ihn an. „Ja, es ist alles in Ordnung.“ Am liebsten hätte sie ihn in den Arm genommen, um mit ihm durch das Elefantenhaus zu tanzen. Nein, die *ganze* Welt wollte sie umarmen und allen zeigen, wie glücklich sie in diesem Moment war!

In den nächsten Wochen traf Christa sich immer wieder mit Robert. Doch Julia fühlte sich nicht mehr allein, wenn ihre Mutter nicht da war. Glücklich lag sie abends in ihrem Bett und träumte von der Zukunft. All das, was sie sich so sehnsüchtig erhofft hatte, wovon sie immer geträumt hatte, schien plötzlich in greifbare Nähe gerückt zu sein. Ihre Mutter mochte Robert tatsächlich, wie sie Julia gestanden hatte. Und Robert war nicht nur von Christa vollkommen angetan, sondern hatte ebenso Julia ins Herz geschlossen. Sie spürte es deutlich, wenn er ihre

Mutter abholte und jedes Mal auch ein paar Worte mit ihr wechselte und sich erkundigte, wie ihr Tag verlaufen war. Julia erzählte ihm gerne, was sie erlebt hatte, denn sie fühlte sich ihm inzwischen sehr vertraut. Für sie war das eine ganz neue Erfahrung, da die Männer, für die ihre Mutter sich bis dahin interessiert hatte, Julia kaum Beachtung geschenkt oder sie sogar abgelehnt hatten, weil sie mit Kindern nichts anfangen konnten.

„Robert hat uns für den ersten Weihnachtstag zu sich nach Hause eingeladen“, sagte Christa eines Abends, als sie im Wohnzimmer zusammensaßen.

„Wirklich?“ Julia konnte es gar nicht glauben – bisher hatte sie Weihnachten in jedem Jahr allein mit ihrer Mutter gefeiert. Auch wenn es immer schön gewesen war, hatte Julia sich gerade in dieser Zeit noch mehr als sonst gewünscht, einen Vater zu haben. Traurig hatte sie in früheren Jahren oft den Erzählungen der anderen Kinder gelauscht, die davon berichteten, wie sie mit ihren Vätern die großen Weihnachtsbäume ausgesucht und anschließend beim Schmücken geholfen hatten. Sie und ihre Mutter hatten meist nur einen winzigen Baum gehabt, wenn überhaupt, da oft genug kein Geld dafür übrig gewesen war.

„Ich weiß nicht“, bremste Christa Julias Vorfreude. „Geht das nicht alles ein bisschen zu schnell?“ Nachdenklich starrte sie vor sich hin.

„Aber du magst ihn doch“, warf Julia ein, die mit einem Mal Furcht in sich aufsteigen spürte. In den letzten

Wochen war ihre Mutter so ausgeglichen gewesen, wie Julia sie kaum jemals erlebt hatte. Und nun bemerkte sie bei ihr wieder die nur allzu bekannte Unruhe, die sie sich nicht erklären konnte.

„Natürlich mag ich ihn", entgegnete Christa. „Sehr sogar. Und genau *das* macht mir Angst." Sie schwieg einen Moment. „Es ist irgendwie alles zu schön, um wahr zu sein. Du weißt selbst, dass ich mit Männern bisher wenig Glück hatte. Und plötzlich soll alles anders sein?" Mit ernstem Gesicht blickte sie ihre Tochter an. „Irgendwo muss doch der Haken sein."

Entschieden schüttelte Julia den Kopf. „Da ist kein Haken. Außerdem, warum solltest du nicht endlich auch mal Glück haben, Mama." Und *ich,* fügte sie im Stillen hinzu. Bitte, mach nicht alles wieder kaputt, dachte sie.

„Du hast Recht!" Christa straffte die Schultern. „Wo steht denn geschrieben, dass ich nicht glücklich sein darf. Dass wir beide nicht glücklich sein dürfen." Ein Lächeln erstrahlte auf ihrem Gesicht.

„Genau", rief Julia erleichtert, sprang vom Sessel auf, setzte sich neben ihre Mutter und umarmte sie stürmisch. „Ab jetzt lassen wir uns das Glück von niemandem mehr verbieten!"

Am nächsten Nachmittag schlenderten sie gemeinsam durch die Stadt. Christa hatte sich extra freigenommen, damit sie in Ruhe ihre Weihnachtseinkäufe erledigen konnten. Und weil sie etwas Geld hatten, mussten sie endlich einmal nicht auf den Pfennig achten. Zum ersten Mal würde Weihnachten wirklich das schönste Fest im Jahr sein.

In einer kleinen Gärtnerei fanden sie einen Weihnachtsbaum, und Christa vereinbarte, dass er vor Heiligabend geliefert werden sollte – er war einfach zu groß, als dass sie ihn hätten tragen können. Sie erstanden auch noch neuen Weihnachtsschmuck und eine wunderschöne Tischdekoration aus Tannengrün, getrockneten Orangenscheiben und kleinen bunten Weihnachtskugeln. „Wir wollen es doch an Heiligabend schön haben“, sagte Christa.

Schließlich suchten sie für Robert ein Geschenk aus – eine in Leder gebundene Schreibmappe mit goldenem Füller. Und Julia kaufte einen warmen Wollschal, den sie dem älteren Tierpfleger im Zoo schenken wollte. Die Geschenke, die Julia und ihre Mutter sich machen würden, hatten sie schon vorher getrennt besorgt.

Als Julia am Morgen des Heiligabends aus dem Fenster schaute, lag alles unter einer glitzernden Schneeschicht verborgen. Leise schlich sie in die Küche und bereitete das Frühstück vor. Schon jetzt freute sie sich auf den ersten Weihnachtstag, den sie bei Robert verbringen würden, und konnte nur hoffen, dass ihrer Mutter im letzten Augenblick nicht doch noch etwas einfallen würde, um den Besuch abzusagen. Auch wenn sie vor ein paar Tagen verkündet hatte, dass nichts mehr ihrem Glück im Weg stehen sollte, wusste Julia, dass Christa ihre Meinung oft genug von einem auf den anderen Moment ändern konnte.

Doch als Christa eine halbe Stunde später die Küche betrat, sah Julia an ihrem fröhlichen Lächeln, dass sie ihrem Vorsatz treu geblieben war. Nichts deutete darauf hin, dass sie den Besuch am nächsten Tag absagen würde. Erleichtert atmete Julia auf und deutete auf den festlich gedeckten Tisch. „Ich hab alles vorbereitet. Heute sollst du einen ganz schönen Tag haben."

„Nicht ich, Julia. Wir beide wollen heute einen schönen Tag haben", erwiderte Christa.

Nach dem Frühstück schmückten sie gemeinsam den Baum mit dem neuen Weihnachtsschmuck, den sie erstanden hatten. Und am Nachmittag kochte Christa auf Julias Wunsch ihr Chili con Carne, während Julia den Tisch im Wohnzimmer mit Weihnachtsservietten und neuen Kerzen dekorierte.

Verstohlen warf Julia ein ums andere Mal einen Blick zu ihrer Mutter in die Küche. Christa wirkte glücklich und ausgeglichen, und ab und zu glitt ein seliges Lächeln über ihr Gesicht. Nichts war mehr da von der hektischen Unruhe und den oft rastlosen, fahrigen Gesten. Julia hätte am liebsten die Zeit angehalten, um dieses Glück für immer festhalten zu können.

Als sie ihr Festessen beendet hatten, feierten sie Bescherung. Julia bekam eine wunderschöne, warme Lammfelljacke von ihrer Mutter, und Julia überreichte ihr einen großen Fotoband mit Aufnahmen aus den schönsten Städten der ganzen Welt.

„Weißt du was?" überlegte Christa. „Wir haben so viel

von dem Chili übrig. Was hältst du davon, wenn wir das dem Mann aus dem Zoo bringen? Dann kannst du ihm gleich den Schal schenken.“

Gerührt gab Julia ihrer Mutter einen Kuss auf die Wange. Sie hatte Christa erzählt, dass der Tierpfleger keine Familie hatte und Weihnachten sicher allein verbringen würde.

Wenig später stapften Julia und Christa durch die verschneiten Straßen. Julia wusste, dass der Tierpfleger nicht weit von ihnen in einem kleinen Häuschen wohnte.

Erstaunt öffnete er die Tür, nachdem sie geklingelt hatten. Er trug einen dicken Bademantel über seinem Schlafanzug. „Entschuldigung“, murmelte er und lächelte schief, „ich hatte mich für einen Moment hingelegt.“

Christa reichte ihm den Topf mit dem Chili. „Wir wollten Ihnen eigentlich nur eine Kleinigkeit vorbeibringen“, sagte sie freundlich, beugte sich zu dem Mann vor und gab ihm einen Kuss auf die Wange. „Und fröhliche Weihnachten.“

Julia überreichte ihm feierlich den hübsch eingepackten Wollschal.

Gerührt nahm er das Päckchen entgegen. „Jetzt habe ich aber gar nichts für dich. Ich wusste ja nicht …“, druckste er verlegen herum und kratzte sich am Kopf.

Julia winkte ab. „Ich wollte Ihnen nur eine kleine Freude machen, weil Sie mir so viel gegeben haben“, sagte sie mit dankbarem Lächeln. Und es stimmte tatsächlich: Ohne den Tierpfleger und die Elefanten hätte Julia die vielen einsamen Nachmittage der ersten Wochen in der neuen Stadt nur schwer ertragen können.

Mit leuchtenden Augen stand Christa dann am ersten Weihnachtstag gegen Mittag am Eingang einer großen, hellen Villa.

„Hier wohnst du also?“ fragte sie Robert, der Christa und Julia abgeholt hatte.

„Ganz allein?“ Auch Julia war begeistert von dem großzügig geschnittenen Haus mit den Erkerzimmern im ersten Stock und dem Türmchen mit dem Rundbogenfenster.

„Na ja, als ich das Haus gebaut habe, hatte ich eigentlich an eine Familie gedacht“, erwiderte Robert. „Aber bis jetzt hat sich das noch nicht ergeben.“ Er schloss die Haustür auf und streckte den Arm aus. „Hereinspaziert, bitte.“

Kaum hatte er die Tür geöffnet, lief ihnen ein Labrador entgegen und bellte laut. Robert lachte und tätschelte dem Hund, der an ihm hochgesprungen war, den Kopf. „Heute benimmst du dich ausnahmsweise mal, Jackie. Wir haben nämlich Besuch.“ Er sah ihn mit gespielt strengem Blick an. „Ich hoffe, du weißt, wie man sich Damen gegenüber benimmt.“

Julia hatte sich auf den ersten Blick in den Hund verliebt, der nun schwanzwedelnd vor ihr stand und sie mit treuen Augen ansah. „Jackie, das ist ein schöner Name“, flüsterte sie lächelnd und strich dem Hund über den

Kopf. Nachdem auch Christa ihn gebührend begrüßt hatte, folgte er ihnen ins Wohnzimmer und legte sich auf eine Decke, die seitlich neben dem Kamin ausgebreitet war.

Fasziniert ging Julia zu dem riesigen Weihnachtsbaum, der mit leuchtend roten Kugeln und buntem Holzspielzeug geschmückt war.

„Dieses Jahr habe ich zum ersten Mal seit Langem wieder einen Weihnachtsbaum", erklärte Robert. „Für mich allein lohnt sich das ja nicht."

„Den hast du extra für uns aufgestellt?" Vorsichtig berührte Julia ein bunt lackiertes Holzpferd, das an einem Zweig baumelte.

„Die Figuren hab ich schon als Kind gehabt", erzählte Robert. Vergnügt zwinkerte er Christa zu und deutete dann durch das Terrassenfenster in den Garten. „Da hinten in dem Holzhaus ist mein kleiner Zoo. Na ja, eigentlich sind es nur ein paar Enten." Er zeigte auf den Teich, der von einer Schneeschicht bedeckt war. „Im Frühjahr wirst du einen Riesenspaß haben, Julia, wenn die Enten sich im Wasser tummeln." Er lächelte Julia an, ging zu Christa und nahm deren Arm. „Jetzt sollten wir aber erst mal essen", schlug er vor.

Während Robert und Christa im angrenzenden Esszimmer verschwanden, blieb Julia noch einen Moment am Fenster stehen. Im Frühjahr, hatte Robert gesagt. Er plante also bereits ganz selbstverständlich für die Zukunft, so als ob sie jetzt richtig zusammengehörten – vielleicht sogar für immer. Julia wurde es warm ums Herz. All das, was sie sich immer gewünscht hatte, schien nun tatsächlich in Erfüllung zu gehen.

Langsam wandte sie sich vom Fenster ab und lief zu dem Labrador, der immer noch auf seiner Decke lag und neugierig zu ihr aufschaute. „Komm, Jackie", sagte sie, „lass uns auch zum Essen gehen."

Der Hund bellte leise, sprang auf und folgte Julia.

„Siehst du? Jackie ist dir schon treu ergeben", bemerkte Robert lächelnd, als Julia mit dem Hund das Esszimmer betrat. Er reichte Christa und Julia ein Glas mit dampfendem Fruchtpunsch und stieß mit ihnen an. „Fröhliche Weihnachten!"

9. KAPITEL

Das Silvesterwochenende verbrachten Julia und Christa gemeinsam mit Robert in den Bergen. Er hatte ihnen diesen Ausflug zu Weihnachten geschenkt. Tagsüber machten sie ausgedehnte Spaziergänge durch den Schnee oder fuhren mit einer Gondel auf einen der hohen Berge und genossen im warmen Sonnenschein die prachtvoll glitzernde Welt. Robert lieh für Julia und Christa Langlaufskier aus und fuhr mit ihnen kleinere Strecken durch die tief verschneiten Täler. Abends saßen sie in Roberts Blockhütte gemütlich vor dem Kamin. Christa kuschelte sich mit verträumtem Blick an Roberts Schulter, während Julia mit dem Labrador auf einem flauschigen Teppich lag.

In der Silvesternacht standen sie zusammen draußen im Schnee, mit Wunderkerzen und einem Glas Champagner in der Hand. „Auf unsere gemeinsame Zukunft", verkündete Robert feierlich und stieß mit den beiden an.

„Auf unsere gemeinsame Zukunft", entgegneten Julia und Christa glücklich lächelnd.

In den nächsten Wochen waren Julia und Christa immer öfter bei Robert. Beide fühlten sich in seinem gemütlichen Heim wie zu Hause und hatten das Gefühl, endlich einen Platz gefunden zu haben, an dem sie bedingungslos willkommen waren.

Julia verbrachte nun zwar ein bisschen weniger Zeit im

Zoo bei den Elefanten, ging jedoch ab und zu vorbei und half dem Tierpfleger, den sie nicht im Stich lassen wollte. Sie wusste, dass er sich jedes Mal freute, wenn sie kam.

Der einzige Wermutstropfen für Julia war nach wie vor die ablehnende Haltung ihrer Mitschüler. Außer hier und da ein paar belanglosen Worten, die oft genug in Sticheleien ausarteten, hatte Julia keinen Kontakt zu den anderen.

„Du scheinst noch keine richtigen Freunde gefunden zu haben", bemerkte Robert eines Nachmittags. Julia hatte es sich zur Gewohnheit gemacht, hin und wieder direkt nach der Schule zu ihm zu gehen, denn er hatte ihr angeboten, dass sie auch bei ihm die Hausaufgaben machen könnte. „Ich arbeite sowieso zu Hause", hatte er gesagt. „Außerdem können wir dann zusammen Mittag essen und sind nicht allein. Das ist doch viel besser."

Verlegen trat Julia von einem Fuß auf den anderen. „Bis jetzt nicht. Aber ich komm auch ohne Freunde zurecht", erwiderte sie ausweichend. Doch sie wusste, dass sie Robert nichts vormachen konnte. Er hatte schon ein paar Mal dieses Thema angeschnitten, wenn sie nach der Schule ein wenig traurig gewirkt hatte. „Na ja, die anderen in meiner Klasse haben von Anfang an was gegen mich gehabt", erklärte sie, „weil meine Jeans denen nicht gefallen haben. Und außerdem meinten sie, ich stinke, weil ich bei den Elefanten gewesen bin."

Robert sah sie gedankenverloren an. „Und all das hat dich so gekränkt, dass du dich zurückgezogen hast."

Julia nickte. „Was hätte ich denn sonst machen sollen?“ erwiderte sie traurig.

Robert stand von seinem Zeichentisch auf, ging zu einem Regal, nahm ein Fotoalbum heraus und schlug es auf. Neugierig kam Julia näher. Er deutete auf das Bild eines etwa zehnjährigen Jungen, der verschüchtert in die Kamera blickte.

„Bist du das?“ fragte Julia erstaunt – sie konnte den Jungen mit dem fast ängstlichen Ausdruck in den Augen und den selbstbewussten Mann, der neben ihr stand, nicht so recht in Verbindung bringen.

Robert nickte. „Meine Mutter war zwei Jahre vorher bei einem tragischen Verkehrsunfall ums Leben gekommen. Und danach habe ich mich vollkommen von meinen Freunden zurückgezogen. Ich hatte einfach Angst, dass ich noch einmal jemanden verlieren könnte.“

Julia schwieg einen Moment. Auch sie hatte sich nach dem Abschied von Patrick geschworen, sich nicht mehr auf eine Freundschaft einzulassen – die Trennungen waren jedes Mal zu schmerzvoll, und außerdem wusste sie nie, wie lange sie und ihre Mutter an einem Ort bleiben würden. Doch jetzt schien es so, als ob Christa nicht mehr weg wollte, weil sie mit Robert sehr glücklich war. „Und was hast du dann gemacht?“ fragte Julia.

„Ich habe nichts gemacht“, entgegnete er. „Ich dachte, dass die anderen sowieso nichts mehr mit mir zu tun haben wollten, nach all der Zeit, und deshalb hatte ich mich damit abgefunden, allein zu sein. Mein Vater hat jedoch ohne mein Wissen zu meinem nächsten Geburtstag all meine früheren Freunde eingeladen. Alle sind natürlich nicht gekommen, aber zwei oder drei waren da.“ Er klappte das Fotoalbum zusammen und stellte es wieder zurück ins Regal.

„Du hattest ja wenigstens ein paar Freunde, die zu dir gehalten haben“, erwiderte Julia. „Aber mit mir wollte vom ersten Tag an niemand etwas zu tun haben. Seit ich in die neue Schule gekommen bin, hat sich so gut wie keiner um mich gekümmert.“

Langsam ging Robert zu seinem Tisch zurück. „Ich verstehe dich“, sagte er. „Weißt du, manchmal ist es so, dass man sein Herz zu sehr verschließt, aus Angst, erneut verletzt zu werden. Und man merkt gar nicht mehr, dass da vielleicht doch jemand ist, der es eigentlich nur gut mit einem meint.“ Er setzte sich und lächelte. „Wie wäre es, wenn wir in der nächsten Woche einfach eine kleine Party für dich geben?“ So, wie mein Vater es damals bei mir gemacht hat …“

„Du meinst, ich soll jemanden aus meiner Klasse einladen?“ fragte Julia. „Aber wen denn?“ Sie lief zum Fenster und starrte hinaus. In den letzten Monaten hatte sie sich so oft gewünscht, wenigstens *eine* Freundin in der Klasse zu haben. Dann würde sie sich nicht mehr verloren fühlen, stünde in der Pause nicht immer allein auf dem Schulhof, und nach der Schule könnte sie sich, wie all die anderen, mit einer Freundin verabreden, könnte sich mit ihr austauschen und lachen.

Plötzlich fiel ihr Jenny ein. Jenny hatte ihr im Sportunterricht mal geholfen, als Julia gestürzt war. Julia hatte sich nur knapp bei ihr bedankt und war weitergehumpelt, weil sie selbstverständlich davon ausgegangen war, dass diese Geste der Hilfsbereitschaft nur ein einmaliges Versehen gewesen sein konnte. Jenny hatte sie danach noch einmal ein Stück auf ihrem Heimweg begleitet, doch Julia hatte dem keine Bedeutung beigemessen. Schließlich hatte Jenny sich wieder von ihr zurückgezogen, und Julia hatte nicht mehr versucht, sie anzusprechen.

„Überleg es dir", schloss Robert. „Ich möchte jedenfalls eine kleine Party für dich geben." Er lächelte. „Lass dich nicht unterkriegen, nur weil die anderen glauben, du hättest die falschen Klamotten an."

Am nächsten Tag in der Pause nahm Julia all ihren Mut zusammen und schlenderte langsam zu Jenny, die mit ein paar anderen Mädchen zusammenstand. Sie hatte lange überlegt, was sie Jenny überhaupt sagen sollte, doch als sie jetzt vor ihr stand, platzte sie einfach mit der Wahrheit heraus. „Hättest du Lust, nächste Woche zu mir zu kommen?" fragte sie, „zu einer kleinen Party?"

Verwirrt sah Jenny sie an und wollte gerade antworten, als eines der anderen Mädchen kicherte und Julia von oben herab musterte. „Party? Wahrscheinlich im Schweinestall. Jedenfalls stinkt es da genauso wie du manchmal."

Julia merkte, wie sie rot anlief. Im ersten Moment wäre sie am liebsten davongerannt, doch plötzlich spürte sie eine Kraft in sich, die sie schon längst verloren geglaubt hatte. „Natürlich im Schweinestall, wo denn sonst?“ erwiderte sie und sah das Mädchen, das sie angegriffen hatte, mit festem Blick an. „Und da du dich auf dem Gebiet anscheinend sehr gut auskennst, bist du selbstverständlich herzlich eingeladen. Vielleicht kannst du mir ein paar wertvolle Tipps geben, wie man sich als richtiges Schwein benimmt.“

Entgeistert schnappte das Mädchen nach Luft, während Jenny sich ein Lachen nicht verkneifen konnte.

Julia gab Jenny einen Zettel mit Roberts Adresse, den sie vorbereitet hatte. „Also, überleg's dir. Wäre schön, wenn du kommst“, sagte sie, drehte sich auf dem Absatz um und ging hoch erhobenen Hauptes davon. Diesmal rief ihr niemand etwas Spöttisches hinterher. Julia lächelte in sich hinein. Robert hatte Recht gehabt. Sie durfte sich nichts gefallen lassen. Und endlich hatte sie den anderen gezeigt, dass sie nicht mehr bereit war, deren Gemeinheiten tatenlos hinzunehmen.

„Robert will eine Party für mich geben“, sagte Julia am Abend zu ihrer Mutter. Sie waren ausnahmsweise mal wieder in ihrer eigenen Wohnung, da Robert wegen eines Projekts nach München hatte fliegen müssen.

„Ich weiß, mein Schatz“ Sie blickte ihre Tochter an. „Du magst ihn sehr, nicht wahr?“

Julia nickte. „Ich … so habe ich mir immer meinen Vater vorgestellt“, entgegnete sie leise und sah ihre Mutter fragend an. „War er vielleicht genauso wie Robert?“ Schon oft hatte Julia versucht, mehr über ihren leiblichen Vater zu erfahren, doch jedes Mal, wenn sie Christa darauf angesprochen hatte, war sie sofort ausgewichen.

Auch jetzt huschte ein Schatten über Christas Gesicht. „Lass uns nicht wieder damit anfangen“, sagte sie. „Wir drei sind so glücklich miteinander. Was soll da die Vergangenheit?“

Julia merkte, dass ihre Mutter verstimmt war. Sie wollte Christa nicht bedrückt sehen, vor allem deshalb nicht, weil sie endlich einen Mann gefunden hatte, den sie offenbar wirklich liebte. Trotzdem beschäftigte Julia die Frage nach ihrem Vater stärker als jemals zuvor – besonders seit Robert in ihr Leben getreten war. Vielleicht war ihr Vater ja auch so toll gewesen wie Robert, hatte sich auf die Geburt seiner kleinen Tochter gefreut und vermisste sie nun schmerzlich. Aber es war ebenso möglich, dass er gar nichts von ihr wusste. Wäre es nicht richtig, dass er endlich von ihrer Existenz erfuhr? Vielleicht wäre er überglücklich, wenn er sie in seine Arme schließen könnte.

Verstohlen betrachtete Julia ihre Mutter und bemerkte den traurigen Zug um ihren Mund. Hatte Christa etwa Angst, dass ihr Vater seine Tochter für sich beanspruchen könnte? Verschwieg sie deshalb, wer er war und wo er lebte? Julia wusste, dass es für ihre Mutter unmöglich wäre, ohne sie leben zu müssen, das hatte sie ihr oft genug gesagt. Und auch Julia konnte sich ein Leben ohne ihre Mutter nicht vorstellen.

„Entschuldigung, Mama, ich wollte dir nicht wehtun. Und ich bleib immer bei dir. Ich wollte nur wissen, wer mein Vater ist …"

„Er war Pilot", erwiderte Christa knapp. „Mehr gibt es zu diesem Mann nicht zu sagen."

Inzwischen bereute Julia es, dieses Thema überhaupt zur Sprache gebracht zu haben. Der Abend, der so harmonisch begonnen hatte, war verdorben. Während des Essens antwortete Christa nur einsilbig auf Julias Frage, wie denn ihr Tag verlaufen sei, obwohl sie normalerweise mit Begeisterung von ihrer Arbeit im Hotel und den Gästen berichtete.

Nachdem sie den Tisch abgeräumt hatten, entschuldigte Christa sich mit der Begründung, Kopfschmerzen zu haben, und verzog sich in ihr Zimmer.

Als Julia später in ihrem Bett lag, fühlte sie wieder die Einsamkeit, die sie schon seit Wochen nicht mehr verspürt hatte.

Irgendwann hörte sie, dass ihre Tür geöffnet wurde.

Christa kam herein, setzte sich zu Julia ans Bett und ergriff deren Hand. „Sei mir nicht böse, mein Kind", bat sie. „Aber ich möchte einfach nicht mehr an die Vergangenheit erinnert werden. Gerade jetzt nicht – wir sind doch beide endlich glücklich!"

Julia nickte nur, froh, dass ihre Mutter zu ihr gekommen war.

„Weißt du noch, vor einiger Zeit haben wir uns geschworen, dass niemand mehr unserem Glück im Weg stehen soll. Denn wir beide haben es nach all den Schwierigkeiten verdient, glücklich zu sein."

„Ja, Mama", erwiderte Julia leise. „Und ich werde es nie wieder vergessen."

Am Tag von Julias Party hatte Christa sich extra freigenommen und überraschte ihre Tochter mit einem ausgefallenen Frühstück.

„Wie hast du das alles so schnell auf den Tisch gezaubert?" fragte Julia begeistert und wies auf die festlich gedeckte Tafel mit geräuchertem Lachs, Rührei mit Schinken, Marmelade, Quark mit frischen Früchten und verschiedenen Brotsorten.

Christa nahm ihre Tochter in die Arme. „Tja, an mir ist eben doch ein Fünf-Sterne-Koch verloren gegangen. Nur weiß das bis jetzt noch niemand." Sie küsste Julia auf die Wange. „Viel Glück, mein Kind." Sie reichte ihr ein kleines Päckchen.

„Danke, Mama!" Julia strahlte. „Aber mein Geburtstag ist doch erst in ein paar Monaten!" Hastig wickelte sie ihr Geschenk aus. Christa betrachtete sie mit einem Lächeln auf den Lippen. „Weiß ich doch! Mir war aber danach, dir schon jetzt eine Freude zu machen." Ein goldenes Kettchen lag in der Schachtel, mit einem goldenen Herzen als Anhänger.

„Der soll dir immer Glück bringen", erklärte Christa und streifte ihrer Tochter die Kette über den Kopf.

Gerührt fuhr Julia mit dem Finger über das Herzchen.

Das wird er auch, dachte sie. Sie konnte kaum glauben, dass sich doch noch alles zum Guten wendete.

„Weißt du noch, an meinem zehnten Geburtstag“, erinnerte sich Julia, während sie sich das fürstliche Frühstück schmecken ließen. „Du hattest diesen neuen Dampfkochtopf ...“

Christa lachte laut auf. „Ach Gott, stimmt. Und ich wollte dir eine italienische Gemüsesuppe machen. Ich glaubte, mit diesem Topf sei das Kochen ein Kinderspiel. Wäre es ja auch gewesen, wenn ich den Deckel nicht einen Tick zu früh aufgeschraubt hätte.“ Die gesamte Suppe war unter dem Druck herausgeschossen, und die Küche war übersät gewesen mit den Gemüsestückchen, die Christa vorher mühevoll klein geschnitten hatte. Nach dem ersten Schreck hatten sie schallend gelacht. „Na ja, wenigstens sieht die Küche jetzt wesentlich bunter aus“, hatte Christa gemeint und auf die gelben, roten und grünen Gemüsestreifen an Wänden und Decke gedeutet. „Das lassen wir erst mal trocknen“, hatte sie hinzugefügt. „In der Zwischenzeit gehen wir beide gemütlich essen.“ Wenig später saßen sie in einem Gartenlokal und hatten gerade die erste Gabel Nudeln in den Mund geschoben, als plötzlich ein wolkenbruchartiger Regen losbrach und ihre Spaghetti innerhalb kürzester Zeit unter Wasser setzte. Zu guter Letzt waren sie, von Kopf bis Fuß durchnässt, in einem Stehimbiss gelandet, um sich eine Currywurst mit Pommes frites mit nach Hause zu nehmen. Der Besitzer hatte es sich nicht nehmen lassen, sie persönlich mit seinem kleinen Lieferwagen heim zu fahren.

„Kurz bevor wir ausgestiegen sind, hat er dir sogar noch einen Heiratsantrag gemacht, weißt du noch?“ sagte Julia.

Christa lachte. „Und ich hätte ihn beinahe angenommen – wenn der Mann drei Köpfe größer und zweihundert Pfund leichter gewesen wäre.“

Am Nachmittag wartete Julia gespannt, ob ihre Mitschülerin Jenny tatsächlich zu ihrer Party kommen würde. Christa und Robert hatten draußen auf der Terrasse einen Tisch gedeckt und bunte Lampions in die Bäume gehängt. Roberts Haushälterin, die alle paar Tage nach dem Rechten sah, hatte sogar eine Torte gebacken, die mit kleinen Rosen aus Zuckerguss verziert war. Neugierig hatte Christa ihr über die Schulter geblickt – in der Hoffnung, sich ein bisschen von ihren Kochkünsten abschauen zu können.

Gerade probierte Julia auf der Straße vor dem Haus ihr neues Fahrrad aus, das sie von Robert geschenkt bekommen hatte. Beim letzten überstürzten Umzug vor einigen Monaten hatte sie das andere nicht mitnehmen können. Der Labrador sprang aufgeregt um sie herum und bellte laut.

„Jackie, pass auf“, rief Julia lachend. „Sonst fahr ich dich noch um.“

In diesem Augenblick hielt ein Wagen vor Roberts Haus. Julia bekam ohne Zweifel Besuch.

„Jenny“, murmelte Julia, die neugierig herangefahren war. Ihre Mitschülerin war also wirklich gekommen.

Jenny winkte ihrer Mutter hinterher, die sie hergebracht hatte.

Julia stellte ihr Fahrrad in der Einfahrt ab. „Schön, dass du gekommen bist.“ Dann führte sie Jenny ins Haus. Jackie, der den Besuch freudig bellend begrüßt hatte, folgte ihnen schwanzwedelnd.

„Du wohnst aber toll hier“, bemerkte Jenny, als sie die große Eingangshalle hinter sich gelassen hatten und durch das Wohnzimmer gingen.

Lässig zuckte Julia mit den Schultern. „Na ja, eigentlich gehört das Haus dem Freund meiner Mutter.“

Sie traten auf die Terrasse, und Julia stellte Christa und Robert ihre Mitschülerin vor. Beide freuten sich sehr, dass Jenny gekommen war.

Während des Essens zwinkerte Robert Julia verschwörerisch zu und streckte den erhobenen Daumen in die Höhe, als Jenny sich gerade mit Christa unterhielt.

Nachdem die beiden Mädchen zwei Stücke von der Torte gegessen hatten, wollte Jenny unbedingt das Entenhaus und den Teich hinten im Garten sehen.

„Das da sind Cayugas aus Nordamerika“, erklärte Julia und deutete auf die glänzend blaugrün-schwarzen Enten, die im Teich schwammen.

„Und die schwarzweiße, mit dem roten Fleck auf der Nase?“ fragte Jenny.

„Das ist eine mexikanische Flugente“, antwortete Julia. „Eigentlich haben wir vier, aber die anderen sind weggeflogen. Wahrscheinlich kreisen sie gerade wieder um den Kirchturm“, meinte sie lachend. „Das machen sie ab und zu, aber sie kommen immer wieder.“ Sie deutete auf die Enten, die zwischen den Büschen herumwatschelten. „Die chinesischen Laufenten können nicht fliegen“, sagte sie. „Dafür fressen sie die ganzen Nacktschnecken im Garten.“

Anerkennend sah Jenny sie an. „Du kennst dich ja richtig gut aus.“

Julia zuckte mit den Schultern. Robert hatte ihr während der letzten Wochen viel über die Tiere erzählt. „Wenn die Enten schlafen, bleibt eine wach und passt auf, ob Gefahr droht und eventuell ein Raubvogel kommt“, erläuterte Julia.

„Und die Klappe da an der Tür?“ fragte Jenny und deutete auf das Holzhaus.

„Die wird nachts runtergelassen, wenn die Enten in dem Häuschen schlafen“, entgegnete Julia. „Damit kein Fuchs oder Marder sich eines der Tiere schnappen kann.“

„Echt toll“, erwiderte Jenny, die sich offenbar genauso für Tiere begeisterte wie Julia. Sie erzählte, dass sie vielleicht einmal Tierärztin werden wollte. „Und du?“ fragte sie, nachdem sie sich in zwei der Liegestühle gelegt hatten, die auf der Terrasse standen.

„Ich weiß noch nicht genau“, entgegnete Julia. „Vielleicht irgendwas mit Kunst. Mal sehen.“ Sie wollte im

Augenblick nicht über die Zukunft nachdenken, sondern lieber die Gegenwart genießen.

„Ich störe die jungen Damen ja nur ungern", sagte Robert vergnügt, der zu ihnen gekommen war, „aber ich wollte euch einen kleinen Drink servieren." Er hielt ein Tablett in den Händen, auf dem zwei hohe Gläser mit Papayasaft standen. Mit einer leichten Verbeugung reichte er ihnen die Getränke und ging zu Christa zurück, die begonnen hatte, den Tisch abzuräumen.

Julia bemerkte, dass er ihr den Stapel Teller aus der Hand nahm und ihn mit einer entschlossenen Geste wieder auf den Tisch stellte. „Heute wird nicht gearbeitet", sagte er zu ihr. „Es ist auch unser Festtag.." Er zwinkerte Julia zu und lief ins Wohnzimmer. Wenige Sekunden später war die Luft erfüllt von heißen Samba-Rhythmen. Robert zog Christa an sich und wirbelte ausgelassen mit ihr über den Rasen.

„Komm, lass uns auch tanzen", rief Jenny, stellte ihr Glas ab, sprang auf und griff nach Julias Hand. Sie hüpften und sprangen über die Terrasse, zusammen mit dem Labrador, der offenbar beschlossen hatte mitzumachen.

Julia war überglücklich. Dies war einer der schönsten Tage, den sie je erlebt hat.

„Sag mal, was hältst du eigentlich davon, wenn wir bei Robert einziehen würden?" fragte Christa ihre Tochter zwei Wochen später.

Julia starrte ihre Mutter mit offenem Mund an. „Du

meinst, so richtig … mit allem Drum und Dran?" Sie hatte sich in der letzten Zeit immer wieder ausgemalt, dass sie und ihre Mutter zusammen bei Robert wohnen würden. Deshalb war ihr die Vorstellung vertraut – in ihrer Fantasie hatte sie sich immer und immer wieder ausgemalt, wie es sein könnte. Endlich hätte sie eine richtige Familie – und nichts und niemand könnte die drei mehr auseinander bringen.

„Robert hat mich vorgestern Abend gefragt, was ich davon halte", fügte Christa hinzu.

„Und was hast du geantwortet?" fragte Julia zögernd und versuchte, in der Miene ihrer Mutter zu lesen. Auch wenn für sie klar war, wie sie selbst sich entscheiden würde, wollte sie doch erst wissen, was Christa von Roberts Vorschlag hielt, bevor sie ihre eigene Meinung äußern würde.

Gedankenverloren starrte Christa vor sich hin. „Ein richtiges Zuhause", flüsterte sie. „Ich habe mir schon so oft einen Platz gewünscht, an dem wir beide zusammen glücklich sind. Doch jedes Mal, wenn ich gedacht habe, wir hätten ihn gefunden, gab es irgendetwas, das alles mit einem Schlag zerstört hat." Nachdenklich runzelte sie die Stirn. „Vielleicht bin ich einfach ein Zugvogel, der immer weiter muss und nie zur Ruhe kommen kann." Sie stand auf und lief rastlos im Wohnzimmer hin und her.

Ein wenig ängstlich sah Julia ihre Mutter an. Sie hoffte so sehr, dass sie sich für Robert entscheiden würde, für ein Zuhause, in dem sie beschützt und geborgen wären und in dem sie geliebt wurden.

Langsam drehte Christa sich zu ihrer Tochter um. „Glaubst du, dass Robert es absolut ernst meint?“ Hilflos blickte sie Julia an. „Ich meine, was ist, wenn er mich doch nicht so liebt, wie er sagt? Wie kann man sich der Liebe eines anderen Menschen überhaupt sicher sein?“

Er liebt dich, das weiß ich ganz sicher, wollte Julia antworten. Aber sie schwieg. Auch andere Männer hatten Christa schon versichert, dass sie sie lieben würden. Und jedes Mal war sie bitter enttäuscht worden und hatte sich geschworen, sich nie wieder auf eine Beziehung einzulassen. Bis Robert in ihr Leben getreten war und sie all ihre Vorsätze hatte vergessen lassen.

Trotzdem, mit einem Mal wusste Julia nicht mehr, was sie ihrer Mutter sagen sollte. *Er liebt dich,* diese Begründung kam ihr plötzlich so unzureichend vor – Christa hatte diese Worte in ihrem Leben zu oft gehört. Und Julia wusste selbst nicht, woran man erkennen konnte, ob eine Liebe tatsächlich aufrichtig und ehrlich gemeint war.

„Hilfst du mir?“ fragte Christa. „Hilfst du mir, mit Robert glücklich zu werden?“ Fast flehentlich sah sie ihre Tochter an.

Julia sprang auf, ging zu ihrer Mutter und umarmte sie. „Ja, Mama, ich helfe dir.“ Sie dachte in diesem Augenblick nicht daran, dass sie nicht einmal wusste, wie sie ihrer Mutter überhaupt helfen könnte. Nur eines war wichtig: Christa hatte sich für Robert entschieden. Und Julia wollte alles dafür tun, die beiden miteinander glücklich zu sehen.

Ein Lächeln erstrahlte auf Christas Gesicht. „Dann sollten wir jetzt packen. Robert kann es nämlich gar nicht mehr erwarten, bis wir endlich bei ihm einziehen.“ Entschlossen klatschte sie in die Hände. All ihre Zweifel schienen in diesem Moment vergessen. „Wer zuerst fertig ist, wird zum Essen eingeladen“, rief sie ausgelassen.

Am folgenden Wochenende bezog Julia ihr Zimmer in Roberts Haus. Der Raum war hell und großzügig geschnitten und hatte einen großen Balkon, der zum Garten hinausführte. Robert hatte sogar eine Decke für den Labrador neben Julias Bett gelegt, weil er wusste, dass Julia den Hund sicher gern bei sich schlafen lassen würde – die beiden waren inzwischen schließlich unzertrennlich.

Auch Christa hatte ihr eigenes Reich bekommen. „Jeder braucht mal einen Platz, an den er sich zurückziehen kann“, erklärte Robert und nahm Christa zärtlich in den Arm. „Damit will ich allerdings nicht sagen, dass ich dich nicht am liebsten Tag und Nacht um mich haben will“, fügte er augenzwinkernd hinzu.

Als Julia am Abend zum ersten Mal in ihrem neuen Bett lag, seufzte sie glücklich. „Jetzt sind wir eine richtige Familie, Jackie“, murmelte sie.

Der Labrador, der vor dem Bett auf seiner Decke lag, schaute sie mit treuem Blick an.

„Und wir beide helfen Mama, damit sie für immer glücklich bleibt", fügte Julia hinzu.

Tatsächlich war Christa glücklich mit Robert, so wie Julia es sich erhofft hatte. Händchen haltend saßen sie abends auf der Terrasse, während Julia mit dem Labrador im Garten herumtobte. Und sie überraschten sich so oft es ging gegenseitig mit kleinen Geschenken – Zeichen ihrer Liebe.

Auch Julia fühlte sich bei Robert zufrieden und glücklich. Für sie war er wie der Vater, den sie sich immer erträumt hatte. Er war für sie da, wenn sie Fragen hatte und erklärte ihr geduldig seine Arbeit, denn Julia hatte ihm bei seinen Entwürfen häufig interessiert zugeschaut. „Du hast wirklich ein sehr gutes Auge für Formen und Farben", bemerkte er. „Ich könnte mir vorstellen, dass du später einmal eine ähnliche Richtung einschlägst wie ich. Wenn du willst, helfe ich dir dabei." Glücklich strahlte Julia ihn an.

Die ersten Monate, in denen Julia sich in dieser Stadt so einsam gefühlt hatte, waren längst vergessen. Jenny war ihr zu einer richtigen Freundin geworden, mit der sie oft ihre Nachmittage verbrachte. Die anderen Schüler in ihrer Klasse behandelten sie inzwischen mit Respekt, denn Julia hatte ihnen ein paar Mal deutlich ihre Meinung gesagt, wenn sie wieder versucht hatten, sie zu beleidigen oder mit kränkenden Bemerkungen zu provozieren. Robert hatte ihr beigestanden, die Stärke und Kraft zu finden, um sich durchzusetzen.

„Hast du Lust, heute Nachmittag mit in den Zoo zu kommen?“ fragte Julia eines Tages ihre Freundin Jenny. „Das neue Elefantenbaby müsste inzwischen geboren sein.“ Seit dem Umzug in Roberts Haus war Julia nur noch selten im Tierpark gewesen, weil sie mit ihrem neuen Familienleben einfach zu sehr beschäftigt gewesen war.

„Gerne“, antwortete Jenny. „Ich will schließlich sehen, wo du nachmittags immer gesteckt hast.“

Nach der Schule trafen sie sich vor dem Zoo, und Julia führte Jenny zum Elefantenhaus.

„Schön, dass du kommst“, begrüßte der ältere Tierpfleger sie und nickte auch Jenny freundlich zu. „Wir haben alle Hände voll zu tun mit unserem Nachwuchs.“

„Wo ist denn das Kleine?“ fragte Julia neugierig.

„Draußen“, erwiderte der Tierpfleger. „Ins Außengehege dürft ihr leider nicht, aber ihr könnt vom Zaun aus zuschauen.“ Er begleitete die beiden Mädchen nach draußen.

„Ach, ist das süß“, rief Julia begeistert aus, als sie am Zaun standen und dem Elefantenbaby zuschauten.

„Und so klein und tollpatschig!“ fügte Jenny hinzu und beobachtete mit leuchtenden Augen den niedlichen Dickhäuter, der mit seinem Rüssel vorsichtig einen dicken Lederball abtastete. Mit einem Mal machte er ein paar unbeholfene Schritte rückwärts, stellte entschlossen die Ohren auf, nahm Anlauf und schoss.

Julia und Jenny klatschten lachend in die Hände.

„Unsere Pinda wiegt jetzt schon mehr als hundert Kilo“, erklärte der Tierpfleger.

Plötzlich knickten die kurzen, stämmigen Beine des Elefantenbabys ein, und es plumpste unsanft zu Boden. Sofort war seine Mutter neben ihm. „Lissy lässt ihr Baby nie aus den Augen“, erklärte der Tierpfleger ohne den Blick von seinen Schützlingen zu wenden.

Bald war das Baby wieder auf den Beinen und machte sich erneut an den Lederball heran. „Das geht stundenlang so“, erzählte der Tierpfleger lachend. „Ihr glaubt gar nicht, was für eine Ausdauer so ein winziger Elefant hat.“

„Und es ist immer jemand da, der auf ihn aufpasst“, sagte Julia und lächelte. „Pinda fühlt sich bestimmt nie allein.“

Christa und Robert saßen schon beim Essen, als Julia an diesem Abend nach Hause kam. Sie hatte sich nur schwer von den Elefanten und ihrem Nachwuchs losreißen können und erzählte mit funkelnden Augen und ausladenden Gesten von ihren Erlebnissen im Tierpark. „Ihr müsst unbedingt mal mitgehen und das Elefantenbaby anschauen“, schloss sie und blickte Christa und Robert erwartungsvoll an.

Robert lächelte. „Wie wär’s am Sonntag? Da hast du doch frei, Christa.“

„Das sind ja noch *vier* Tage bis dahin!“ rief Julia entgeistert. Sie konnte es kaum erwarten, wieder zu kommen.

Christa lachte. „Das werden wir schon aushalten“, entgegnete sie. „Ich kann mir im Moment nicht freinehmen. Wir haben einfach zu viele Gäste und viel zu viel zu tun.“

Robert füllte einen Teller mit Suppe für Julia. „Was hältst du davon, wenn du in Zukunft ein bisschen weniger arbeitest, Christa?“ fragte er. „Schließlich verdiene ich nicht schlecht. Und du hättest ein bisschen mehr Zeit für dich.“

Julia nickte eifrig. „Genau. Dann kannst du öfter mit mir in den Zoo gehen.“

Christa schob ihren Teller beiseite. „Das ist lieb gemeint, Robert, aber die Arbeit im Hotel macht mir Spaß. Außerdem ist es mir wichtig, mein eigenes Geld zu haben. Ich möchte mich nicht so abhängig machen ...“ Sie hielt inne, als sie Roberts irritierten Gesichtsausdruck bemerkte. „So hab ich das nicht gemeint. Ich wollte nur sagen ...“

„Dass du jederzeit das Gefühl haben willst, gehen zu können, wenn dir danach ist“, vollendete Robert mit bitterem Unterton den Satz.

Traurig blickte Christa ihn an. „Nein. Bitte versteh mich doch. Ich möchte nur nicht, dass du für alles aufkommen musst.“ Sie ergriff Roberts Hand. „Du weißt, wie glücklich ich mit dir bin.“

Robert nahm sie in den Arm. „Entschuldige, Liebes, es war dumm von mir, so etwas zu sagen. Ich habe nur gedacht, dass ich ein wenig mehr für euch sorgen kann, jetzt, wo wir zusammengehören.“

Julia hatte dem Wortwechsel mit angehaltenem Atem zugehört. Ihre Mutter und Robert hatten sich bisher noch nie gestritten. Und auch wenn dies eigentlich kein richtiger Streit gewesen war, hatte die Unstimmigkeit zwischen den beiden ihr einen gehörigen Schrecken eingejagt. Denn sie wusste nur allzu gut, dass ihre Mutter sich aus einer Laune heraus oft genug zu spontanen Reaktionen hinreißen ließ, die sie sich nicht erklären konnte. Als Julia sah, dass ihre Mutter Robert wieder verliebt anlächelte, atmete sie erleichtert auf.

„Das ist noch mal gut gegangen", sagte Julia abends zu dem Labrador, als sie im Bett lag. Sie tätschelte sanft Jackies Kopf. „Wir müssen gut auf Mama aufpassen. Versprochen?"

Jackie wedelte mit dem Schwanz, und Julia lachte. „Wir beide schaffen das schon."

Am nächsten Abend war Julia zum ersten Mal seit Langem allein mit ihrer Mutter. Robert hatte beim Frühstück angekündigt, dass es später werden könnte, da er mit einem seiner Auftraggeber ein neues Projekt durchsprechen müsse.

Julia merkte, dass ihre Mutter irgendwie bedrückt wirkte. „Was ist los, Mama?" fragte sie. „Bist du traurig, weil Robert nicht da ist?"

Christa schüttelte den Kopf. „Nein, nein, das ist es nicht." Sie schwieg und blickte gedankenverloren durch die Terrassentür in den Garten hinaus.

„Ist vielleicht etwas im Hotel passiert?“ fragte Julia, die sich den Stimmungsumschwung ihrer Mutter nicht erklären konnte – am Morgen war sie noch gut gelaunt gewesen.

Abrupt drehte Christa sich um. Ärger spiegelte sich in ihrer Miene wider. „Ich habe nur gerade daran denken müssen, was Robert gestern Abend gesagt hat. Dass ich jederzeit das Gefühl haben will, gehen zu können, wenn mir danach ist.“ Sie ließ sich in einen der Sessel fallen. „Das war nicht fair von ihm. Ich habe ihm vor einiger Zeit erzählt, dass wir ziemlich oft umgezogen sind. Und … und dass er der erste Mann ist, bei dem ich es endlich einmal aushalte.“ Sie sah Julia mit ernstem Gesicht an. „Manchmal ist es ein Fehler, wenn man zu ehrlich ist“, sagte sie und schüttelte den Kopf. „Man sollte den Männern nie seine Schwächen auf dem Silbertablett präsentieren, sonst schlagen sie eines Tages zurück.“

„Aber er hat es sicherlich nicht so gemeint“, warf Julia ein. „Er will doch nur, dass du ein bisschen mehr Zeit für dich hast. Und du musst ja auch wirklich viel arbeiten.“ Julia verstand ohnehin nicht ganz, warum ihre Mutter ausgerechnet bei Robert so darauf beharrte, finanziell unabhängig zu bleiben. Nur zu gut erinnerte sie sich daran, dass sie im letzten Jahr von diesem unsympathischen Max, den Christa noch nicht einmal geliebt hatte, sehr viel Geld angenommen hatte, ohne es bis jetzt zurückgezahlt zu haben. Warum also reagierte sie bei Robert, der ihr nur vorgeschlagen hatte, ein bisschen weniger zu arbeiten, so empfindlich? Julia wusste manchmal nicht, was sie von ihrer Mutter denken sollte.

„Du liebst ihn doch, Mama, oder?“ fragte Julia ängstlich besorgt.

Christa schwieg einen Augenblick lang. „Aber natürlich, mein Kind“, antwortete sie schließlich. „Und gerade deshalb ist es mir wichtig, meine Selbstachtung zu bewahren und auf eigenen Füßen zu stehen.“ Eindringlich blickte sie ihre Tochter an. „Wenn man einen Mann liebt, braucht man einen Rettungsanker, an dem man sich festhalten kann, wenn es mal einen Sturm gibt. Sonst geht man hoffnungslos unter.“

Die Worte ihrer Mutter machten Julia Angst, auch wenn sie nicht ganz verstanden hatte, was Christa damit hatte ausdrücken wollen. „Wir bleiben doch hier bei Robert, oder?“ fragte sie.

Christa stand auf. „Mach dir nicht so viele Gedanken, mein Schatz. In jeder Beziehung gibt es ab und zu mal kleine Reibereien. Das darf man nicht überbewerten.“ Sie machte eine wegwerfende Handbewegung und lachte. „Vergeben und vergessen.“ Schließlich ging sie zu einem Schränkchen und nahm eine Holzkiste heraus. „Wir beiden Hübschen könnten doch zur Abwechslung mal wieder eine Runde Karten spielen. Was hältst du davon?“ fragte sie und war plötzlich so gut gelaunt wie immer.

Julia nickte erleichtert. Sie war froh, dass ihre Mutter sich gefangen hatte. Und das Kartenspiel würde sie endgültig die kleine Auseinandersetzung vergessen lassen.

Denn wenn Christa spielte, vergaß sie alles um sich herum und freute sich jedes Mal diebisch, wenn sie gewann. Nur verlieren durfte sie nicht, das wusste Julia. Der fiebrige Glanz, der in den Augen ihrer Mutter aufleuchtete, wenn sie eine Pechsträhne hatte, verwirrte Julia. Und die Besessenheit, mit der Christa dann immer und immer wieder versuchte, doch noch zu gewinnen, als ginge es um ihr Leben, machte Julia manchmal richtig Angst.

Julia war enttäuscht, als Robert am Sonntagmorgen beim Frühstück erklärte, dass er leider nicht mit in den Zoo gehen könnte. „Ich muss meinen Entwurf bis Dienstag fertig stellen“, erklärte er. „Und diesmal gibt es einige Änderungen, mit denen ich nicht gerechnet habe.“ Er hob entschuldigend die Schultern. „Es tut mir Leid, Julia, aber da hängt viel Geld dran.“ Er warf Christa einen Blick zu. „Wollt ihr beide nicht allein gehen? Ich kann ja ein anderes Mal mitkommen.“

Christa schüttelte entschieden den Kopf und sah Robert verliebt an. „Wir wollen mit dir *zusammen* hingehen, nicht wahr, Julia?“ Als ihre Tochter nickte, fuhr sie fort: „Ich nehme mir einfach am Mittwochnachmittag frei – du hast deinen Entwurf fertig, und wir drei können uns ein paar schöne Stunden machen.“

Robert hob die Augenbrauen. „Aber ich dachte, du kannst nicht weg vom Hotel?“

„Ach was“, erwiderte Christa leichthin. „Die werden auch mal ohne mich zurechtkommen.“

Julias Herz machte vor Freude einen Sprung. Sie wusste, dass ihre Mutter Robert mit diesem Angebot entgegenkommen wollte.

Robert stand auf und zog Christa an sich. „Wunderbar. Das freut mich wirklich.“ Zärtlich gab er ihr einen Kuss. „Danke“, flüsterte er. „Du weißt schon, warum.“

Am Mittwochnachmittag schlenderten sie zu dritt durch den Zoo. Christa und Robert waren begeistert von dem Elefantenbaby, das mittlerweile ein bisschen sicherer auf seinen stämmigen Beinchen herumwanderte. An diesem Tag hatte der kleine Dickhäuter es auf die Plastiksäcke mit den Sägespänen abgesehen, und Julia lachte schallend, als er immer wieder dagegen rannte, während seine Mutter Lissy ein wachsames Auge auf ihn hatte.

„So ein kleines Lebewesen ist doch etwas Wunderschönes“, schwärmte Robert und sah Christa an. „Findest du nicht?“

Sie nickte. „Ich kann mich genau an den Augenblick erinnern, als ich Julia zum ersten Mal in meinen Armen hielt. Das war der glücklichste Moment in meinem ganzen Leben.“

Robert schlang die Arme um Christa und sah sie liebevoll an. „Könntest du dir das noch mal vorstellen? So ein kleines Wesen in den Armen zu halten?“

Auch Julia sah ihre Mutter neugierig an. Bisher hatte sie nie daran gedacht, dass Christa ein weiteres Kind bekommen könnte. Sie und ihre Mutter hatten immer eine unzertrennliche Einheit gebildet, in der niemand anders einen Platz gehabt hatte. Nun war Robert dazugekommen. Und jetzt vielleicht noch ein Kind?

„Ich bin dafür viel zu alt“, erwiderte Christa und lächelte verhalten.

„Ach was.“ Entschieden schüttelte Robert den Kopf. „Und Platz genug haben wir auch. Ich habe das Haus schließlich für eine Familie geplant.“ Als er Christas verwirrten Gesichtsausdruck bemerkte, unterbrach er sich. „Überleg es dir einfach. Du musst dich ja nicht gleich entscheiden. Wir haben alle Zeit der Welt.“

Christa gab ihm einen Kuss. „Ich lass es mir durch den Kopf gehen“, versprach sie.

In den nächsten Wochen sprachen weder Christa noch Robert das Thema erneut an. Julia merkte jedoch an Roberts nachdenklichen Blicken, mit denen er ihre Mutter manchmal bedachte, dass er sich sehnlichst eine Antwort von ihr erhoffte.

Auch Julia, die immer wieder mal daran gedacht hatte, wie es wäre, noch ein Geschwisterchen zu haben, war neugierig, wie ihre Mutter sich entscheiden würde. Sie hatte sich inzwischen mit dem Gedanken angefreundet, selbst wenn es ihr zu Anfang schwer gefallen war sich vorzustellen, dass sie die Liebe ihrer Mutter mit einem anderen teilen müsste. Doch schließlich war ihr klar geworden, dass Christa ja auch Robert liebte und dass sie, Julia, deswegen nichts verloren hatte. Ganz im Gegenteil. Sie hatte einen Menschen dazugewonnen, den sie sich aus ihrem Leben nicht mehr wegdenken mochte.

„Hat deine Mutter heute Morgen zu dir gesagt, dass sie später kommt, oder so?“ fragte Robert eines Abends, während er mit Julia das Entenhaus säuberte.

Julia schüttelte den Kopf. „Ich weiß auch nicht, wo sie bleibt“, erwiderte sie. „Du könntest ja mal im Hotel anrufen und nachfragen.“

Robert verteilte neues Stroh in dem kleinen Holzhaus. „Lieber nicht. Christa mag es nicht gern, wenn man sie bedrängt.“

Julia merkte, dass Robert unruhig war. Schon ein paar Tage zuvor war Christa erst gegen Mitternacht nach Hause gekommen – auch da hatte sie nicht Bescheid gegeben. „Der Hotelbesitzer hat uns zu seinem Geburtstag eingeladen“, hatte sie am nächsten Tag erklärt. „Und bei dem ganzen Trubel habe ich völlig vergessen, euch anzurufen.“

Julia spürte eine seltsame Unruhe in sich, selbst wenn sie sich einredete, dass es sicher nichts zu bedeuten hatte, dass ihre Mutter noch nicht zurück war. „Sie kommt bestimmt bald“, sagte sie zu Robert und versuchte damit, sich selbst zu überzeugen. „Wahrscheinlich muss sie nur ein bisschen länger arbeiten.“

Als Julia später ins Bett ging, war ihre Mutter noch immer nicht da. Zunächst hatte sie mit Robert gemeinsam auf Christa warten wollen, aber er hatte sie gebeten, schlafen zu gehen. Schließlich schrieb sie am nächsten Tag eine wichtige Klassenarbeit und musste ausgeschlafen sein. Sie wollte keine schlechte Note schreiben, das kam nicht infrage. Doch Julia kam nicht zur Ruhe.

Schlaflos wälzte sie sich in ihrem Bett hin und her und verfiel erst nach langer Zeit in einen unruhigen Schlaf.

Mitten in der Nacht wurde sie von Stimmen aufgeschreckt. Sie schlüpfte aus dem Bett, öffnete leise ihre Schlafzimmertür und beugte sich vorsichtig über das Treppengeländer. Im Wohnzimmer brannte Licht. Julia konnte Roberts aufgebrachte Stimme hören.

„Du hättest wenigstens anrufen können", rief er. „Ich habe mir solche Sorgen gemacht, dass etwas passiert sein könnte."

Christa lachte. „Ach, Robert, ich bin doch kein Kind mehr", entgegnete sie. „Du bist schon genau wie Julia. Sie macht sich auch immer Sorgen, wenn ich mal ein paar Minuten später komme."

„Ein paar Minuten?" Robert klang verärgert. „Es ist drei Uhr!"

„Na und?" erwiderte Christa. „Ich brauche eben manchmal ein bisschen Freiraum, das musst du verstehen. Sonst ersticke ich noch."

Julia schreckte zurück, als sie sah, dass Robert aus dem Wohnzimmer stürzte und auf die Treppe zulief, die in den ersten Stock führte. „Wenn das so ist, möchtest du vielleicht lieber den Rest der Nacht in deinem Zimmer schlafen", stieß er mit gepresster Stimme hervor. „Anscheinend bekommst du ja an meiner Seite keine Luft mehr." Er stürmte die Treppe hinauf und verschwand in dem Schlafzimmer, das er sich bisher mit Christa geteilt hatte.

„Robert, so hab ich das nicht gemeint", rief Christa

ihm hinterher, rannte die Treppe hinauf und rüttelte an der Schlafzimmertür.

Heimlich schlüpfte Julia zurück in ihr Zimmer, ließ sich auf ihr Bett fallen und zog die Decke über die Ohren. Sie wollte nichts mehr hören von dem Streit zwischen ihrer Mutter und Robert. Bestimmt war es nur eine kleinere Reiberei – so wie die letzte Auseinandersetzung. „So was kommt in jeder Beziehung mal vor, Jackie", flüsterte sie. Doch in dem Moment fiel ihr wieder ein, dass der Labrador in dieser Nacht gar nicht in ihrem Zimmer schlief. Er war bei Robert im Wohnzimmer geblieben, als der auf ihre Mutter gewartet hatte.

Morgens ging Julia zu Christas Zimmer. Sie hoffte, ihre Mutter *nicht* dort vorzufinden, doch als sie leise die Tür öffnete und einen Blick in den Raum warf, sah sie, dass Christa auf der Couch lag und schlief. Traurig betrachtete Julia sie einen Moment lang. Also hatten Robert und ihre Mutter sich tatsächlich nicht mehr ausgesöhnt. Dabei hatte Julia sich nichts sehnlicher gewünscht, als dass es zwischen den beiden wieder so war wie vorher.

Als sie wenig später in die Küche kam, fand sie auf der Anrichte neben einer benutzten Kaffeetasse einen Zettel. „Musste früh weg, liebe Grüße Robert", stand darauf. Julia ließ sich auf einen Stuhl fallen. Sie hatte sich danach gesehnt, dass sie an diesem Morgen alle zusammen am Frühstückstisch sitzen würden – so wie immer, als hätte es in der Nacht keine Auseinandersetzung gegeben. Als wäre all das nur ein böser Traum gewesen, den ihre Mutter schnell mit ihrem fröhlichen Lachen ungeschehen gemacht hätte. *Vergeben und vergessen,* das hatte Christa doch vor einiger Zeit gesagt. Aber würde auch Robert so schnell vergeben und vergessen können wie ihre Mutter?

Christa bemühte sich in den nächsten Tagen sehr, das gute Einvernehmen zwischen sich und Robert wiederherzustellen. Abends kam sie überpünktlich nach Hause und brachte jedes Mal eine kleine Aufmerksamkeit für Robert mit, über die er sich sonst immer so sehr gefreut hatte. Doch jetzt nahm er sie verhalten lächelnd zur Kenntnis und verzog sich wortlos in sein Arbeitszimmer.

„Mach dir keine Sorgen, er beruhigt sich schon", erklärte Christa Julia. Natürlich hatte sie Julias ängstliche Miene längst bemerkt. „Männer sind manchmal ein bisschen empfindlich." Sie lachte. „Da halten wir Frauen viel mehr aus."

Aber ich will nichts mehr *aushalten,* hätte Julia am liebsten ausgerufen. Ich will endlich zur Ruhe kommen. Alles soll wieder so sein wie vor dem Streit. „Wo warst du eigentlich neulich abends, als du so spät nach Hause gekommen bist?" wollte sie wissen. Diese Frage geisterte ihr seit jenem Abend durch den Kopf, und sie musste ihre Mutter darauf ansprechen – vielleicht würde sie sie dann verstehen.

Im ersten Moment tat Christa so, als hätte sie die Frage nicht gehört. „Ach Gott, ich wollte nur auf einen Sprung bei Franz und seiner Freundin vorbei“, antwortete sie schließlich. „Die beiden haben sich beschwert, dass ich überhaupt keine Zeit mehr für sie habe. Franz hat Spielkarten ausgepackt. Ich habe noch zu ihm gesagt, dass ich nicht spielen will, weil ich nach Hause muss.“ Sie zuckte mit den Schultern. „Aber du weißt ja selbst, wie das ist. Wenn man einmal anfängt zu spielen, findet man einfach kein Ende mehr.“

Julia verstand zwar nicht, dass ihre Mutter wegen eines Abends bei Franz und seiner Freundin einen Streit mit Robert in Kauf genommen hatte, doch sie war auch erleichtert, dass Christa so gelassen reagierte. Wahrscheinlich maß sie selbst dem Streit viel zu viel Bedeutung zu. Ihre Mutter würde es sicher schaffen, Robert zu beruhigen. Und dann wäre alles wieder in Ordnung.

„Sag mal, stimmt irgendwas nicht?“ fragte Jenny eine Woche später nach der Schule und sah Julia verwirrt an. „Wir waren gestern Nachmittag im Zoo verabredet.“

Julia fuhr zusammen. „Tut mir Leid, ich hab’s ganz vergessen“, entgegnete sie und senkte den Blick. Sie hoffte, ihre Freundin würde nicht merken, dass sie geschwindelt hatte. Natürlich hatte sie die Verabredung nicht vergessen, aber sie war zu niedergeschlagen gewesen, um sich einen schönen Nachmittag zu machen. Ihre Mutter und Robert hatten beim Frühstück wieder einmal eisig geschwiegen – wie so oft in den vergangenen Tagen. Das alles wollte sie ihrer Freundin jedoch nicht erzählen, wollte sie nicht mit etwas belasten, das sie selbst nicht verstand.

„Vielleicht willst du ja nichts mehr mit mir zu tun haben“, überlegte Jenny. „Ich meine, wir sehen uns ja kaum noch.“

Julia schluckte schwer. Es tat ihr Leid, dass sie die Freundin in letzter Zeit so vernachlässigt hatte, doch sie war einfach nicht in der Lage gewesen, sich mit ihr zu treffen. All ihre Gedanken waren immer wieder um ihre Mutter und Robert gekreist und die Frage, was sie selbst tun könnte, um die beiden miteinander auszusöhnen. Bis jetzt hatte sie keine Antwort gefunden. Und nun wurde ihr klar, dass sie gerade dabei war, ihre Freundin zu verlieren.

Schnell ergriff sie Jennys Arm. „Komm, ich lade dich zum Eis ein“, schlug sie vor. „Hast du Lust?“

Jenny nickte. „Und ob.“ Lächelnd hakte sie sich bei der Freundin unter.

Langsam schlenderte Julia mit ihr davon. Sie war froh, dass Jenny nicht nachtragend war. Und mit einem Mal spürte sie Hoffnung in sich aufkeimen. Auch ihre Mutter und Robert würden sich bestimmt bald wieder vertragen. Dann würden sie nur noch darüber lachen, wie dumm sie gewesen waren, ihr gemeinsames Glück aufs Spiel gesetzt zu haben.

Julia und Jenny fanden einen Tisch draußen vor der Eisdiele, unter einem riesigen gelben Sonnenschirm.

„Such dir den größten Eisbecher aus, den es gibt“,

sagte Julia und deutete auf die Eiskarte, die in einem kleinen Metallständer stand.

„Hast du etwa im Lotto gewonnen oder so was?“ erwiderte Jenny lachend und entschied sich für ein Pfirsich-Eis mit viel Sahne.

„Das nehme ich auch“, sagte Julia zu dem jungen Italiener, der an ihren Tisch getreten war, um die Bestellung aufzunehmen.

„Hast du gemerkt, wie er dich angeschaut hat?“ fragte Jenny grinsend, als der Kellner verschwunden war.

Julia winkte verlegen ab. „Dich hat er angestarrt, nicht mich. Ich hab's genau gesehen.“

„Meinst du wirklich?“ Jenny lief rot an.

Als der junge Kellner wenig später mit ihren Eisbechern kam, senkten beide verschämt den Blick und murmelten ein leises „Danke!“. Erst als er wieder gegangen war, grinsten sie sich an und machten sich über ihr Eis her.

„Sag mal, hättest du Lust, in den Ferien mit mir und meinen Eltern ein paar Tage ans Meer zu fahren?“ fragte Jenny unvermittelt.

Überrascht blickte Julia die Freundin an. Die Sommerferien würden in zwei Wochen beginnen. Eigentlich hatte sie sich vorgestellt, dass sie mit ihrer Mutter und Robert wegfahren würde. Doch bisher hatten weder Christa noch Robert etwas zu diesem Thema gesagt.

„Ich hab bereits mit meiner Mutter gesprochen, und sie sagt, dass es okay wäre“, fügte Jenny hinzu.

„Ja, gerne“, entgegnete Julia schließlich. Sie freute

sich sehr über diese Einladung. „Ich muss aber erst noch meine Mutter fragen."

Jenny biss von ihrer Waffel ab. „Ach, deine Mutter hat bestimmt nichts dagegen", erwiderte sie. „Die ist echt nett. Sie erlaubt dir mit Sicherheit alles."

Julia nickte und lächelte. Vielleicht wäre Christa sogar froh, wenn sie endlich einmal ein paar Tage allein mit Robert wäre. Dann könnten sie sich in Ruhe aussprechen und wieder zueinander finden. „Ja, sie hat sicher nichts dagegen", bestätigte sie.

„Wahrscheinlich fahren wir nach Italien", fuhr Jenny verschmitzt fort und ließ ihren Blick umherschweifen. Offenbar war sie auf der Suche nach dem jungen Kellner. Plötzlich zuckte sie zusammen.

„Was ist los? Hat er dich angesehen?" fragte Julia neugierig und schaute verstohlen in die Richtung, in die auch Jenny starrte.

Robert stand auf der anderen Straßenseite. Doch er war nicht allein. Eine Frau war bei ihm. Und sie hatte ihre Arme um seinen Hals geschlungen.

„Ist das ... ich meine, ist das nicht der Freund deiner Mutter?" fragte Jenny entgeistert.

Julia hörte nicht, was ihre Freundin sagte.

Sie bemerkte auch nicht deren fassungslosen Blick.

Sie sah nur Robert, der sich gerade zu der Frau hinabbeugte und sie küsste ...

10. KAPITEL

Julia saß wie gelähmt da. Robert und die Frau waren längst verschwunden. Eng umschlungen waren sie weitergegangen. Julia starrte immer noch wie in Trance auf die Stelle, wo sie gestanden und sich geküsst hatten, innig und voller Leidenschaft.

„Soll ich dich nach Hause bringen?“ fragte Jenny mitfühlend.

Nach Hause? Es gab kein Zuhause mehr. Der Platz, an dem Julia die letzten Monate so glücklich gewesen war, an dem sie sich geborgen und geliebt gefühlt hatte, war jetzt das Haus eines Fremden. Und die Hoffnung, dass er die Stelle ihres Vaters einnehmen könnte, nach dem sie sich ihr ganzes Leben gesehnt hatte, war mit einem Schlag zunichte gemacht worden. Robert liebte eine andere Frau, nichts anderes konnte Julia nun mehr denken.

„Vielleicht ist das ja alles ganz anders“, sagte Jenny. „Ich meine, es muss doch nicht unbedingt was zu bedeuten haben“, versuchte sie, ihre Freundin zu trösten.

Julia wandte sich langsam zu Jenny um. „Meinst du?“ fragte sie leise.

Jenny nickte heftig. „Man sieht das in Filmen immer wieder. Und schließlich entschuldigt sich der Mann bei seiner Frau, und alles ist wieder okay.“

Jenny begleitete Julia nach Hause. „Ruf mich an, wenn du jemanden zum Reden brauchst, ja?“

Wortlos nickte Julia, ging ins Haus und schloss sich in ihrem Zimmer ein. Möglicherweise hatte das, was sie gesehen hatte, tatsächlich nichts zu bedeuten, so wie Jenny gesagt hatte. Vielleicht sollte sie Robert einfach fragen, was es mit dieser Frau auf sich hatte. Er würde bestimmt lachen und antworten: „Ach, das war doch nur eine alte Schulfreundin, die ich seit Ewigkeiten nicht mehr gesehen habe. Nichts von Bedeutung."

„Julia, kommst du zum Essen?" hörte sie plötzlich die Stimme ihrer Mutter. „Wir warten schon."

Wir, hatte sie gesagt. Also war Robert auch da. Wenn er diese andere Frau wirklich liebte, würde er jetzt mit Sicherheit nicht zu Hause sein, überlegte sie.

Als sie auf die Terrasse kam und sich an den Tisch setzte, erzählte Christa gerade von einem Gast, der sich in der letzten Nacht klammheimlich mit seinem Gepäck davongeschlichen hatte, ohne zu bezahlen. Vorher hätte er den Nachtportier angerufen und gesagt, dass er draußen auf der Straße verdächtige Geräusche gehört habe. „Und als der Portier nachgeschaut hat, muss der Gast sich durch die Hintertür aus dem Staub gemacht haben", erklärte Christa und schüttelte den Kopf. „Ganz schön dreist von diesem Kerl."

„Aber ihr habt doch seine Adresse, oder nicht?" fragte Robert.

„War gefälscht", antwortete Christa und berichtete, was sie danach unternommen hatten.

Julia hörte nicht mehr zu. Verstohlen warf sie einen

Blick zu Robert, der an diesem Abend ausgeglichen und gut gelaunt wirkte – eigentlich so wie früher.

„Entschuldigt mich bitte. Ich muss noch mal weg“, sagte Robert wenig später. Er stand auf, nickte Julia lächelnd zu und ging dann zu Christa, um ihr einen flüchtigen Kuss auf die Wange zu geben. „Du weißt ja, das neue Projekt.“

Christa runzelte die Stirn. „Ich dachte, das wäre längst abgeschlossen.“

Entschuldigend zuckte Robert mit den Schultern. „Da sind ein paar Probleme aufgetaucht, die ich mit meinem Kollegen besprechen muss.“ Er lief zur Terrassentür, während Christa sich abwandte und begann, das Geschirr zusammenzuräumen. „Ruf ihn doch an. Er kann ruhig auch mal herkommen. Warum sollst du immer zu ihm fahren“, rief sie über die Schulter.

Julia bemerkte, dass Robert zusammenzuckte und blass wurde. „Ich ... beim nächsten Mal. Jetzt muss ich wirklich los.“

Nachdem er gegangen war, schüttelte Christa den Kopf. „Männer“, murmelte sie. „Wahrscheinlich will er mit seinem Kollegen nur um die Häuser ziehen.“ Sie lachte. „Als ob ich das nicht verstehen würde. Schließlich braucht Robert auch ein bisschen Zeit für sich.“

Entgeistert starrte Julia ihrer Mutter hinterher, als sie das Geschirr in die Küche brachte. Roberts verwirrte und schuldbewusste Miene gerade eben hatte ihr klar gemacht, dass er zu der anderen Frau ging. Er hatte ihre

Mutter angelogen. Und sie hatte von all dem nichts mitbekommen. Wahrscheinlich war es nicht das erste Mal gewesen. In den letzten Wochen war er abends häufiger weg gewesen. Und selbst tagsüber hatte Julia ihn manchmal vergeblich in seinem Büro gesucht, obwohl er früher jeden Tag dort gearbeitet hatte, wenn sie aus der Schule gekommen war.

Ohne weiter darüber nachzudenken, stand sie auf und lief in die Küche. Sie musste ihrer Mutter erzählen, dass Robert eine andere Frau hatte. Julia hatte das Gefühl, keine Minute länger mit ihm unter einem Dach leben zu können. Doch als sie Christa fröhlich vor sich hin summen hörte, brachte sie es nicht über sich, ihr die Wahrheit zu sagen. Es würde ihrer Mutter das Herz brechen, wenn sie erfuhr, dass der Mann, dem sie vertraute und den sie liebte, sie belog und betrog.

Julia war froh, dass Robert in der nächsten Zeit nicht oft zu Hause war. Sah sie ihn zufällig einmal nachmittags in seinem Büro sitzen, verließ sie das Haus wieder und ging in den Zoo, um sich dort von ihren quälenden Gedanken abzulenken. Doch das Elefantenbaby, das sie bis vor Kurzem mit seinen tollpatschigen Späßen zum Lachen bringen konnte, stimmte sie im Augenblick nur noch trauriger, denn es erinnerte sie daran, wie glücklich Christa und Robert bei ihrem letzten gemeinsamen Besuch im Tierpark gewesen waren. All das war nun vorbei …

Die Sommerferien begannen. Julia hatte die Einladung

ihrer Freundin, gemeinsam mit ihr und ihren Eltern ans Meer zu fahren, nicht angenommen, weil sie das Gefühl hatte, ihre Mutter im Moment unmöglich im Stich lassen zu können. Zudem hätte sie diesen Urlaub ohnehin nicht genießen können. Sie vermisste ihre Freundin – Jenny war die Einzige, mit der sie über das, was sie so sehr belastete, reden konnte.

Für Julia wurde es von Tag zu Tag unerträglicher, mit ansehen zu müssen, wie Robert sich mehr und mehr von ihrer Mutter zurückzog. Christa hingegen schien von alldem nichts zu merken. Ganz im Gegenteil. Sie wirkte sogar froh, weil sie auf diese Weise ein bisschen mehr Freiraum, ein bisschen mehr Zeit für sich selbst hatte.

„Robert hat endlich eingesehen, dass ich mich nicht einengen lassen will“, sagte sie, als sie und Julia eines Abends auf der Terrasse saßen. „Es ist das reinste Gift für eine Beziehung, wenn man zu sehr aneinander klebt. Das hält kein Mensch auf Dauer aus.“ Abrupt hielt sie inne, als sie die traurige Miene ihrer Tochter bemerkte. „Was ist denn, mein Schatz? Warum bist du so bedrückt?“

Julia senkte den Blick. „Ich muss mit dir reden, Mama.“ Sie schluckte schwer. „Robert, ich meine …“ Julia wusste, dass sie ihrer Mutter endlich die Wahrheit sagen musste. Sie konnte es kaum noch ertragen, Christa in dem Glauben zu lassen, Robert würde sie lieben. Sie räusperte sich. „Robert … ich glaube, er hat eine andere …“

„Lass nur, Julia“, unterbrach Robert, der in diesem Augenblick auf die Terrasse gekommen war.

Erstaunt starrte Christa ihn an. „Ich dachte, du wärst bei deinem Kollegen."

„Es gibt keinen Kollegen, Christa. Ich ... ich bin bei einer anderen Frau gewesen, die ganze Zeit über."

Ungläubig blickte Christa ihn an. „Aber du hast doch arbeiten müssen ... an deinem neuen Projekt." Plötzlich begann ihre Unterlippe zu zittern. „Willst du damit sagen ..." Sie schüttelte den Kopf. „Nein, Robert, das *kann* nicht sein. Sag, dass das nicht wahr ist." Mit flehendem Blick schaute sie ihn an.

„Es tut mir so Leid, Christa. Aber ich kann dich nicht länger belügen. Ich liebe eine andere Frau."

Langsam stand Christa auf. Tränen liefen über ihre Wangen, doch sie schien es nicht einmal zu merken. Mit leerem Blick sah sie ihre Tochter an.

Julia sprang auf und nahm den Arm ihrer Mutter. „Komm, Mama", sagte sie leise und führte Christa, die hilflos auf den Boden starrte, in ihr Zimmer.

Lange saßen sie auf dem Bett und hielten sich gegenseitig aneinander fest. Die Tränen wollten nicht versiegen.

„Wo sollen wir jetzt bloß hin?" fragte Christa schließlich leise. „Ich kann doch nicht mehr hier bleiben ... bei diesem Mann." Ihre Stimme brach erneut.

„Wir finden schon was, Mama", erwiderte Julia.

„Warum macht er das?" schluchzte Christa. „Und ich dachte, er wäre glücklich mit mir." Erneut rannen Tränen über ihr Gesicht. „Hätte ich nur zu Anfang auf mein Gefühl gehört. Ich hab *gewusst*, dass das nicht gut gehen kann." Mit zitternder Hand fuhr sie sich über die Augen. „Ich darf einfach nicht glücklich werden. Immer wird mir jemand im Weg stehen."

Voller Angst sah Julia ihre Mutter an. „Bin ich dir im Weg, Mama? Kannst du deswegen nicht richtig glücklich werden?"

„Aber, Kind!" Erschrocken zog Christa ihre Tochter ganz fest an sich. „So etwas darfst du nicht einmal denken. Du bist alles, was ich habe." Sie strich Julia liebevoll übers Haar. „Du bist mir das Liebste auf der ganzen Welt, und das wird so bleiben, egal, was geschehen mag." Sie schluckte schwer. „Ich hätte viel darum gegeben, wenn meine Mutter mich ebenso geliebt hätte", sagte sie leise.

Fragend sah Julia sie an. „Hat sie dich denn nicht lieb gehabt?" Julia kannte ihre Großmutter nur von einigen Fotos, die Christa ihr früher einmal gezeigt hatte. Sie war eine schöne Frau gewesen, die stolz, aber auch ein wenig distanziert in die Kamera geschaut hatte.

„Sie hat nur sich selbst geliebt", entgegnete Christa. „Für mich blieb da nicht viel übrig."

Die Worte ihrer Mutter schmerzten Julia. Bisher hatte sie einfach angenommen, dass Christa eine glückliche Kindheit gehabt hatte. Und mit einem Mal musste sie erkennen, dass sie offenbar sehr unter der Gefühlskälte ihrer Mutter gelitten hatte. In diesem Augenblick wurde Julia bewusst, wie schrecklich es für Christa sein musste, auf ihrer Suche nach Liebe wieder einmal maßlos enttäuscht worden zu sein. „Lass uns schnell weg von hier, Mama, ganz weit weg, damit du das alles vergessen kannst“, wisperte Julia. Sie wollte ihrer Mutter beistehen, wollte ihr den Schmerz nehmen und sie auffangen. Doch tief in ihrem Inneren wusste sie, dass es nichts gab, was Christa trösten konnte.

In den nächsten Tagen verfiel Christa in hektische Aufbruchstimmung. Sie hatte ihre Freundin Renate angerufen, die früher mit ihr zusammen als Stewardess gearbeitet hatte. Auch wenn sie in den letzten Jahren kaum Kontakt miteinander gehabt hatten, freute Renate sich über den Anruf und konnte den Besuch der beiden nicht mehr erwarten.

„Wo wollt ihr denn hin?“ fragte Robert, als Christa und Julia in aller Eile ihre Sachen packten.

„So weit weg wie möglich von dir“, erwiderte Christa kalt. Sie wollte ihm nicht sagen, dass sie nach Toronto fliegen würden, denn sie wollte auf keinen Fall, dass er sich noch einmal bei ihr meldete.

Und schließlich, nachdem alles geregelt war, verließen sie Roberts Haus – zum letzten Mal.

Julia drehte sich nicht mehr um, obwohl sie wusste, dass Robert mit hängenden Schultern in der Tür stand. Aber sie konnte ihm nicht mehr in die Augen sehen. Entschlossen stieg sie mit ihrer Mutter in das Taxi, das draußen wartete, um sie zum Flughafen zu bringen.

Erst als sie losgefahren waren und Julia daran dachte,

dass sie sich nicht einmal von dem Labrador verabschiedet hatte, stiegen Tränen in ihr auf.

Renate holte Julia und Christa in Toronto am Flughafen ab. Voller Freude umarmte sie Christa. „Schön, dass ihr da seid“, sagte sie fröhlich und nahm auch Julia in die Arme.

Julia fand die große, schlanke Frau mit den kurzen blonden Haaren auf Anhieb sympathisch. Sie hatte ein warmes Lächeln, und die kleinen Fältchen um ihre Augen verrieten, dass sie gern und viel lachte.

Renate schnappte sich Julias und Christas Koffer und stellte sie auf ein Wägelchen. Als sie den Flughafen verließen, schlug ihnen schwülwarme Hitze entgegen.

Renate zuckte mit den Schultern. „Daran gewöhnt ihr euch schnell“, sagte sie lachend. „Im Sommer ist es hier oft wie im Backofen. Aber mit der passenden Kleidung“, sie deutete auf ihr leichtes Sommerkleid und die weißen Turnschuhe, „lässt es sich aushalten.“

Sicher lenkte Renate ihren Wagen durch die überfüllten Straßen der Millionenmetropole und hielt schließlich vor einem roten Haus aus der Gründerzeit, das einen kleinen, gepflegten Vorgarten hatte. Im Haus selbst war es angenehm kühl.

„Klimaanlage“, bemerkte Renate. „Sonst erträgt man die Hitze nicht.“ Sie führte Julia und Christa in ein geräumiges Gästezimmer, das zum Garten hinausging. „Ihr wollt euch bestimmt erst mal ein bisschen ausruhen“, sagte sie.

Christa lächelte. „Früher hat mir die Fliegerei nicht so viel ausgemacht“, seufzte sie und ließ sich auf das breite Bett fallen.

Auch Julia legte sich hin, obwohl sie eigentlich viel zu aufgeregt war, um sich ausruhen zu können. Sie freute sich darauf, die Stadt kennen zu lernen – auch wenn die Umstände, die sie hierher geführt hatten, alles andere als erfreulich gewesen waren. Dennoch nahm sie sich vor, das Beste daraus zu machen, um die schmerzlichen Erlebnisse der letzten Tage so schnell wie möglich zu vergessen. Und sie hoffte, dass es ihrer Mutter ebenfalls bald gelingen würde, Robert spurlos aus ihrem Gedächtnis zu streichen.

Abends saßen sie auf Renates Terrasse zusammen und ließen sich die gegrillten Steaks mit Folienkartoffeln und Salat schmecken.

„Lebst du ganz allein hier?“ fragte Julia neugierig. Renate hatte ihnen vor dem Essen das zweistöckige Haus gezeigt.

„Ja, seit vier Monaten“, erwiderte sie. „Vorher hat mein Freund mit mir gemeinsam hier gewohnt, aber leider hat es zwischen uns nicht mehr geklappt.“ Sie zuckte mit den Schultern. „So ist das eben manchmal.“

Verstohlen betrachtete Julia sie. Renate wirkte ganz und gar nicht bedrückt, sondern vielmehr ausgeglichen und zufrieden. Vielleicht würde sie mit ihrer Art Christa ein wenig helfen können, über die Enttäuschung hinwegzukommen. Denn Julia hatte das Gefühl, dass sie selbst im Augenblick all ihre Kraft für sich brauchte, um mit ihrer Trauer über das verlorene Familienleben mit Robert fertig zu werden.

„Du scheinst diesen Mann ja wirklich geliebt zu haben“, sagte Renate mitfühlend, als Christa wenig später unvermittelt in Tränen ausbrach.

Julia merkte, dass Renate ihr einen aufmunternden Blick zuwarf. In diesem Moment wusste sie, dass es richtig gewesen war, hierher zu kommen.

Am nächsten Tag schlenderte Renate mit Julia und Christa durch die Stadt. Julia war fasziniert von den vielen Menschen, die aus aller Herren Länder stammten und hier, wie Renate erzählte, friedlich miteinander lebten und sich gegenseitig respektierten.

Vor dem CN-Tower, mit seinen 553 Metern das höchste freistehende Gebäude der Welt, reihten sie sich in die lange Schlange der Touristen ein. Schließlich bestiegen sie einen der vier gläsernen Fahrstühle, die außen an dem Tower angebracht waren und rasten in atemberaubender Geschwindigkeit hinauf bis zu der ersten der beiden Aussichtsplattformen, die etwa 350 Meter über dem Boden lag.

Julia wagte sich dort auf den Glasboden, um den Schwindel erregenden Ausblick auf den tief unter ihnen liegenden Sky Dome zu genießen. Das bewegliche Dach dieser Vergnügungsstätte war geöffnet und gab den Blick frei auf das Footballteam von Toronto. Die Spieler, die über das riesige Feld liefen und sich mit ihren Gegenspielern einen heftigen Kampf lieferten, sahen aus wie winzige Ameisen.

Später spazierten sie durch den Hafen, und Renate deutete auf ein großes, altes Backsteingebäude. „In diesem Haus wurden früher Unmengen an Eis gelagert. Als es noch keine Kühlschränke gab, konnten sich die Menschen hier Eisblöcke für daheim abholen, um ihre Lebensmittel zu kühlen."

Draußen im kleinen Garten des Restaurants Pier 4 tranken sie einen kalten Ananassaft, und Julia bestaunte den knallbunten Hippo Bus, ein Amphibienfahrzeug, das langsam durch den Hafen fuhr. Im Hintergrund lagen riesige Tanker, ein Stück daneben zahllose Yachten und Segelboote.

„Hier könnte ich, glaube ich, auch leben", sagte Julia, als sie gegen Abend erschöpft, aber zufrieden nach Hause kamen.

Renate lächelte. „Warum nicht. Du könntest ja in den Ferien einen Englischkurs in Toronto machen. Platz genug hab ich für euch beide. Im zweiten Stock stehen sowieso noch zwei Zimmer leer. Und bevor die Waschbären da einziehen …"

Julia lachte. Renate hatte erzählt, dass die Waschbären manchmal nachts die Abfalleimer plünderten, die vor den Häusern standen.

„Was hältst *du* von der Idee?" fragte Renate und sah Christa gespannt an. „Früher, als wir zusammen um die

Welt geflogen sind, waren wir schließlich ein großartiges Team – wenn nicht sogar das beste."

Julia merkte, dass Renate immer wieder versuchte, ihre Mutter aufzuheitern.

„Ich weiß nicht, vielleicht", entgegnete Christa unentschlossen. „Es ist doch sowieso egal, wo ich bin. Schief geht es auf jeden Fall." Sie schwieg einen Moment und starrte gedankenverloren vor sich hin. „Ich bin einfach nicht fähig, einen Mann länger als zwei oder drei Monate zu halten."

Renate stemmte die Hände in die Hüften. „Nun ja, ganz leicht haben es die Männer mit *dir* sicher auch nicht. Aber warum gibst du dir die ganze Schuld? Damit kommst du nicht weiter. Robert hat *dich* betrogen – nicht umgekehrt."

Christa fuhr sich verstohlen über die Augen. „Aber nur deshalb, weil ich mich nicht so festlegen lassen wollte, wie er sich das gedacht hat. Das hat er mir jedenfalls gesagt. Deshalb hat er sich für diese andere Frau entschieden, die bereitwillig seinen Wunsch nach Familie erfüllen will."

Ärgerlich schlug Renate mit der Faust auf den Tisch. „Und das gibt ihm also das Recht, dich zu belügen und zu betrügen? Verdammt, Christa, wach endlich auf und steh zu dem, was du willst!"

Julia blickte Renate überrascht, aber auch ein wenig fassungslos an. So deutlich hatte mit ihrer Mutter noch nie jemand gesprochen. Bis jetzt hatte Christa mit ihrem

Charme und ihrer oft überschäumenden Lebensfreude die Menschen immer wieder auf ihre Seite gezogen – jeder hatte sie gemocht und ihr beinahe alles verziehen. Sie besaß die Fähigkeit, andere Menschen um den kleinen Finger zu wickeln. Und wenn es tatsächlich einmal zu Streitigkeiten gekommen war, hatte Christa die drohende Auseinandersetzung gemieden, indem sie sich einfach aus dem Staub gemacht hatte. Bei Renate schien diese Masche nicht zu ziehen …

Beleidigt sah Christa die Freundin an. „Wenn du alles besser weißt, dann erklär mir doch mal, warum du in diesem großen Haus ganz allein lebst."

Entgeistert starrte Julia ihre Mutter an. Wie konnte sie Renate derart angreifen? Diese Frau hatte sie so herzlich aufgenommen. Was war nur in Christa gefahren?

„Denk dir nichts", flüsterte Renate, die Julias Blick sehr wohl bemerkt hatte, ihr vergnügt zu. „Wir beide haben uns früher oft in den Haaren gelegen. Und fünf Minuten später war alles wieder vergessen." Sie lachte auf. „Weißt du noch, Christa, wie tödlich beleidigt ich war, als du mir bei unserem Zwischenstopp in Guadalajara diesen Mexikaner hast ausreden wollen?"

Christas Augen blitzten. „Der war nun wirklich nichts für dich. Ein Taxifahrer mit einem extrem schlechten Geschmack. Dieses rosa Hemd mit den bunten Kanarienvögeln drauf." Bei der Erinnerung an ihn schüttelte sie sich.

„Aber er hatte wunderschöne schwarze Augen und

die tiefste Stimme, die ich je gehört habe", schwärmte Renate und zwinkerte Julia zu.

„Und deshalb hast du mit ihm drei Mal die Stadt umrundet. Das hat ein Vermögen gekostet." Christa lachte schallend. „Nur gut, dass ich dich irgendwann aus dem Auto gezerrt habe, sonst würdest du heute noch mit ihm durch die Stadt fahren."

„Und arm sein wie eine Kirchenmaus – aber eine glückliche Kirchenmaus", fügte Renate verschmitzt hinzu. Sie klatschte in die Hände und stand auf. „Ich weiß nicht, was ihr noch vorhabt, doch ich geh jetzt ins Bett. Morgen warten fünfzehn Bayern in Lederhosen und Dirndln auf mich, um die Stadt zu besichtigen."

Julia wusste, dass Renate als Reiseleiterin arbeitete und deutschen Touristen die Stadt und die Umgebung von Toronto zeigte. „Darf ich vielleicht mit?"

„Aber klar", erwiderte Renate. „Ich weck dich morgen früh um halb sieben. Dich auch Christa?"

Mit gespieltem Entsetzen winkte Christa ab. „Ich brauch meinen Schönheitsschlaf, so, wie ich im Moment aussehe."

„Großartig", riefen Julia und Renate gleichzeitig.

Julia bereitete am nächsten Morgen gerade das Frühstück in der Küche vor, als Renate hereinkam. „Ich konnte nicht mehr schlafen", sagte Julia und deutete auf den gedeckten Tisch. „Hoffentlich hast du nichts dagegen, dass ich schon mal alles hingestellt habe."

Renate fuhr sich durch die zerzausten Haare. „Aber nein“, erwiderte sie gähnend. „Mir hat seit Ewigkeiten niemand mehr Frühstück gemacht. Ich könnte mich glatt daran gewöhnen.“

Eine Stunde später holten sie die Reisegruppe vor dem Hotel ab. Renate stellte Julia als ihre Assistentin vor und erklärte, dass sie sich an diesem Tag erst einmal einige der herausragendsten Plätze und Sehenswürdigkeiten anschauen würden. „Man kann sich kaum vorstellen, dass diese Stadt mit ihren insgesamt viereinhalb Millionen Einwohnern noch in den fünfziger Jahren ein verschlafenes Provinzstädtchen gewesen ist“, erzählte sie. „Heute werden hier mehr als hundert Sprachen und Dialekte gesprochen.“ Sie deutete auf die steil aufragenden Wolkenkratzer, deren unzählige Fenster in der Sonne glitzerten. „Und Toronto gilt heute als die Metropole der Hochfinanz und Treffpunkt der internationalen Gesellschaft.“

Sie gingen weiter zur Union Station, dem Bahnhof von Toronto, und bewunderten in der hohen Schalterhalle mit den riesigen Bogenfenstern all die Städte, die dort aufgelistet waren und zu denen die Eisenbahn früher gefahren war.

„Den Bahnhof kann man übrigens auch unter der Erde erreichen“, fuhr Renate fort. „Toronto hat ein zehn Kilometer langes System von unterirdischen Wegen, die Geschäfte, Hotels, Kinos und Theater miteinander verbinden, damit die Menschen hier in den endlosen, harten Wintern keine kalten Füße bekommen.“

„Wird es denn wirklich so kalt hier?" fragte ein junger Mann und sah Julia neugierig an.

„Ich glaube schon", erwiderte sie verlegen und wandte sich Hilfe suchend an Renate.

„Eisig wird es, mit viel Schnee", sagte sie lachend. „Da ist jeder froh, wenn er unter der Erde im Warmen ist." Sie deutete auf ein rotes Backsteingebäude, das die Form eines Bügeleisens hatte, eingerahmt von hohen Wolkenkratzern. „Das alte Bügeleisenhaus gehörte einem Mann, der eine Schnapsbrennerei hatte und ab und zu Geschäfte mit Al Capone machte", erzählte sie und führte die Gruppe durch den St. Lawrence Market, eine riesigen Halle, in der es unzählige Arten an Fisch, Fleisch, Käse, Gemüse und Obst gab. „Wir müssen unbedingt mal herkommen und einkaufen, wenn ich wieder frei habe", flüsterte Renate Julia zu.

Das Eaton Centre, ein vierstöckiges Einkaufszentrum mit einem gewölbten Glasdach, unter dem mehr als dreihundert Geschäfte angesiedelt waren, verschlug den Teilnehmern der Stadtführung glatt den Atem. „Bis zu einer Million Menschen passen hier herein", erklärte Renate. „Benannt ist es nach dem irischen Einwanderer Timothy Eaton, der 1869 an dieser Stelle einen Gemischtwarenladen eröffnete. Und die Yonge Street, an der dieses wunderschöne Einkaufszentrum liegt, ist mit ihren mehr als eintausendachthundert Kilometern die längste Straße der Welt."

Zum Abschluss fuhren sie auf den CN-Tower, um die

Stadt von oben zu besichtigen. Als der junge Mann, der Julia immer wieder neugierig gemustert hatte, sie jetzt fragte, wie schnell der Aufzug in die Höhe raste, konnte sie ihm gleich die Antwort geben. „365 Meter pro Minute", erklärte sie mit leuchtenden Augen.

„Morgen geht es zu den weltberühmten Niagara-Falls", sagte Renate, als sie sich am späten Nachmittag von der Gruppe verabschiedeten. „Ich kann Ihnen nur nahe legen, eine Regenjacke mitzunehmen – es könnte ein bisschen nass werden."

Zu Hause bei Renate wartete Christa bereits mit einem köstlichen Chili con Carne auf die beiden Frühaufsteher. „Ich bin ein bisschen herumgelaufen und habe eingekauft", erzählte sie. „Die Menschen sind wahnsinnig freundlich und hilfsbereit." Sie füllte die Teller und setzte sich anschließend ebenfalls an den großen Holztisch in der Küche. „Und wie war euer Tag?"

„Toll!" schwärmte Julia. „Du musst dir unbedingt mal die Old City Hall ansehen. Das ist das alte Rathaus. Und das Einkaufszentrum." Abrupt unterbrach sie sich und blickte Christa an.

Doch ihre Mutter lachte. „Keine Angst. Ich halte unser Geld zusammen. Schließlich wollen wir Renate ja nicht auf der Tasche liegen." Fragend sah sie die Freundin an. „Ist es eigentlich schwer, hier einen Job zu finden?"

Renate schüttelte den Kopf. „Du findest bestimmt leicht etwas." Sie lächelte. „Deine Tochter ist sozusagen schon bei mir eingestellt. Natürlich nur, wenn du willst …“, sagte sie mit Blick auf Julia. „Du könntest ein bisschen was zu den Niagarafällen erzählen.“

Julia nickte heftig. „Aber ich muss noch mehr wissen, damit ich auch was antworten kann, wenn die Leute mich fragen.“

Nach dem Essen setzte Julia sich voller Tatendrang mit Renates Reiseführer auf die Terrasse, während ihre Mutter zusammen mit der Freundin die Küche aufräumte.

„Ich hab nie verstanden, dass du damals deinen Job beim Bodenpersonal einfach hingeschmissen hast“, hörte sie Renates Stimme durch das offene Fenster. „Da hättest du eine sichere Stelle gehabt und müsstest dich nicht ständig mit diesen Aushilfsjobs herumschlagen.“

„Na und?“ erwiderte Christa. „Was ist daran so verkehrt? Man lernt ständig neue Menschen kennen. Außerdem weißt du genau, dass ich nichts mehr hasse, als die immer gleiche Routine.“

Einen Augenblick war es still. Schließlich fuhr Renate fort: „Ich glaube, für deine Tochter wäre es aber ganz gut, wenn sie mal ein bisschen mehr Beständigkeit hätte. Meinst du nicht auch?“

Christa lachte. „Ach, Renate, du kannst manchmal richtig spießig sein. Julia zieht genauso gern durch die Welt wie ich. Sie hat sich nicht ein einziges Mal darüber beklagt, wenn wir umgezogen sind.“

Weil das nichts geändert hätte, dachte Julia und überlegte einen Moment lang, wie ihr Leben wohl verlaufen wäre, wenn sie eine Frau wie Renate als Mutter gehabt hätte. Es wäre vielleicht ein ruhigeres, doch bestimmt kein langweiliges Leben gewesen – so wie ihre Mutter vermutete. Und vor allem hätte sie sich nicht immer wieder von Menschen trennen müssen, die ihr wichtig geworden waren.

„Na, mein Schatz, bist du schon fit für eure Tour morgen?“ erkundigte sich Christa, die gerade auf die Terrasse getreten war.

Als Julia das lächelnde Gesicht ihrer Mutter sah, schob sie ihre trüben Gedanken schnell beiseite. Nein, sie wollte kein anderes Leben, entschied sie. Selbst wenn es manchmal schwierig gewesen war, hatten sie und Christa doch so unsagbar viel Schönes miteinander erlebt. Und diese Erinnerungen und Erlebnisse, die sie gemeinsam erfahren hatten, waren die Mühen wert gewesen.

„Willst du morgen nicht mitkommen zu den Niagarafällen?“ fragte Julia ihre Mutter.

„Eine gute Idee“, stimmte Renate zu, die sich zu ihnen auf die Terrasse gesellte. „Was willst du denn sonst den ganzen Tag allein machen?“

„Ach, mir fällt schon was ein“, entgegnete Christa. „Ich bin noch nicht so weit, dass ich so viele Menschen um mich haben könnte“, fügte sie mit traurigem Unterton in der Stimme hinzu.

Julia wusste, dass ihre Mutter an Robert dachte. Auch sie selbst hatte seit ihrer überstürzten Abreise oft an ihn denken müssen und gespürt, wie verletzt und enttäuscht sie war. Aber sie hatte beschlossen, sich von diesem Gefühl der Enttäuschung nicht unterkriegen zu lassen. Schließlich musste das Leben weitergehen – auch *ohne* Robert.

Renate sah Christa mitfühlend an. „Ich versteh dich ja. Aber du darfst dich nicht vergraben. Und es kann sicher nicht schaden, wenn du mal auf andere Gedanken kommst." Sie setzte sich neben Julia auf die Holzbank und legte den Arm um deren Schultern. „Außerdem willst du doch bestimmt nicht Julias großen Auftritt verpassen."

Julia nickte und blickte Renate mit strahlendem Lächeln an. Sie war ihr dankbar, dass sie sich so um Christa bemühte. Denn sonst, wenn ihre Mutter niedergeschlagen und bedrückt gewesen war, hatte Julia sie immer getröstet und versucht, sie wieder aufzurichten. Nun merkte sie, wie gut es tat, endlich einmal nicht die ganze Verantwortung allein tragen zu müssen. „Aber du hilfst mir, wenn ich morgen nicht mehr weiterweiß, oder?" Julia sah Renate mit großen Augen an.

Renate drückte sie kurz an sich. „Aber natürlich helfe ich dir. Ich lass dich nicht allein."

Christa wandte sich ab. „Ich glaube nicht, dass ich mitkomme. Ich stör eh nur. Ihr beide kommt ohne mich bestens zurecht. Was soll ich denn da …"

Sie wollte zurück ins Haus gehen, aber Renate sprang auf und hielt sie am Arm fest. „Du wirst doch jetzt nicht eifersüchtig sein, nur weil Julia und ich gut miteinander auskommen, oder?"

Christa versuchte, sich aus Renates Griff zu lösen. „Lass mich bitte in Ruhe. Du verstehst nicht, was ich gerade durchmache."

Doch Renate hielt Christas Arm fest umklammert und drückte sie auf einen Stuhl. „Und ob ich dich verstehe. Oder glaubst du etwa, ich hätte Freudensprünge gemacht, als David mich hier von einem Tag auf den anderen mit diesem riesigen Haus hat sitzen lassen. Ich hab jede Nacht geheult wie ein Schlosshund. Und tagsüber bin ich mit einer Sonnenbrille herumgelaufen, damit niemand meine verquollenen Augen sieht." Eindringlich blickte sie Christa an. „Ich habe niemanden gehabt, der mich getröstet hat so wie du. Deine Tochter versucht ihr Bestes, um dir beizustehen. Tu du ihr wenigstens den Gefallen, morgen mitzufahren. Das ist das Mindeste, das du ihr zurückgeben kannst."

Julia sah, dass Ärger in der Miene ihrer Mutter aufflammte. Christas Blick schweifte zu ihr. Und plötzlich brach Christa in Tränen aus. „Entschuldige, Julia. Ich hab nur an mich gedacht und wie weh mir die Trennung tut. Dabei hast du Robert auch gern gehabt." Sie fuhr sich über die Augen und starrte gedankenverloren vor sich hin. Schließlich schaute sie zu Renate hoch, die neben dem Stuhl stand. „Hast du die Sonnenbrille noch?" fragte sie mit schiefem Lächeln. „Falls ich morgen eine brauchen sollte – wenn wir zu den Niagarafällen fahren."

Mit einem kleinen Reisebus brachen sie am nächsten Morgen auf und fuhren über eine endlos lang erscheinende Straße, die sich schnurgerade durch die Landschaft zog, an unzähligen großen Trucks vorbei.

„Ist es noch weit bis zu den Niagarafällen?" fragte eine Frau aus der Reisegruppe nach einer halben Stunde ein wenig ungeduldig.

Renate, die vorne bei dem Busfahrer saß, lachte. „Nur ein Katzensprung. In etwa einer halben Stunde sind wir da. Ich weiß, weil der Bus nicht so schnell ist und die Straßen sich kilometerweit ohne jede Kurve durch die Landschaft ziehen, kommt einem die Fahrt manchmal unendlich lang vor. Aber die Menschen, die hier leben, sind ganz andere Strecken gewohnt. Sie wissen vielleicht, dass Kanada nach Russland das zweitgrößte Land der Erde ist. Bei einer Reise von Ost nach West muss man allein sechs Zeitzonen durchqueren."

Schließlich erreichten sie das idyllische Städtchen Niagara-on-the-Lake. Sie schlenderten durch die Straßen, die mit Bäumen gesäumt waren, und fühlten sich beim Anblick der wunderschönen alten Ziegelhäuser, die mit weißem Holz verkleidet waren, beinahe ins neunzehnte Jahrhundert zurückversetzt. Eine alte Pferdekutsche, auf der ein Kutscher in schwarzem Livree saß, fuhr langsam über die gepflasterte Straße. Der Kutscher grüßte freundlich, als er an der Reisegruppe vorbeifuhr. Alles wirkte wie aus einem lang vergangenen Märchen einfach zauberhaft.

Renate erzählte, dass sich im frühen neunzehnten Jahrhundert neben den Franzosen vor allem britische Einwanderer angesiedelt hatten.

„Und jetzt bitte die Regenjacken anziehen“, sagte Renate lachend, als der Bus wenig später auf einem der riesigen Parkplätze bei den Niagarafällen angehalten hatte.

Julia und Christa schlüpften in ihre Jacken, während ein Mann aus der Reisegruppe verschmitzt lächelnd den Kopf schüttelte. „So schlimm wird es schon nicht werden“, wiegelte er ab. Doch als sie auf dem Table Rock standen, einem Aussichtspunkt, dessen Promenade direkt über den Wasserfall führte, war er von den aufpeitschenden Fluten innerhalb kürzester Zeit von Kopf bis Fuß durchnässt.

Fasziniert bestaunten sie die tobenden Wassermassen, die im Halbkreis über die kanadischen Horseshoe Falls und die daneben liegenden American Falls in einen tiefen Kessel stürzten.

„Hundertsiebzig Millionen Liter Wasser stürzen in einer Minute die Niagarafälle hinunter“, rief Julia und hoffte, dass die anderen sie bei dem ohrenbetäubenden Lärm der Wasserfälle überhaupt verstehen konnten. Sie war froh, dass alle von dem gigantischen Schauspiel abgelenkt waren und daher nicht merkten, wie aufgeregt sie bei ihrer ersten kleinen Führung war. „Und das“, schrie sie und deutete auf die kleinen Boote, die sich tief unter ihnen tapfer durch die wilden Gewässer kämpften, „sind die Maid-of-the-Mist-Boote. Und auf der anderen Seite, wo der große Ballon über dem Wasser schwebt, ist schon Amerika.“

„Toll“, rief Christa und klatschte begeistert in die Hände. Von ihrer gedrückten Stimmung war nichts mehr übrig. Sie zog Julia in ihre Arme. „Ich bin stolz auf dich, mein Schatz“, sagte sie und gab ihr einen Kuss auf die Wange.

Auch Renate nickte Julia anerkennend zu.

In den nächsten beiden Wochen begleitete Julia Renate jedes Mal, wenn sie mit den Reisegruppen unterwegs war. Sie besuchten unter anderem die kleine Stadt Kitchener, in der sich früher überwiegend deutschstämmige Einwanderer angesiedelt hatten. „Es waren hauptsächlich Mennoniten“, erklärte Julia, während die Gruppe über den Farmer's Market schlenderte, auf dem die dunkel gekleideten Angehörigen der Freikirche neben ihren schlichten Pferdewagen ihre Stände aufgebaut hatten und ihre Waren verkauften.

„Bald kannst du die Tour allein führen“, bemerkte Renate auf dem Heimweg, nachdem sie Julia, wie an jedem Tag, für ihre Arbeit ein Taschengeld zugesteckt hatte. „Und ich brauche kein Wort mehr zu sagen“, fügte sie lachend hinzu.

Julia war stolz, und es machte ihr unglaublich viel Spaß, den deutschen Touristen die geschichtlichen Hintergründe und Informationen zu vermitteln, die sie von Renate oder aus deren Büchern erworben hatte. „Vielleicht in zwei oder drei Jahren“, entgegnete Julia lächelnd. „Im Moment bin ich noch ganz froh, dass du mir hilfst, wenn ich nicht weiterweiß.“

„Christa kann sich wirklich glücklich schätzen mit dir“, sagte Renate. Nachdenklich betrachtete sie Julia von der Seite. „Eigentlich habe ich mir immer Kinder gewünscht, aber irgendwie hat sich das nie ergeben“, fügte sie mit Bedauern in der Stimme hinzu.

„Du könntest doch jetzt noch ein Kind kriegen“, erwiderte Julia, die von ihrer Mutter wusste, dass Renate vor zwei Monaten ihren fünfunddreißigsten Geburtstag gefeiert hatte.

Renate lachte. „Da müsste ich erst mal den richtigen Mann treffen – der hat bisher aber leider noch nicht bei mir geklingelt.“

Verstohlen blickte Julia sie an. Sie konnte nicht verstehen, dass eine attraktive Frau wie Renate keinen Mann fand.

„Du denkst gerade bestimmt, dass ich gar nicht so übel aussehe, nicht wahr?“ Renate warf Julia einen forschenden Blick zu und lachte leise.

Julia errötete ein wenig. „Ich finde wirklich, dass du sehr hübsch bist.“

„Danke“, erwiderte Renate und schwieg einen Moment. „Na ja, vielleicht läuft mir eines Tages doch noch der Richtige über den Weg. Ich will einfach nicht aufhören, von der großen Liebe zu träumen. Man soll ja die Hoffnung nie aufgeben … Manchmal ändert sich das Leben schneller als man denkt, nicht wahr?“ Sie hakte sich bei Julia unter. „Sollte es tatsächlich klappen, möchte ich unbedingt eine Tochter. Und sie sollte genauso sein wie du.“

Als sie nach Hause kamen, empfing Christa sie in bester Laune.

„Hast du etwa schon einen Job gefunden?“ fragte Renate neugierig, denn Christa hatte am Abend zuvor gesagt, dass sie sich vielleicht nach einer Arbeit umsehen wollte. Inzwischen gefiel es ihr in Toronto genauso gut wie ihrer Tochter, und seitdem Renate versichert hatte, dass es für Julia auch eine deutsche Schule gab und beide bei ihr wohnen könnten, spielte Christa ernsthaft mit dem Gedanken, tatsächlich zu bleiben.

Christa ging nicht auf Renates Frage ein, sondern lief in die Küche voraus und deutete auf den Tisch, auf dem sich Berge von Lebensmitteln türmten. „Ich hab ein bisschen eingekauft. Schließlich wollen wir dir nicht auf der Tasche liegen.“

Verdattert schüttelte Renate den Kopf. „Ein bisschen? Davon kann eine Großfamilie mindestens zwei Wochen leben!“

Doch Christa hörte ihr gar nicht mehr zu, sondern lief auf die Terrasse. „Schaut mal!“ rief sie.

Julia und Renate folgten ihr durch die Küchentür nach draußen und sahen, dass die Holzbank und die Stühle neue gelb-weiße Bezüge hatten.

„Gefallen sie euch?“ fragte Christa aufgeregt. „Ich dachte, mit neuen Sitzpolstern ist es etwas bequemer.“

Erstaunt starrte Julia ihre Mutter an. Hatte sie so viel Geld gespart, dass sie es gleich im Überfluss ausgeben konnte? Julia war sehr skeptisch.

„Die sind wunderschön", entgegnete Renate. „Aber warum tust du das? Meinst du, ich lasse euch nur bei mir wohnen, wenn du mich mit Geschenken überhäufst? Richtige Freundschaft braucht so etwas nicht."

Christa fuhr zusammen. „Ich wollte dir nur eine kleine Freude machen", erwiderte sie betreten und ließ sich geknickt auf einen der Stühle fallen.

Verwirrt blickte Renate sie an. „Natürlich freu ich mich. Du bist allerdings auch ohne all das meine Freundin – und wirst es immer bleiben."

Christa schaute zu ihr hoch. „Schön, dass du das sagst. Freundschaften können ja manchmal schnell zerbrechen, genauso wie die Liebe", fügte sie wehmütig hinzu.

Renate gab ihr einen freundschaftlichen Klaps auf die Schulter. „Um mich loszuwerden, musst du dich schon sehr anstrengen", bemerkte sie und lachte. „Jetzt koche ich erst mal was. Und danach weihen wir unsere neuen Bezüge ein."

„Ich helfe dir", riefen Julia und ihre Mutter gleichzeitig und liefen lachend hinter Renate in die Küche.

Nach dem Essen holte Christa das Kartenspiel aus ihrem Zimmer. „Wollen wir nicht zusammen eine Runde spielen?" fragte sie vergnügt. „Vielleicht kann ich ja das ganze Geld wieder zurückgewinnen, das ich heute ausgegeben habe", überlegte sie und zwinkerte Renate verschmitzt zu. Als sie deren entgeisterten Gesichtsausdruck sah, fügte sie schnell hinzu: „Das war bloß ein Scherz." Sie setzte sich, mischte die Karten und teilte aus.

Renate schob ihre Karten von sich. „Eigentlich würde ich lieber was anderes machen“, erwiderte sie.

„Ach, komm“, rief Christa. „Nur ein paar Runden. Früher hast du doch so gerne gespielt.“

Julia hatte ihre Karten bereits aufgenommen und schaute Renate erwartungsvoll an. „Wir lassen dich auch gewinnen.“

Seufzend zuckte Renate die Schultern. „Na schön. Aber nicht lange.“

Zunächst spielten Julia und Christa so, dass Renate die ersten Runden gewann. Als Christa jedoch merkte, dass ihre Freundin inzwischen ebenso begeistert wie sie und ihre Tochter bei der Sache war, wechselte sie ihre Strategie. „Das war der Schongang“, rief sie und mischte erneut die Karten. „Jetzt kommt das Schleuderprogramm.“ Und tatsächlich entschied sie die nächsten Runden für sich.

Julia sah, dass die Augen ihrer Mutter zu leuchten begannen. Christa war nun ganz in ihrem Element und wollte unbedingt jedes Spiel gewinnen. Doch mit einem Mal verließ sie das Glück.

„Tja, so ist das eben“, sagte Renate leichthin. „Mal gewinnt man, mal verliert man. Wie im richtigen Leben.“

Christa funkelte sie missmutig an. „So ein Unsinn. Man muss im Leben immer auf *Sieg* setzen.“

Doch auch in den folgenden Runden hatte Christa Pech, und ihre Wangen röteten sich vor Wut.

„Lass uns aufhören, Mama“, bat Julia, der der plötzliche Stimmungsumschwung ihrer Mutter nicht gefiel. Der Abend hatte so harmonisch begonnen, mit einem köstlichen Essen, das sie gemeinsam zubereitet hatten, und sie wollte nicht, dass er im Streit endete. Julia wusste nur zu gut, wie streitsüchtig ihre Mutter werden konnte, wenn sie beim Spiel verlor. Sie hatte nie verstanden, warum Christa derart verbissen um den Triumph kämpfte.

Christa überging die Bemerkung ihrer Tochter und mischte die Karten neu.

„Wir sollten wirklich aufhören", warf Renate ein und blickte die Freundin eindringlich an.

„Kommt nicht in Frage." Christa teilte die Karten aus. „Ich will den Abend nicht als Verlierer beenden."

Julia bemerkte, dass Renate nur widerwillig ihre Karten aufnahm und Christa immer wieder nachdenkliche Blicke zuwarf, während diese wie im Rausch spielte und jedes Mal zornig ihr Blatt auf den Tisch schleuderte, wenn sie verloren hatte.

„Schluss jetzt!" rief Renate plötzlich in scharfem Ton. „Das macht überhaupt keinen Spaß!" Sie schob ihren Stuhl zurück und stand auf.

Christa, die zuvor verärgert gewirkt hatte, weil sie kein Spiel mehr gewonnen hatte, sah die Freundin verwirrt an. „Warum regst du dich so auf? Das ist doch nur ein Spiel."

„Eben", erwiderte Renate aufgebracht. „Aber du tust schon den ganzen Abend so, als hinge dein Leben von diesem Quatsch ab. Hör endlich auf!"

Christa zuckte unmerklich zusammen. „Ach, so ein Unsinn“, erwiderte sie. „Ein bisschen Aufregung gehört dazu, wenn man spielt. Sonst ist es todlangweilig.“ Bittend schaute sie Renate an. „Komm, setz dich wieder.“

Renate schüttelte den Kopf. „Ich muss morgen früh aufstehen.“ Sie deutete auf die Karten. „Und ab sofort wird in diesem Haus nicht mehr gespielt. Ich möchte das nicht noch einmal mitmachen“, fügte sie gedankenverloren hinzu und starrte auf die Karten.

Julia hatte Renate und die Reisegruppe am nächsten Tag eigentlich begleiten wollen, aber als sie bemerkte, wie bedrückt ihre Mutter morgens war, beschloss sie, diesmal nicht mitzufahren.

„Schade“, sagte Renate, als sie mit Julia frühstückte. Christa war im Bett geblieben. „Du hast dich doch extra für die Tour heute vorbereitet.“

Julia hob entschuldigend die Schultern. „Ich kann Mama jetzt unmöglich allein lassen. Sie braucht mich.“

Renate stellte ihre Kaffeetasse ab und blickte Julia einen Moment lang nachdenklich an. „Und was brauchst *du?*“ wollte sie wissen. „Hat schon mal jemand danach gefragt?“

Entgeistert starrte Julia sie an. „Ich hab alles“, entgegnete sie ein wenig zu schnell. Sie unterbrach sich. Renates mitfühlender Blick verwirrte sie, denn sie hatte das Gefühl, als ob Renate bis auf den Grund ihrer Seele sehen konnte – dort wo ihr Wunsch nach Geborgenheit und Beständigkeit verborgen lag. Sie fühlte sich durchschaut, aber gleichzeitig auch verstanden.

Renate nahm kurz ihre Hand. „Du musst nichts sagen“, erwiderte sie. „Du sollst nur wissen, dass ich für dich da bin, wann immer du mich brauchst.“

Julia fühlte Tränen in sich aufsteigen und schluckte schwer. Sie wusste, dass Renate es ernst meinte. Und dass sie ihr den Halt und die Festigkeit geben konnte, die sie bei ihrer Mutter manchmal so schmerzlich vermisst und sich so sehnlich gewünscht hatte.

„Irgendetwas stimmt mit Renate nicht“, sagte Christa zu Julia, als sie am späteren Vormittag mit einer Fähre zu Ward's Island übersetzten, einer der berühmten Inseln, die vor Toronto lagen. Sie wollten sich einen schönen Tag zu zweit machen, weil Julia in der letzten Zeit immer mit Renate unterwegs gewesen war und Mutter und Tochter nicht viel voneinander gehabt hatten.

Julia ließ sich den Fahrtwind ins Gesicht wehen. Die kühle Brise war eine willkommene Abkühlung, denn die Luft hatte sich wieder einmal auf beinahe vierzig Grad erwärmt.

„Sie ist so verkniffen“, fuhr Christa fort. „Früher hatte sie nie was dagegen, wenn wir uns amüsiert haben.“

„Sie hat es bestimmt nicht so gemeint“, entgegnete Julia ausweichend. Sie wollte ihrer Mutter nicht sagen, dass sie Renates Verhalten am Abend zuvor durchaus verstanden hatte. Christa hatte tatsächlich derart verbissen um den Sieg gekämpft, dass sogar Julia erschrocken war. So fanatisch hatte sie ihre Mutter beim Spielen bisher noch nie erlebt. Vielleicht lag es mit daran, dass sie selbst, im Gegensatz zu sonst, Christa nicht immer hatte gewinnen lassen. Diesmal hatte auch Julia auf Gewinn gesetzt, ohne auf Christas Laune zu achten.

Nachdem sie ausgestiegen waren, schlenderten sie über die Insel und setzten sich schließlich in ein Café. Auf der anderen Seite des Ufers konnten sie die imposante Skyline von Toronto bewundern, mit dem alles überragenden CN-Tower in der Mitte.

„Aber wir lassen uns den Spaß nicht verderben", sagte Christa vergnügt, „nur weil Renate so ein Miesepeter geworden ist."

Julia war froh, dass ihre Mutter in diesem Augenblick von der Kellnerin abgelenkt wurde, die ihnen die bestellten Sandwichs brachte – denn sie teilte Christas Meinung ganz und gar nicht. Sie hatte mit Renate bei ihren gemeinsamen Touren immer sehr viel Spaß gehabt. Renate war stets gut gelaunt, brachte andere zum Lachen und ließ sich nie aus der Ruhe bringen.

„Hättest du eigentlich auch Lust, hier zu bleiben?" fragte Christa. „Wir könnten uns eine eigene Wohnung nehmen …"

„Warum das denn? Renate hat doch angeboten, dass wir bei ihr wohnen können", unterbrach Julia.

Mit einem Mal wirkte Christa verärgert. „Du scheinst ja einen richtigen Narren an ihr gefressen zu haben", bemerkte sie mit beleidigtem Unterton und griff nach ihrem Sandwich.

Julia biss sich nervös auf die Unterlippe. In den letzten Tagen hatte sie häufig festgestellt, dass ihre Mutter eifersüchtig reagierte. Anscheinend fühlte sie sich zurückgesetzt, wenn sie und Renate sich über ihre gemeinsamen Unternehmungen unterhielten. Dabei hatten sie Christa nicht nur ein Mal angeboten mitzufahren, doch sie hatte stets mit der Begründung abgelehnt, sich einen Job suchen zu wollen.

„Ich bin nur gern mit ihr zusammen", antwortete Julia. „Und es macht mir unheimlich Spaß, den Leuten was zu erzählen."

Christa tupfte sich den Mund mit der Papierserviette ab. „Ach, vergiss es", entgegnete sie leichthin. „Wir werden schon zurechtkommen, wir beide."

Nach dem Essen fuhren sie mit der Fähre zurück und schlenderten durch die Straßen von Toronto.

Plötzlich blieb Christa vor einem großen alten Backsteingebäude stehen. Sie griff nach Julias Arm und zog sie mit sich in das Haus. „Das musst du dir unbedingt mal ansehen", rief sie aufgeregt.

Fast alle Tische in der riesigen Halle waren besetzt. Im Hintergrund stand ein Mann, der aus einer Trommel Kugeln mit aufgedruckten Zahlen zog und diese laut vorlas, während die Besucher an den Tischen auf ihren Teilnahmecoupons, die vor ihnen lagen, prüften, ob die ausgerufenen Zahlen auf ihrem Los standen.

„Bingo“, schrie mit einem Mal ein Mann und wedelte strahlend mit seinem Coupon in der Luft herum.

„Wer alle gezogenen Zahlen auf seinem Los ausstreichen kann, hat gewonnen“, erklärte Christa eifrig. „Na, wie wär's? Sollen wir nicht auch mal unser Glück versuchen?“ Bevor Julia antworten konnte, war Christa bereits losgelaufen, um die Teilnahmecoupons zu kaufen. Strahlend kam sie zurück, setzte sich an einen freien Tisch und bedeutete Julia, sich ebenfalls zu setzen.

„Warst du schon mal hier?“ fragte Julia, die sich gewundert hatte, wie gut ihre Mutter sich auskannte. Bisher hatte Christa, so weit Julia sich erinnern konnte, doch noch nie Bingo gespielt.

Lässig zuckte Christa mit den Schultern. „Vor ein paar Tagen bin ich mal rein zufällig hier hineingeraten“, erwiderte sie beiläufig und konzentrierte sich auf die Zahlen, die auf ihrem Schein standen.

Als sie drei Stunden später die Halle wieder verließen, schwirrte Julia der Kopf von all den Zahlen, die der Conférencier ausgerufen hatte. „Es scheint ganz schön schwierig zu sein, beim Bingo zu gewinnen“, bemerkte sie, da ihre Mutter trotz all der Lose kein Glück gehabt hatte.

„Hast du den Mann am Nebentisch gesehen?“ fragte Christa aufgeregt, ohne auf Julias Bemerkung einzugehen. „Der hat gleich drei Mal gewonnen. Wäre ja gelacht, wenn ich das nicht auch hinkriege.“

Julia runzelte die Stirn. „Was, wenn du wieder verlierst?“ warf sie ein. „Wir haben nicht so viel Geld. Und solange du keine Arbeit gefunden hast …“

„Mein Gott“, ereiferte sich Christa. „Dann leih ich mir eben von Renate ein paar Dollar. Sie kriegt es wieder. Dafür sind Freunde schließlich da, damit sie einem auch in schlechten Zeiten beistehen.“

„Aber du musst doch *jetzt* nicht unbedingt zum Bingo gehen“, sagte Julia hilflos. „Wenn du Geld verdienst, kannst du ja immer noch …“

„Gerade jetzt“, unterbrach Christa schärfer als beabsichtigt. „Gönn mir diesen kleinen Spaß. Da kann ich wenigstens vergessen, was passiert ist“, fügte sie wehmütig hinzu.

Julia ergriff die Hand ihrer Mutter. „Entschuldige“, lenkte sie ein. „Ich weiß ja, wie schwer das alles für dich ist. Ich hab einfach nicht mehr daran gedacht.“

Traurig blickte Christa sie an. „Wenn man jung ist, vergisst man viel schneller. Ich kann das nicht. Und ich brauche eine kleine Ablenkung, um auf andere Gedanken zu kommen. Es schadet ja auch niemandem …“

Einige Tage später fuhr Julia mit Renate und einer Reisegruppe – Geschäftsmänner aus Frankfurt – nach Dorset, einem kleinen, idyllisch gelegenen Städtchen in der Nähe des Otter Lake, das umgeben war von hohen Bergen und schroffen Felsen. Sie schlenderten an der weiß gestrichenen Holzkirche vorbei und kamen zum Robinson’s General Store, einem Supermarkt, der nahe einer Anlegestelle lag. Vor dem großen Laden stand ein alter knallroter Feuerwehrwagen, auf dem ein Kanu befestigt war.

Begeistert stöberten die Männer aus der Reisegruppe im Supermarkt, in dem es alles gab, was sie für ihren Ausflug brauchten – Angelzeug, die passende Kleidung und Handwerkszeug in jeder Ausführung.

Julia lachte, als sie den riesigen ausgestopften Schwarzbären sah, der im Eingang stand. „So einem möchte ich lieber nicht begegnen", sagte sie.

„Das kann hier durchaus vorkommen", antwortete Renate. Sie erzählte, dass sie in der Nähe einmal in einem kleinen Hotel übernachtet hatte, das am Waldrand lag. „Morgens bin ich früh aufgestanden, um den Sonnenaufgang zu erleben. Und da saß so ein großer, dicker Bär mitten auf der Straße. Er hatte gerade die Mülltonne geplündert und fraß in aller Seelenruhe die Abfälle."

Wenig später bestieg die gesamte Reisegruppe die Kanus, die für sie bereit standen. Julia erzählte den beiden Männern, die mit in ihrem Kanu saßen, dass es in den Lake of Bays den besten Lachs geben würde. „Und natürlich auch Forellen, Karpfen, Barsche und viele andere Fische."

Fasziniert betrachteten die Männer einen Biberdamm, während Julias Blick über das glitzernde Wasser schweifte. Der See war gesäumt von hohen Bäumen und schroffen Felsen. Julia wünschte sich in diesem Augenblick nichts sehnlicher, als dass ihre Mutter mitgekommen wäre. Die raue und zugleich märchenhaft schöne

Landschaft hätte ihr bestimmt die Ruhe und Zufriedenheit wiedergegeben, die sie seit einigen Tagen nicht mehr zu finden schien. Jedes Mal, wenn Julia den fiebrigen Glanz in den Augen ihrer Mutter sah und die zerstreuten und fahrigen Bewegungen bemerkte, erschreckte sie. Und Renates nachdenkliche Blicke, mit denen sie Christa so oft bedachte, verstärkten Julias Sorge um ihre Mutter noch.

Als Julia am Nachmittag mit Renate und den Männern am Lagerfeuer saß, und sie sich gemeinsam die Fische schmecken ließen, die sie gefangen hatten, vergaß sie ihre Sorgen für eine Weile.

„Du hättest wirklich mitkommen sollen, Mama", sagte sie zu ihrer Mutter, als sie am späteren Abend müde, aber zufrieden nach Hause zurückgekehrt waren.

Neugierig kam Renate an den Küchentisch und warf einen Blick auf die Bingo-Spielscheine, die dort verstreut lagen. „Wo sind die denn her?" fragte sie verwundert.

Hastig sammelte Christa die Scheine ein und stopfte sie in ihre Handtasche, die auf der Anrichte stand. „Ach, die hab ich zufällig in einem Laden entdeckt", erwiderte sie ausweichend.

„Und, hast du heute Glück gehabt mit der Jobsuche?" erkundigte Renate sich freundlich.

„Ich hab verschiedene Angebote", entgegnete Christa. „Aber sicher ist es noch nicht."

Julia merkte, dass ihre Mutter bedrückter schien als am Morgen, bevor sie aufgebrochen waren. „Du schaffst das schon, Mama“, versuchte sie zu trösten. „Bis jetzt hat es immer irgendwie geklappt.“

„Ja, sicher“, murmelte Christa und bemühte sich, überzeugt zu klingen. Sie nahm ihre Tasche. „Ich geh ins Bett. Ist ja spät genug.“

„Hast du nicht Lust, mit mir ein Gläschen zu trinken?“ fragte Renate lächelnd. „So wie in alten Zeiten. Wir hatten bis jetzt kaum Gelegenheit, uns mal in Ruhe zu unterhalten.“

Julia verstand sofort, dass Renate mit ihrer Mutter allein sein wollte. Vielleicht würde es ihr gelingen, Christas gedrückte Stimmung wieder ein bisschen zu heben.

„Warum nicht“, erwiderte Christa, die sich offenbar über den Vorschlag freute.

Julia wünschte beiden eine gute Nacht und verschwand im Gästezimmer. Sie schlüpfte aus Jeans und T-Shirt und streifte ihr Nachthemd über. Gemeinsam mit Renates Hilfe würde Christa bald wieder zu ihrer Unbeschwertheit und Lebensfreude zurückfinden, davon war Julia fest überzeugt. Sie hängte ihre Sachen über einen Stuhl, nahm das Band aus ihrem Haar, mit dem sie es zu einem Pferdeschwanz zusammengehalten hatte, und ging in das kleine Badezimmer nebenan, um sich die Haare zu bürsten. Als sie vor dem Spiegel stand, erschrak sie – die Kette mit dem goldenen Herzchen, die ihre Mutter ihr zum letzten Geburtstag geschenkt und die sie seitdem jeden Tag getragen hatte, war nicht mehr da! Sie lief ins Gästezimmer zurück. Möglicherweise hatte sie die Kette beim Ausziehen versehentlich mit abgestreift. Fieberhaft suchte sie das ganze Zimmer ab, doch die Kette blieb verschwunden.

Ohne weiter nachzudenken lief Julia aus dem Zimmer, um ihre Mutter zu fragen, ob sie die Kette vielleicht gefunden hatte. Der Anhänger bedeutete ihr unendlich viel – schließlich war er ihr Glücksbringer.

Als sie durch die Küche ging, hörte sie Renates Stimme von draußen. „Jetzt sag mir ehrlich, was du mit dem Geld gemacht hast", sagte sie gerade.

Abrupt blieb Julia stehen. Renates lauter Ton, der so gar nicht zu ihrer sonst ruhigen und gelassenen Art passte, verwirrte sie.

„Was meinst du?" wollte Christa wissen. „Glaubst du etwa, ich hätte dein Geld verschenkt?"

Julia fuhr zusammen. Also hatte ihre Mutter sich tatsächlich Geld von Renate geliehen.

„Nein, du hast es nicht verschenkt", entgegnete Renate. „Verspielt!"

Christa lachte laut auf. „Du hast schon mal bessere Witze gemacht", erwiderte sie spitz.

„Das ist kein Witz, Christa. Leider kenne ich mich da nur allzu gut aus."

Julia überlegte einen Moment, ob sie zurück in ihr Zimmer schleichen sollte, denn sie fühlte sich nicht wohl bei dem Gedanken, die beiden zu belauschen. Doch als Renate weitersprach, konnte sie nicht anders, als gebannt zuzuhören.

„Du weißt ja, dass ich bis vor einiger Zeit hier mit meinem Freund David gewohnt habe", fuhr Renate fort. „Zu Anfang ist mir nicht aufgefallen, was eigentlich mit ihm los war. Da er als freier Journalist arbeitete, glaubte ich ihm natürlich, wenn er sagte, dass er abends oft wegen Recherchen für Reportagen unterwegs sein musste. Irgendwann fing er an, sich Geld von mir zu leihen, mehr und mehr, und schließlich habe ich herausgefunden, dass er all unsere Freunde angepumpt hat." Sie schwieg einen Moment traurig. „Unsere Beziehung war immer größeren Belastungen ausgesetzt, da ihm der Alltag plötzlich langweilig schien. Es hat dann einige Zeit gedauert, bis ich herausgefunden habe, dass er die meiste Zeit im Kasino verbrachte und dort alles Geld verspielte. Doch da war es bereits zu spät."

„Das tut mir Leid", sagte Christa und fügte nach einer Pause hinzu: „Aber was hat das mit mir zu tun?"

„Ich habe dich beobachtet, als wir neulich gespielt haben. Genau *so* hat es bei David auch angefangen. Dieser gehetzte Blick, die Unruhe und das fast krankhafte Verlangen, um jeden Preis gewinnen zu müssen. Jetzt hast du begonnen, Bingo zu spielen. Und das Geld, das du dir geliehen hast, um angeblich neue Klamotten für deine Bewerbungsgespräche zu kaufen – ich habe jedoch noch keine einzige neue Bluse bei dir gesehen", sagte sie.

„So, du beobachtest mich also. Weißt du was? Spar dir deine Wald- und Wiesenpsychologie für jemand anderen auf!" rief Christa verärgert.

Julia klopfte das Herz bis zum Hals. Am liebsten hätte sie sich die Ohren zugehalten. Sie hatte gedacht, dass die beiden Freundinnen sich einen schönen Abend machen wollten. Und jetzt das.

„Christa, sei doch vernünftig. Du musst auch an Julia denken. Sie trägt viel zu viel Verantwortung für ihr Alter. Meinst du nicht, dass du ihr manchmal ein bisschen zu viel zumutest?"

Julia stand wie erstarrt da. Doch als sie Christa laut aufschluchzen hörte, hielt sie es nicht länger aus. „Mama", rief sie und rannte auf die Terrasse hinaus. „Bitte, streitet euch nicht länger!" Hilflos blickte sie die beiden an und wusste nicht, wie sie sie wieder miteinander aussöhnen konnte.

„Bin ich wirklich eine schlechte Mutter?" fragte Christa leise und fuhr sich über die Augen.

Julia nahm ihre Mutter in die Arme. „Aber nein, Mama. Du bist die Beste." Ihre Kette mit dem goldenen Herzchen hatte sie inzwischen vollkommen vergessen. Im Moment zählte nur, ihre Mutter zu trösten und ihr zu zeigen, wie sehr sie sie liebte.

Renate stand langsam auf, während sie Julia einen mitfühlenden Blick zuwarf. „Entschuldigt bitte. Ich … ich bin müde", flüsterte sie und ging ins Haus.

Als Julia und ihre Mutter am nächsten Morgen frühstückten, war Renate weg. „Bin in einer Woche wieder da", hatte sie auf einen Zettel geschrieben. „Bitte fühlt euch wie zu Hause und lasst es euch gut gehen. Wenn es ein Problem gibt – ich bin über mein Handy zu erreichen."

Julia nahm an, dass Renate sicher traurig war, weil sie sie nun doch nicht auf der Zugfahrt von Toronto nach Vancouver begleitete, die quer durch Kanada und an den Rocky Mountains vorbeiführte und mit einem Besuch bei einem alten Indianerstamm enden sollte. Aber Renate hatte bestimmt Verständnis dafür, dass Julia ihre Mutter im Augenblick nicht allein lassen konnte. „Warum habt ihr euch gestern eigentlich gestritten?" wollte sie wissen, denn sie konnte sich auf all das, was Renate gesagt hatte, immer noch keinen rechten Reim machen, obwohl sie die halbe Nacht wach gelegen und darüber nachgegrübelt hatte.

Christa trank einen Schluck Kaffee. „Ach, weißt du, Renate hat mit ihrem Freund ziemlich viel durchgemacht. Anscheinend hat sie sich gestern daran erinnert. Und da musste ich als Sündenbock herhalten, weil sie Dampf ablassen wollte." Sie stellte ihre Tasse ab. „Man darf ihr nicht böse sein. Sie hat bei all ihren Problemen einfach den klaren Blick verloren."

Verwirrt sah Julia ihre Mutter an. Das Bild, das Christa von Renate zeichnete, passte nicht mit dem zusammen, was Julia von ihr kennen gelernt hatte – aber ihre Mutter kannte sie schon seit vielen Jahren und wusste vermutlich besser Bescheid, wie es um die Freundin bestellt war.

„Das, was sie über ihren Freund erzählt hat", fuhr Julia fort, „ich versteh das nicht. Was soll das mit dir zu tun haben, Mama? Nur weil du mal Bingo gespielt hast ...“

„Eben“, erwiderte Christa. „Das hast du vollkommen richtig erkannt, mein Kind. Renate hat im Moment wirklich den Blick für die Realität verloren. Und das bisschen Geld, das sie mir geliehen hat ... mein Gott, das gibt ihr noch lange nicht das Recht, mich mit diesem David in einen Topf zu werfen.“ Sie stand auf, um den Frühstückstisch abzuräumen.

„Hast du denn viel Geld von ihr bekommen?“ fragte Julia.

„Sie kriegt alles auf Heller und Pfennig zurück“, antwortete Christa ausweichend. „Ich muss nur Arbeit finden.“ Sie drehte sich zu Julia um. „Ich glaube, es ist besser, wenn wir Renate allein lassen. Ich hab das Gefühl, sie braucht Ruhe, um endlich die Dinge zu verarbeiten, die ihr widerfahren sind.“

Julia senkte traurig den Kopf. Sie hatte sich wirklich wohl gefühlt und sich darauf eingestellt, länger zu bleiben. „Aber wir sollten wenigstens warten, bis sie zurück ist“, entgegnete sie, in der Hoffnung, dass ihre Mutter es sich vielleicht noch einmal anders überlegen würde.

Doch Christa schüttelte entschieden den Kopf. „Es gibt bloß Streitereien, wenn wir aufeinander treffen. Und das möchte ich nicht.“

Schweren Herzens packte Julia also wieder einmal ihren Koffer. Sie hatte Renate einen Brief geschrieben und sich für alles bedankt. Das Geld, das sie bei den Reiseführungen verdient hatte, legte sie dazu – als Anzahlung für das, was ihre Mutter der Freundin schuldete.

„Mach nicht so ein trauriges Gesicht“, sagte Christa, als Julia gedankenverloren auf die gepackten Koffer starrte, die im Flur standen. Sie nahm die Hand ihrer Tochter und blickte Julia aufmunternd an. „Diesmal darfst du dir aussuchen, wo es hingeht“, schlug sie fröhlich vor.

„Ich weiß nicht“, entgegnete Julia leise. „Vielleicht irgendwohin, wo wir endlich glücklich sind.“

Begeistert klatschte Christa in die Hände. „Genau. Und wo uns niemand vorschreibt, wie wir unser Leben führen sollen. Vielleicht nach Feuerland. Oder lieber Alaska?“

Julia schüttelte sich und musste lachen. „Das ist mir aber zu kalt.“

„Dann eben nach Madagaskar“, sagte Christa und klopfte auf ihre Handtasche. „Aber unser Kartenspiel nehmen wir mit. Wir lassen uns doch schließlich den Spaß nicht verderben.“

– ENDE –

CORA

Liebesfieber

Julia und Daniel kommen sich auf einer Safari in Südafrika näher. Doch Julias Mutter macht einen verhängnisvollen Fehler und reißt damit das Paar auseinander ...

Die ganze Geschichte im neuen Roman-Magazin zur

ZDF telenovela

NEU!

Lesen Sie die aufregendsten Momente im 1. Band des Liebesromans und erfahren Sie alles über die Darsteller und die Dreharbeiten im farbigen Magazinteil. **Keine Ausgabe verpassen und jetzt „Julia – Wege zum Glück" im Abo bestellen: 0 71 32 - 38 78 32 oder unter www.cora.de**

Ab 11. November 2005 für nur € 2,95. Alle 4 Wochen neu im Zeitschriftenhandel!

Marcela DeWinter

Verlorene Freiheit

Band-Nr. 75001
7,95 € (D)
ISBN: 3-89941-211-7

Marcela DeWinter

Raffinierte Intrigantin

Band-Nr. 75002
7,95 € (D)
ISBN: 3-89941-212-5

Marcela DeWinter

Duell der Generationen

Band-Nr. 75003
7,95 € (D)
ISBN: 3-89941-213-3

Marcela DeWinter

Verliebt in Venedig

Bianca und Eddie sind glücklich. Ihre Beziehung könnte schöner nicht sein. Und doch fehlt ihnen manchmal Zeit füreinander. Sie beschließen, gemeinsam für drei Wochen nach Italien zu fahren …

Band-Nr. 75005
7,95 € (D)
ISBN: 3-89941-255-9

Marcela DeWinter

Für jetzt und immer

Oliver und Bianca haben geheiratet. Sie können ihr Glück kaum fassen Flitterwochen im Paradies. Aber ist wirklich alles eitel Sonnenschein?

Band-Nr. 75004
7,95 € (D)
ISBN: 3-89941-247-8